學術論文集叢書

中文發光

東吳大學中文系劉光義教授
紀念專題講座集

第一集

鍾正道　主編

中文發光

潘維大

東吳大學校長

　　「劉光義教授紀念專題講座」於東吳大學中國文學系舉辦已十二場，廣邀臺灣中文學界重量級學者蒞校演講，成果斐然。

　　劉光義教授學殖深厚，著作等身，美國國會圖書館收藏其著作近五十本。一九八二年九月一日至一九九五年七月三十一日，先生獲本校端木愷故校長聘為兼任教師，中文系羅麗容教授在本校求學及任教期間即曾獲劉先生面授莊子與中國思想史。

　　劉光義教授長公子劉雨生博士為中興大學傑出校友，在美國醫學與生物科技，研發多項醫學生技產品，特別在傳染病與癌症領域，有傑出成就。劉雨生博士與夫人陳玲弟賢伉儷，在二〇〇五年成立美國建程教育基金會（Building Futures Foundation），推動教育慈善事業，長期貢獻許多學校、國家與貧困地區。為紀念劉光義教授，捐贈人特由美國建程教育金會捐贈專款，分別成立「東吳大學劉光義教授紀念獎學金」、「東吳大學中文系劉光義教授紀念專題講座」。

　　感謝劉雨生博士嘉惠學子，化洽菁莪，長期贊助此意義非凡的活動──曾永義院士演講李商隱〈錦瑟〉與戲曲的本質、黃一農院士討論曹雪芹的《紅樓夢》與《廢藝齋集稿》、黃進興院士談中國傳統思想的再現、邢義田院士論圖像與歷史研究、王汎森院士探討當代西方思想史流派及其反思、張雙英先生評析中國抒情傳統、胡曉真先生論述

清代女性小說中的情感與想像、王安祈先生討論靈魂的靈魂深處──
向內凝視閻羅夢、陳芳明先生討論臺灣文學與當代人文精神、渡也先
生述及在地經驗與詩學創作等，場場爆滿，備受本校師生肯定。

　　為讓本活動獲得更大效益，傳頌學知，因此出版《中文發光──
東吳大學中文系劉光義教授紀念專題講座集》第一集，以推廣中文學
術，增益本講座影響力，並紀念劉光義教授在教學、著述方面春風廣
被之績行。

　　　　　　　　　　　　　　　二○二二年十二月一日於外雙溪

片雲天共遠，永夜月同孤
──緬懷劉光義先生

羅麗容

東吳大學中國文學系兼任教授

　　日月奔流，春秋代序，轉眼劉光義教授仙逝至今，已近二十個年頭，先生生前先後專、兼任於成功大學、輔仁大學、東吳大學教授之職，也是當代中國思想、文學、史學領域中的佼佼者。先生在學術上見解卓越、建樹豐贍，曾在三、四十年前高擎大纛，引領風潮。執教杏壇，先後五十餘年，孜孜矻矻，傳道授業，門下弟子莫不欣嚮，企之盼之不忍去之，如寸草之沐春暉，亦如孺子之慕慈母也。

　　先生才能高廣，文采翩翩，先後撰寫學術論文近百篇，分別刊行於大陸雜誌、東方雜誌、中國國學、文史季刊等重要期刊中，另有文史哲專書若干冊，分別在商務、學生、正大、松慧等書局刊行，如：《司馬遷與老莊思想》、《莊學中的禪趣》、《莊子處世的內外觀》、《魏武帝曹操》等，另有與《紅樓夢》相關著作多種，影響廣大、嘉惠後學。清代龔自珍詩云：「從來才大人，面目不專一」，中國傳統學術向來強調兼通博洽、文史哲不分，以此描述先生，如出一轍。一九八九年前後，我初任教於東吳大學，課餘之暇，有幸追隨先生數年，能得先生親自教授中國思想史、中國通史、莊子等課程，為往後之學術生涯奠定深厚根基，一生受用不盡。

　　先生為人，慷慨大度，正氣凜然，有古君子之風，然久與相處，

亦未嘗不和煦如春，循循善誘人也。先生命運多舛，青年時期，熱衷於愛國運動，曾為當時大學生之領袖人物，叱吒風雲於當時；其後隨國民政府來臺，在解嚴之前，也曾因提倡自由民主思想，不容於黨國體制，因而召來禍患，然此連番之打擊，並未改變先生矯矯不群、坦蕩磊落之本性，亦因不願趨炎附勢、同流合污而落落寡合於當代。

先生仙逝後，其公子劉雨生博士在美國事業有成，熱心捐獻學術基金給先生生前任教過的東吳大學中文系，成立劉光義先生學術講座，俾使中文系能聘請國內外知名博學之士，前來傳道，以廣師生之見聞。中文系善用此基金，先後辦過講座多年，嘉惠學子無數，今年東吳大學中文系擬將此講座之成果，匯集成冊，既可紀念先生對我系之貢獻，亦可弘揚講座之功效也。

由於我曾任「劉光義先生學術講座」之創始主辦人多年，前鍾主任正道邀我共襄盛舉，是為此序，並兼懷念劉光義先生光風霽月之胸襟與人品也。

二○二二年歲暮寫於臺北天母雨墨齋寓所

最美好的示範

李明政

東吳大學社會工作學系退休教授

　　首先，感謝劉雨生博士的推薦和鍾正道老師的邀請，筆者毫不推遲應允寫序，純為把握機會感念劉光義教授。本論文集的文章，都係直接或間接與劉光義教授有所因緣，而相聚於此。我就藉著寫序，談談劉光義教授（以下簡稱劉教授）。

　　劉教授於一九八二年九月起在東吳大學中文系和哲學系兼課，我則自一九八五年八月起成為東吳大學社會學系專任講師。我出生那一年（1954年），劉教授升等為教授，我們分屬不同學術領域，又有明顯學業成就和年齡差距，為何得以形同友人而持續往來？我自問自答，期亦能回應本文主旨。

　　一九八〇年代，在東吳大學外雙溪校區，專任教師尚未有個別的研究室，課間時段許多老師都會在教師休息室，我和劉教授就在寵惠堂二樓教師休息室認識。

　　那時候，港臺兩地有著一股社會學本土化的思潮。我在社會學系，授課的範圍則偏向社會工作。社會工作誕生於西方現代化過程，其百多年來不變的目標，乃基於非營利價值理念，運用社會力量，追求美好社會的實現，讓每個人都得以獲有美好生活的可能。我心想，若追尋社會工作本土化，似應去理解我們與西方社會對於美好生活、美好社會的理解，有何不同。簡單的念頭，驅使我購買了系列先秦諸

子經典導讀之類袖珍本叢書，經常放在口袋裡，有空就拿起來翻閱。有一天，在教師休息室裡，突然有人問我：「你在看什麼？」您相信嗎？劉教授這一問，就開啟了我們十餘年來的交談。劉教授講得一口膠西土腔，我說的是臺灣國語，南腔北調全然無關宏旨毫無障礙。

　　我和劉教授之間的往來，再簡單不過。最初只在教師休息室交談，後來一起在校內吃便當。二〇〇一年劉教授大病後，辭去所有授課，不再到東吳外雙溪校園，我們改到YMCA臺北青年國際旅館附設的自助餐廳，後來，劉教授覺得膝蓋造成的行動不便加劇，改約我到他永和住家去。

　　東吳大學社會工作學系在一九九〇年從社會學系獨立出來，這之前，社會學系恩師蔡明哲教授主編《臺灣近代史——社會篇》，邀我撰寫〈近代臺灣社會行政史〉一文，初稿完成後，劉教授幫我修飾，從其修訂處具體示知，歷史寫作首重價值評斷。社會工作學系成立後，在其鼓勵下，我撰寫了《意識形態與社會政策》一書。每週見面時，我交稿他批閱。所以，該書進展順利，我也從講師變副教授。他批閱全書後說，他對社會工作有了一些瞭解。我們瞬間，似找到彼此不同學術領域的匯通處。依劉教授之見，由儒、釋、道相輔相成的中華文化，任一宗派、任一學說，全在於匡世濟人。劉教授所探討，不是徒託空言，而是時時都想運行實踐的，匡世濟人的思想。我參與的社會工作領域，也在追求美好社會的實現，讓每個人都能獲有基本生活需求之滿足，讓受貧窮、暴力或歧視威脅的人們，也都能獲有自我實現的機會，都能得以完成有尊嚴的人生。闊談理想社會和美好人生，會教人忘了年齡，忘了不須記憶的繁雜瑣碎。

　　我認識劉教授時，剛解嚴不久。他是我所認識的人中，對於戒嚴和解嚴間的界分點，最能明確感知的人。多年來，情治人員每個月帶著水果到劉教授家訪視，受訪結束劉教授立馬丟棄水果的戲碼，自宣

布解嚴日起，真的從此不再。一九五〇年劉教授來臺不久，於左營海軍服務社工作期間，為貼補家用，同時在高雄女中兼課，認識教歷史的楊老師，這位楊老師於西南聯大就讀期間曾參加陽光社，因而被逮捕，關在新竹政治犯監獄，多所牽連，劉教授亦被牽連入獄。一九五三年八月一日至同年十二月三十一日，劉教授被關於新竹政治犯監獄。

白色恐怖經歷，固然對人傷害至深，但也能突顯超凡人品。白色恐怖怎麼傷人？劉教授在《張道陵的想爾注》的自序（寫於2003年5月）中有所描述，「嗣雖得以澄清，獲釋出獄，而生活實陷甚大災難，處社會人群中，極似今日患怪異肺炎（SARS）般，親者不以為親，友者不以為友」。當其時，隔壁牢房，還關著一位年輕女孩，因焦慮恐懼而無法停止哭泣，劉教授在當下，是想方設法讓年輕人感受支持、平靜下來。重返校園的劉教授，則如雨生博士所言，「在極度被歧視、排擠的環境下，仍然努力教學治學」。他終生以教學述作為務，專著四十餘冊，論文逾百篇。

一九五六年成功大學的中國文學系成立，該系第一屆系友汪珏女士對於課堂中的劉教授有如下的描寫：「教授我們《詩經》的劉光義師，在講解『關關雎鳩，在河之洲……』，或『嘒彼小星，三五其東……』時，歌之唱之，蹈之舞之；六十年後回想起來，仍不覺莞爾。感激劉師把先民的《詩經》在我們生命裡留下鮮活的痕記。」在成大教學期間，劉教授即使上廁所，也有人跟監，他仍然能在課堂上給予學生們留下超過六十年的美好回憶。

為減少白色恐怖的騷擾，一九六一年輔仁大學在臺北新莊復校後，劉教授轉到輔大執教，並專注於老莊之學。他說，莊子之學，能在亂世之中，闢一精神避難所，使其精神有所寄託。莊子的「乘物以游心，托不得已以養中」，是至理名言。

劉教授退休後，將注意力放在儒、釋、道交融互匯的探討。於其

退休後大作《禪在中國：禪的通史》一書撰後記，他自述：「數載之間，每於侵晨三時起床撰寫。晨雞未唱，宿鳥猶眠，曉月在天，星光點點；如在夏秋，草蟲唧唧，四境闃寂，孟子所謂『平旦之氣』充塞心田，斯時於『心外無法』、『心為萬法之源』，彷彿得之，此心亦因怡然安適，泊然廣闊也。」

　　《藝苑奇葩說紅樓》一書在劉教授往生前一年出版，是他一生最後的著作。一九九八年間，我曾邀請他到我基隆住家，那時，我兒子們正觀看三國志動畫，劉教授問我小兒子，最喜愛的三國人物是誰？我尚未就學的小兒子回答說是「曹操」，不多久後，他著作了《魏武帝曹操》（1999）一書。二〇〇三年間，我讀高中的兒子向劉教授請教有關《紅樓夢》的問題，劉教授稍後寫就了《藝苑奇葩說紅樓》。由於文章偏短，後來又補上劉教授少年和青年階段的自述。他生逢戰亂，正義凜然熱血沸騰的青春年少，是大陸天津學運的領袖。來臺不久，人生正要開展的初期，卻即遭逢了白色恐怖迫害，如果沒有超凡堅毅的性格，應很難度過那漫長的人生逆旅。還好他能從家人，尤其是子女、媳婦和孫輩傑出的表現和社會貢獻，得到很大的安慰。他歷年的學生們也時來噓寒問暖，令他由衷喜悅。在自述中，他「感謝蒼天，老來賜我如此一個天堂般的環境」。

　　劉教授往生前三週，電話邀我到他家，告知他即將離世，若想念他，看看他寫的書。劉教授往生前一週，在內湖三總病床上，他聲音沙啞微弱但用力地對我較大的兒子說，聽來似是「儒學」兩字。他曾說，他看過很多家庭，能實踐儒家精神的，都能開展美滿幸福的家庭。歐美的物質文化，排山倒海而來，許多固有的良風美俗，頗受摧殘。也許這也是他最後要向我說的，追求美好社會、美好人生，莫忘「儒學」兩字。

　　於文史哲領域，我是門外漢，難以勾勒劉教授淵博的學術成就。

但我知道他逾百篇的學術論文，有其可觀之處。曾有東京大學的教授閱讀了〈史記中的俚語〉，來向他討教；故宮博物院也因劉教授對元朝發表過數篇論文，曾提供專用研究室，邀請他前往與西方漢學者一起探討元朝天主教在中國的議題。劉教授在人生老年階段，提供給我的示範是，不怨天不尤人，不斷自我精進，時時樂於助人。他的精神，實比我這個社工還社工。是為序，敬祈參考指教。

目次

附錄

劉光義（字慕皋）教授個人照

劉光義（字慕皋）教授年表與著述

李明政教授輯

年表

1916年　出生於河北省滄縣。

1936年　5月28日，天津學聯發動了反對日本向華北增兵的示威遊行。劉光義教授時為高中生，全國學聯天津分會的領導人之一，當天擔任了示威大遊行的總指揮。

1943年　畢業於北平輔仁大學國文系，以「范仲淹研究」取得學士學位。同年即執教於國立一中。

1944-1947年　到陝西省安康的省立興安師範學校擔任教務主任，並代理校務。

1948年　接到西北大學的（講師）聘書，並已排定在該校地質系教授大一國文。

1948年　7月7日抵基隆，旋返大陸上海，上海淪陷前夕，又整裝來臺。

1950年　在左營海軍服務社工作。

1950-1961年　在左營海軍服務社工作期間，同時在高雄女中兼課，後轉到成功大學任教。

1953年　8月1日被捕，關於新竹政治犯監獄，同年12月31日釋放。

1961年　輔仁大學在臺北新莊復校後，劉教授轉到輔大執教。

1981年　在輔仁大學外語學院退休。

1982-2001年　劉教授在東吳大學中文系和哲學系兼課。

2005年　劉教授逝世。

專書著作

1965年著　《蒙古元的封建》　廣文書局出版

1966年著　《莊子發微一卷》　正大書局

1966年主編　《基本教材總整理》　南一書局

1966年編　《建功文化史》　南一書局

1966年編　《建功高中國文》　南一書局

1966年著　《詩與詞集釋》　臺灣商務印書館

1966年著　《漢武帝之用儒及漢儒之說詩》　臺灣商務印書館

1968年著　《莊子處世的內外觀一卷》　臺灣學生書局

1969年著　《莊學蠡測一卷》　臺灣學生書局

1970年　劉光義等撰　《詩詞歌賦戲曲小說》　大陸雜誌社

1972年著　《莊子發微》　正大書局

1972年著　《氣節剖義》　臺灣中華書局

1975年著　《莊子內七篇類析語釋》　臺灣學生書局

1980年著　《莊子處世的內外觀》　臺灣學生書局

1986年著　《莊學蠡測》　臺灣學生書局

1986年著　《司馬遷與老莊思想——並論司馬遷思想兼懷儒道》
臺灣商務印書館

1987年著　《先秦思想積說》　輔仁大學出版社

1989年著　《莊學中的禪趣》　臺灣商務印書館

1990年著　《古典籍中所突顯的貴族婚姻》　臺灣商務印書館

1992年著　《司馬遷與老莊思想》　臺灣商務印書館

1994年著　《試以莊意說禪公案》　瑞興圖書

1999年著　《魏武帝曹操》　建宏出版社

2000年著　《莊周與老聃──道家發生發展兩哲人》　學富文化

2003年著　《禪在中國：禪的通史》　松慧文化

2003年著　《張道陵的想爾注：老子河上王弼及想爾注比較研究》　松慧文化

2004年著　《藝苑奇葩說紅樓》　松慧文化

2016年著　《佛道相通相同的形上關係：抱一‧凝神‧真如》　華夏出版社　北京第1版

期刊論文

1957年　〈漢書列傳中的幾個「休」字注〉　大陸雜誌

1957年　〈莊子秋水篇「人卒九州」注疏商榷〉　大陸雜誌

1958年　〈通志職官略武第八質疑〉（1-2）　大陸雜誌

1959年　〈通志職官略武官第八質疑〉（3-4）　大陸雜誌

1960年　〈通鑑「將無同」注補意〉　大陸雜誌　頁34

1960年　〈史記中的俚語〉　大陸雜誌　頁6-34

1960年　〈詩經篇數商榷〉　學粹　頁16-17

1961年　〈秦漢時代的百技雜戲〉　大陸雜誌　頁24-26

1962年　〈釋彤管〉　大陸雜誌　頁19

1962年　〈相國官號不自肥義始亦非僅秦官──史記札記〉　大陸雜誌　頁8-18

1963年　〈漢宰相封侯不自公孫弘始──史記札記〉　大陸雜誌　頁16+21+30

1963年　〈吐蕃佛教與元世祖〉　大陸雜誌　頁15-19

1965年　〈由九歌國殤論祭祀與戲劇的關係〉　大陸雜誌　頁25-28

1966年　〈蒙古元帝室后妃信奉基督教考〉　大陸雜誌　頁19-25

1966年　〈記蒙古莊聖皇后莎兒合黑塔泥事〉　出版月刊

1966年　〈莊子死生觀念的剖析〉（1-2）　大陸雜誌

1967年　〈釋詩賦比興之興〉　大陸雜誌　頁14-17

1969年　〈公孫鞅和商君書〉　書和人

1972年　〈我的教書生涯〉　聯合報

1977年　〈干支推日法〉　出版與研究　第8卷　頁3

1977年　〈通鑑胡注糾謬——秦西漢部分〉　中國書目季刊　第11卷
　　　　第1期　頁59-62

1978年　〈呂不韋與雜家思想〉　中華文化復興月刊　第11卷第2期

1981年　〈莊子之遊及其所以遊〉　中國國學　第9卷　頁75-100

1981年　〈申莊子「不用而寓諸庸」之義〉　中國書目季刊　第15卷
　　　　第1期　頁110-128

1982年　〈申莊子「才全德不形」之意蘊〉　中國國學　第10卷　頁
　　　　65-71

1982年　〈莊子的言命〉　道教文化　第3卷第6期　頁15-22

1983年　〈先民天道觀念與董仲舒天人合一思想〉　書和人　第458
　　　　卷　頁1-8

1983年　〈修史的精神及技巧：讀史記高祖紀贊的感想〉　東方雜誌
　　　　第17卷第5期　頁49-52

1983年　〈莊周觀念中的盡是盡美世界〉　中國國學　第11卷　頁
　　　　59-71

1983年　〈莊周思想成道的軌跡〉　中國文化月刊　第48卷　頁115-
　　　　126

1984年　〈春秋諸侯假禮行論略：讀左傳城濮之戰札記〉　中國國學
　　　　第12卷　頁47-54

1984年　〈莊周何以斥「相呴以濕　相濡以沫」？〉　東方雜誌　第
　　　　17卷第8期　頁29-34

1984年　〈由孔孟荀三哲於禮的態度看時代演變〉　東方雜誌　第17
　　　　卷第10期　頁36-41

1984年　〈從莊子重要篇章看莊子對孔子的態度〉　道教文化　第3
　　　　卷第10期　總34期　頁5-15

1984年　〈莊生宇宙一皆逍遙〉　東方雜誌　第17卷第12期　頁27-33

1984年　〈孔門師弟對人生的體認及踐履〉　東方雜誌　第18卷第3
　　　　期　頁41-47

1985年　〈莊周哲思中的對立與統合〉　東方雜誌　第18卷第8期
　　　　頁33-39

1985年　〈戰國末思想紛歧及秦漢間儒者的任鉅履艱〉　東方雜誌
　　　　第18卷第10期　頁19-24

1985年　〈孔子政經思想的承傳及其經濟觀點初探〉　哲學與文化
　　　　第12卷第8期　總135　頁43-49

1986年　〈老莊思想中的化和進化觀念〉　哲學與文化　第13卷第6
　　　　期　頁26-33

1986年　〈論秦丞相李斯〉　東方雜誌　第19卷第7期　頁30-35

1986年　〈莊周的政治哲學〉　東方雜誌　第20卷第2期　頁20-27

1986年　〈中國人對喪亡的諸般觀念〉　東方雜誌　第20卷第5期
　　　　頁22-25

1987年　〈老莊思想中的化和進化觀念〉　道教文化　第4卷第5期
　　　　頁20-27

1987年　〈佛道相通相同的形上關係〉　東方雜誌　第20卷第10期
　　　　頁28-36

1988年　〈死亡的藝術層面〉　中國國學　第16卷　頁61-68

1988年　〈老莊與養生哲學——從其對宇宙之至情論析〉　東方雜誌
　　　　第22卷第1期　頁24-26

1988年　〈莊子哲學思想之所以為藝術性〉　東方雜誌　第22卷第6
　　　　期　頁20-25

1990年　〈莊子文章喻譬鮮扁舉尤〉　東方雜誌　第23卷第7期　頁
　　　　22-29

1990年　〈莊學中所突顯的形上義〉　中國國學　第18卷　頁51-79

1992年　〈先秦學術何以儒墨為顯學〉　中國國學　第20卷　頁19-26

1992年　〈釋莊子逍遙遊「塵垢秕糠將猶陶鑄堯舜者」之義〉　哲學
　　　　與文化　第19卷第12期　頁1066-1074

1993年　〈兩漢哲學　哲學與文化〉　第20卷第6期

1993年　〈中國哲學名著選讀〉　哲學與文化　第20卷第8期

1993年　〈從論語看孔子生活中的溫厚灑脫面〉　中國國學　第21卷
　　　　頁1-14

1995年　〈莊周荀況天道觀的比較研究〉　中國國學　第23卷　頁
　　　　17-39

1996年　〈由莊學看戰國時代的「白色恐怖」〉　中國國學　第24卷
　　　　頁31-48

1998年　〈孔子的中心思想及其天道鬼神觀〉　中國國學　第26卷
　　　　頁9-20

著述出版單位（篇數）

大陸雜誌（18）　　　　中國文化月刊（1）

東方雜誌（14）　　　　出版與研究（1）

中國國學（11）　　　　學粹（1）

哲學與文化（3）　　　　書和人（1）

道教文化（3）

中國書目季刊（2）

第一講
試論曹雪芹在《紅樓夢》中
譏刺仇讎的隱性手法

黃一農

臺灣清華大學歷史研究所兼中央研究院院士

　　宗室弘旿（皇二十四子胤祕子）嘗批永忠（皇十四子胤禵孫，其家在雍正朝備受政治打壓）於乾隆三十三年所賦〈因墨香得觀《紅樓夢》小說，弔雪芹〉詩三首，曰：「此三章詩極妙，第《紅樓夢》非傳世小說，余聞之久矣，而終不欲一見，恐其中有礙語也。」該「墨香」乃敦誠（與其兄敦敏皆是曹雪芹至交）親叔額爾赫宜之字，他應是《紅樓夢》最早的讀者之一。而永忠早就與額爾赫宜、敦敏相知相惜，他在前詩中有云：「傳神文筆足千秋，不是情人不淚流。可恨同時不相識，幾回掩卷哭曹侯。」對《紅樓夢》的評價甚高。

　　永忠前詩見於其《延芬室集》稿本的第十五冊，該冊乃收乾隆三十三年戊子歲的詩作。由於在弘旿主評的七冊當中，共約一百首作品，有批語者僅三分之一，且通常皆只是較短的負面意見，包含七首只寫「刪」字，而其中弔雪芹詩的批語長度遠超過其他各批，且「此三章詩極妙」的評價亦遠高出它詩，知完全可以不批此詩的弘旿，對這本小說的感覺想必很不平常，而他對「礙語」的具體存在應有相當掌握，否則不會以場面話宣稱不欲一讀（但若他私下讀過亦不會太令人驚訝）。

　　然多數紅迷在翻讀《紅樓夢》數過之後，卻甚難發現此書有政治上極其敏感的「礙語」。本文將透過真實清代史事與小說中虛擬故事

間的特殊對應，嘗試揭開曹雪芹如何在第六十三回所鋪述的情節中，作踐其最大仇家塞楞額和胤禵（他倆乃導致曹頫遭革職抄家的主要當事人）的巧妙手法。

一　藉國喪薙髮之芳官作踐塞楞額

第六十三回的回目是「壽怡紅群芳開夜宴，死金丹獨豔理親喪」，前半講諸丫鬟為慶祝寶玉生日，夜聚怡紅院行令飲酒，是小說中最熱鬧狂歡的一幕，芳官等多人皆醉倒睡在寶玉旁邊。襲人次日即對平兒誇稱：「昨兒夜裡熱鬧非常，連往日老太太、太太帶著眾人頑，也不及昨兒這一頑。一壇酒我們都鼓搗光了。」後半則講賈敬煉丹暴斃，而當時家中大人多在京城外陵寢參與老太妃的國喪，寧國府當家的尤大姐（賈珍繼妻尤氏，即回目中所謂的「獨豔」）因見家內乏人幫忙，就接了守寡的繼母尤老娘及其前次婚姻所生的尤二姐、尤三姐（二尤未婚，與尤氏亦無血緣關係）來家的故事。

先是，寶玉因要自己新收的丫鬟芳官改扮男妝，遂命人將她「周圍的短髮剃了去，露出碧青頭皮來，當中分大頂」。由於小說突然插上芳官薙髮並先後改名耶律雄奴、溫都里納、金星玻璃的大段「嬉笑」文字（可見於庚辰本、蒙府本、戚序本，但在列藏本、甲辰本、夢稿本中則被全刪；見圖一），故紅圈中有稱乍讀時叫人摸不著頭緒，是名人大師也難免的「敗筆」；有推測曹雪芹因具有「漢族認同感」，故在前段文字中以「大舜之正裔」來掩護其罵清人為異類的內在心態（見後文）。甚至有人主張這不是曹雪芹的筆墨，然該說顯誤，因在列藏本、甲辰本、夢稿本的第七十、七十三、七十七回仍可散見雄奴、耶律雄奴、金星玻璃之名，知原稿確有芳官改名一段，至程乙本才把芳官改名的相關痕跡全都刪抹乾淨。

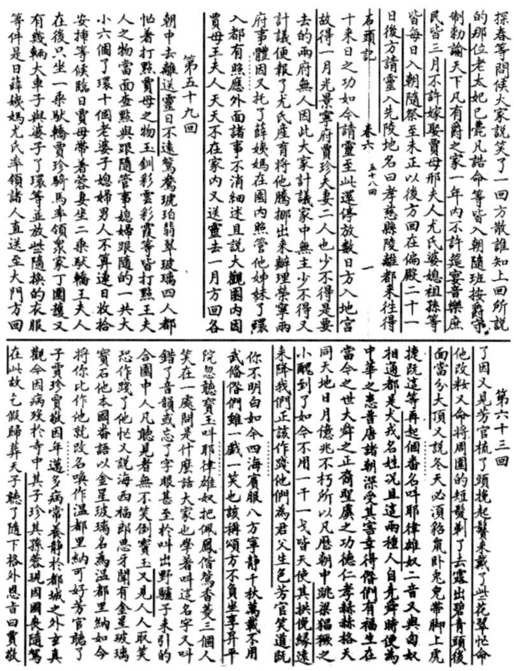
探春等問候大家說笑了一回方散誰知上回所說
的那位老太妃已甍凡誥命等皆入朝隨班按爵守
制勅諭天下凡有爵之家一年內不許筵宴音樂庶
民皆三月不許嫁娶賈母邢夫人尤氏婆媳祖孫等
皆每日入朝隨祭至未正以後方回在偏殿二十一
日後方請靈入先陵地名曰孝慈縣陵離都來往得
石頭記　卷六　五十八回　一
十來日之功如今請靈至此還得放數日方入地宮
故得一月光景寧府賈珍夫妻二人也少不得是要
去的兩府無人因此大家計議家中無主少不得又
計議便報了尤氏產育將他騰挪出來辦理榮寧兩
府事體因又托了薛姨媽在園內照管他姊妹丫鬟
入都有照應外面諸事不消細述且說大觀園內因
賈母王夫人天天不在家內又送靈去一月方回各
第五十九回
朝中去離送靈日不遠鴛鴦琥珀翡翠玻璃四人都
忙着打點賈母之物玉釧彩雲彩霞等皆打點王夫
人之物當面查點與跟隨管事媳婦跟隨的一共大
小六個丫環十個老婆子媳婦男人不算連日收拾
安挿等候臨日賈母帶着蓉妻坐一乘馱轎王夫人
在後只坐一乘馱轎賈珍騎馬率領衆家丁圍護又
有幾輛大車子與婆子丫環等並放些隨換的衣服
等件是日薛姨媽尤氏率領諸人直送至大門方回
第六十三回
了因又見芳官梳了頭挽起鬢來戴了些花翠忙命
他改妝又命將周圍的短髮剃了去露出碧青頭後
面當分大頂又說冬天必須貂鼠卧兔兒帶腳上虎
捷既這等再起個番名叫耶律雄奴二音又與匈奴
相通都是犬戎名姓況且這兩種人自堯舜時便為
中華之患晉唐諸朝深受其害幸得咱們有福生在
當今之世大舜之正裔聖虞之功德仁孝赫赫格天
同天地日月億兆不朽所以凡歷朝中跳梁猖獗之
小醜到了如今不用一干一戈皆天使其拱俛緣遠
來降我們正該作戲他們為君父生色芳官笑道既
你不明白如今四海賓服八方寧靜千秋萬載不用
武備咱們雖一戲一笑也該稱頌方不負坐享昇平
院忽聽寶玉叫耶律雄奴把佩鳳偕鴛香菱三個人
笑在一處問是什麼話大家也學着叫這名字又叫
錯了音韻或忘了字眼甚至於叫出野驢子來引的
合園中人凡聽見者無不笑倒寶玉又見人人取笑
恐作踐了他忙又說海西福郎思牙聞有金星玻璃
寶石他本國番語以金星玻璃名為溫都里納如今
將你比作他就改名喚作溫都里納可好芳官聽了
子賈珍賈敬因年邁多病常養靜於都城之外玄真
觀今因病歿於寺中其子珍其孫蓉現因國喪隨駕
在此故乞假歸葬天子聽了隨下格外恩旨曰賈敬

圖一　南圖戚序本《石頭記》描述芳官在國喪期間違制薙髮

由於《紅樓夢》中的敘事大致是依時間先後鋪陳，而作者特意安排芳官在第五十八回老太妃（庚辰本第五十五回回首曾提及宮中這位老太妃身體欠安，其他脂本則均略去此段）薨逝之後不久薙髮，此舉恐大有深意。庚辰本中描述該國恤的過程曰：

> 凡誥命等皆入朝隨班，按爵守制。敕諭天下，凡有爵之家，一年內不得筵宴、音樂，庶民皆三月不許婚嫁。賈母、邢、王、尤、許婆媳祖孫等皆每日入朝隨祭，至未正已後，方回在大內偏宮。二十一日後，方請靈入先陵，地名曰孝慈縣，這陵離都來往得十來日的工夫。如今請靈至此，還要安放數日，方入地宮，故得一月光景。

同一回並稱賈家獲有誥命之女性（庚辰本明指為賈代善妻史太君、賈赦妻邢夫人、賈政妻王夫人、賈珍妻尤氏、賈蓉妻許氏等婆媳祖孫），每逢朝中大祭時，五更便得出發，先至下處用些點心小食後就入朝。早膳已畢，方退至下處，略歇片刻復入朝，待中、晚二祭完畢，始出至下處歇息，直到用過晚飯才回家。再因送靈費日頗長，賈赦、賈珍、賈蓉、賈璉亦要隨賈母等同去，考量兩府無主，便以尤氏產育為由，讓她請假來協理榮、寧二府的事務。

　　小說中的前段描述，雖摻入不少文學性的誇張元素，但其精神仍與《欽定大清會典則例》上的帝后喪禮相近。如乾隆十三年三月十一日崩逝之孝賢皇后富察氏的國喪規定：

> 公主、福晉以下，男夫人以上，三日，每日二次齊集；第四日朝奠時齊集，初祭後停止，遇祭仍齊集。內府佐領、內管領下官員護軍、領催等之妻，三日內每日朝夕奠二次，齊集舉哀；三日後，日以一旗輪流齊集……自齊集日為始，王、公各於該府第齋宿，部院堂司官於各該部院，旗下都統、參、佐領及散秩官於本旗衙門齋宿，凡二十七日。

稱在京之男（爵位名）夫人以上的命婦，前三日每天早晚得齊集，第四日起僅清晨舉行朝奠，至三月二十九日行完初祭禮始停止，六月二十一日行百日禮時仍齊集。而皇后喪儀所規定的「滿漢文武有頂帶官員停止嫁娶、作樂二十七日，軍民七日」，也遜於小說中老太妃喪儀所指稱「凡有爵之家，一年內不得筵宴、音樂，庶民皆三月不許婚嫁」的規格。事實上，嬪妃之死並不屬國喪，本無可能命官民停止嫁娶、作樂。

　　芳官薙髮一事應發生在賈母、王夫人等離京送靈去陵寢時（小說

稱前後共約需一個月），由於此舉還在國喪期間（此因她薙髮後不久小說才記賈敬病歿，並稱其子賈珍、孫賈蓉當時由於「國喪隨駕」還得乞假歸葬），故應屬有違禮制。考量清代最嚴重的違制薙髮案，乃見於乾隆十三年孝賢皇后的國喪，此事正好發生在曹雪芹創作《紅樓夢》期間，而導致曹家被抄的罪魁禍首塞楞額，又恰是該案最主要的當事人（遭抄家賜死），讓人不能不懷疑第六十三回的這段描述與曹雪芹的悲戚家史有關。鑒於先前絕大多數紅學界均不太熟悉塞楞額其人其事，遂讓此一偶合始終未能撥雲見日。

塞楞額是在山東巡撫任內，於雍正五年十一月疏告江南三織造運送龍衣差使時，額外多索夫馬、程儀、騾價，以致各驛多有賠累。經嚴審後，即依《大清律集解附例》中「多乘驛馬」的增例，將員外郎曹頫革職。至於曹頫於五年十二月遭抄沒，則是因雍正帝斥責其「行為不端，織造款項虧空甚多。朕屢次施恩寬限，令其賠補……然伊不但不感恩圖報，反而將家中財物暗移他處，企圖隱蔽，有違朕恩，甚屬可惡」！六年三月江南總督范時繹亦曾奉旨將「曹頫家管事數人拿去，夾訊監禁，所有房產、什物一併查清，造冊封固」。

據《清實錄》，塞楞額於雍正六年六月陞工部左侍郎，九月兼內閣學士行走，十月緣事革職（或因在山東巡撫任內興修闕里文廟時「因循怠玩」，以致工程遲滯），乾隆元年九月賞給副都統銜，三年八月授鑲藍旗漢軍副都統，再歷官古北口提督、陝西巡撫、江西巡撫、山東巡撫，十一年九月擢湖廣總督。乾隆十三年三月孝賢皇后崩逝，包含塞楞額、江南河道總督周學健、湖北巡撫彭樹葵、湖南巡撫楊錫紱、錦州知府金文淳在內的高官，卻於百日內即薙髮，此雖滿洲舊俗（旗人遇父母喪事，俱准其於百日後薙髮），然律例中並無治罪專條，結果這些人多獲貸罪，只有塞楞額於閏七月遭諭旨嚴責曰：

> 塞楞額於孝賢皇后大事二十七日後違制剃頭……此等違制之
> 事，在漢人猶可云冒昧無知，伊係滿洲大臣，喪心病狂，一至
> 如此，實出意料之外。其平日居官不妥之處，朕已洞悉。前經
> 降旨令其來京矣，今伊身獲重罪，法無可逭，即因其自行檢
> 舉，或稍為寬貸，亦僅可稍遲數日之死，其所有家產，豈得尚
> 思安享。著傳諭伊祇隨身攜帶家人二名，星夜來京候旨。新柱
> 即將伊任所家貲，詳細查明封固奏聞，不得稍有遺漏，并查伊
> 自具摺以後，自知不免罪戾，或有藏匿寄頓，及起程赴京，沿
> 途一切舉動情形，詳悉查明具奏。

　　塞楞額最後以「尚係舊臣，官至極品」、「萬無可恕」，於九月被
賜自裁。前旨還欲將其抄家，不僅命署湖廣總督新柱「將伊任所家
貲，詳細查明封固」，還要求進一步查察他有無「藏匿寄頓」，讓人
不能不想起雍正朝曾因塞楞額之控告而遭抄沒的曹頫案，兩者遭遇頗為
近似。

　　雖然我們並無證據判斷曹家親友曾否介入塞楞額案，但這些人當
中不乏權大事重者，如孝賢皇后的親弟傅恒當時不僅為工部尚書，且
兼御前大臣、領侍衛內大臣、軍機大臣、協辦大學士事務，並署理戶
部三庫事務，還暫管吏部事務和川陝總督印務，而傅恒（長子福靈安娶
弘慶長女）、福秀（曹雪芹二表哥，其親兄福彭為平郡王）、永蕙（其知交敦
誠乃阿濟格裔孫、曹雪芹摯友）、弘慶（愉郡王，其親叔為莊親王允祿）、弘
曆（娶乾隆六年晉封的舒嬪）更屬同娶納蘭家永壽（其祖明珠娶曹振彥原家
主阿濟格之第五女，曹振彥為雪芹高祖）諸女的連襟，該圈中人應大多非
常樂見塞楞額遭到抄家和賜死的報應。

　　當年曹雪芹（時年三十來歲）應很興奮聽聞仇家塞楞額的結局，稍
後他很可能為了抒發其內心的痛快，遂將清人常見的薙髮之事隱諱地

寫入《紅樓夢》的故事情節。小說中先命芳官薙髮，讓其成為塞楞額的影子替身，再為她重起個番名「耶律雄奴」，並解釋曰：

> 二音又與匈奴相通，都是犬戎名姓。況且這兩種人自堯舜時便為中華之患，晉、唐諸朝深受其害。幸得俏們有福，生在當今之世，大舜之正裔，聖虞之功德仁孝，赫赫格天，同天地日月億兆不朽，所以凡歷朝中跳梁猖獗之小醜，到了如今竟不用一干一戈，皆天使其拱手俛頭緣遠來降。我們正該作踐他們，為君父生色……如今四海賓服，八方寧靜，千載百載不用武備。俏們雖一戲一笑，也該稱頌，方不負坐享昇平了。

指稱「耶律雄奴」的字意乃出自異族契丹（以耶律為遼之國姓）和匈奴（「雄奴」的諧音）之名，並從「中華」和「虞舜」正裔的立場出發，嘲諷這些曾讓歷朝皆深受其害的匈奴等異族（作者應視驅逐李闖、定鼎中原的清朝為中國的正統）。類似立場亦見於曹雪芹大表兄福彭的「聖人用兵不得已，憂勞不倦宵旰心。十萬貔貅皆赤子，<u>勉旃將士殲犬戎</u>」詩句，他即視對戰的衛拉特蒙古準噶爾部為「犬戎」。又，雍正帝所頒行的《大義覺迷錄》中也指「本朝之為滿洲，猶中國之有籍貫。舜為東夷之人，文王為西夷之人，曾何損於聖德乎？」將滿洲亦等同於東夷大舜或西夷文王之正裔。

曹雪芹在前文更謂蒼天有眼，現竟「不用一干一戈」就可作踐跳梁小醜（劍指塞楞額），至於令這些「犬戎」得以「拱手俛頭、緣遠來降」的說詞，則可能反映的是康、雍、乾三朝平定西疆的史事。而曹家的親友們在此過程中就立下不少血汗功業，如曹寅婿平郡王納爾蘇即曾於康熙五十七年與延信（其兄延壽娶明珠次女，而曹寅祖振彥長期為明珠岳丈阿濟格的王府長史，福彭弟福秀則是明珠的曾孫女婿）一同襄助撫

遠大將軍胤禎，以進軍青海、討伐叛亂。曹雪芹的大表兄平郡王福彭於雍正十一年以大將軍銜征準噶爾時，身為姻家長輩的傅鼐（娶曹寅妹）亦曾從旁參贊。

　　然小說稱大家在學叫「耶律雄奴」這名字時，常叫錯音韻，或忘了字眼，甚至叫成了「野驢子」（再度揶揄塞楞額），引發人人取笑。由於芳官到底是自己的丫鬟，寶玉恐她一直受到糟蹋，就決定改以歐洲一種人工寶石金星玻璃的番語「溫都里納」（應為義大利文 avventurina 的音譯）來為她命名。雪芹對芳官所安排的結局算作悲慘，在抄檢大觀園後，她被王夫人指責為狐狸精並逐出賈府，只好跟了水月庵的智通出家（第七十七回）。

　　倒是，一般讀者如非回溯並精讀此前五回的內容，通常無從敏感得知對清人相當平常的薙髮之舉，若放到芳官的情境下則屬違反禮制，亦不知以塞楞額為代表的高階旗官，甫因在孝賢皇后國喪期間違制薙髮，而遭受乾隆帝的嚴懲，更重要的是紅學界多未認知該塞楞額正是導致曹頫遭抄家的主角。惟因嬪妃之死本不屬國喪，小說中特意提高老太妃葬禮的規格（如不得設宴、嫁娶、作樂的期限），或就是要點出此處乃隱寫引發諸多薙髮案的孝賢皇后國喪。

　　前人因無法理清雪芹家史與其小說間的鉤連，故不解「耶律雄奴」之取名原是作者對薙髮案主犯塞楞額的貶抑（以致出現攻擊味甚強的「我們正該作踐他們，為君父生色」句；見表一）。無怪乎，紅圈中有視第六十三回中記芳官薙髮以及改名的內容，既奇怪、無趣，更有點惡搞，乃「破壞了小說的藝術」，並屬「窮極無聊之所為」，或斥之為「全是些夢話……而且文詞十分惡劣，令人作嘔」。尤有甚者，芳官並非唯一薙髮的丫環，湘雲也學寶玉將她分到的葵官「扮了個小子」。亦即，葵官應也在國喪期間薙了髮。

表一　曹雪芹在小說中對其家主要仇讎的「作踐」

回數	《紅樓夢》的情節	所對應之史事或曹雪芹的心態
63	寶玉要芳官改成男妝，故命她薙髮，湘雲也將她分到的葵官薙髮「扮了個小子」（小說中雖未明言時間點，但細究前後文知應發生於老太妃薨逝後舉行國喪期）	乾隆十三年孝賢皇后崩，湖廣總督塞楞額等旗官竟在百日內薙髮，但違制者僅塞楞額遭嚴懲。諭旨抄家並命將其貲查明封固，更嚴查藏匿寄頓情事，塞楞額最後被賜自裁
63	寶玉為薙髮後的芳官改名「耶律雄奴」，並稱耶律與匈奴皆犬戎名姓，本為中華之患，如今蒼天有眼，竟「不用一干一戈」就可作踐其人（以此等言論對芳官解釋其名的由來，令人看得一頭霧水）。然因大家常叫錯此名，甚至叫成音近的「野驢子」，寶玉遂又改以寶石「溫都里納」名之	塞楞額違制薙髮案乃清代涉及旗人薙髮的最大案，而塞楞額疏告曹頫騷擾驛站更導致曹家被抄。雪芹或為「作踐」仇讎塞楞額，遂將新收丫鬟芳官改名「耶律雄奴」，以她作為塞楞額的替身，還透過該名的諧音「野驢子」揶揄塞楞額。但當怨氣抒發後，為避免她隨後遭人訕笑，遂又幫其改名為「溫都里納」
38	「林瀟湘魁奪菊花詩、薛蘅蕪諷和螃蟹詠」之盛會乃整本小說最充塞歡愉之態的高潮（小說中雖未明言時間，但可從前後文推得在雍正帝駕崩的八月二十三日）	作者寫書時隨機選在忌日當天歡宴賦詩的概率甚低，疑曹雪芹極可能欲借此表露他對雍正帝暴卒的狂喜之情，但在日期上他則小心採用了曲筆，以避時忌，並透過〈螃蟹詠〉詩隱喻胤禛是橫行無腸的「螃蟹」
13	記白衣賈敬的出身為「乙卯科進士」（此非會試通常舉行的辰、未、戌、丑年，而清代在雪芹卒前，並無恩科在乙卯歲）	雍正帝恰於乙卯歲駕崩，旋獲諡「敬天昌運⋯⋯皇帝」，頭一字恰與賈敬之單名全同，令人懷疑乙卯科「進士」乃為乙卯歲「進諡」之諧音

回數	《紅樓夢》的情節	所對應之史事或曹雪芹的心態
63	用了通常帝、后等皇族專屬的「殯（賓）天」一語記賈敬驟逝事，又允許王、公以下會葬（通常用於帝后崩逝），並命太醫檢視死因、欽天監天文生擇葬期	經比對賈敬與胤禛逝世後的相近敘事，讓人懷疑作者或是想要透過賈敬服食丹藥暴卒故事中的情節，來譏刺雍正帝隱晦且荒謬的死因，以稍報毀家之仇。又，賈敬之死不應動用到宮內太醫院與欽天監的人員

　　程乙本（以及蒙府本、夢稿本）即因無法把握第六十三回這段「敗筆」（見於戚序本、庚辰本、己卯本）的本意，也為避免因事涉「華夷之辨」所可能產生的文字獄，遂將此多達千餘字的內容全數刪略。近代許多讀過脂本的資深紅迷，則因不解作者背後的深意，而責難此回的表現手法，以致未能深刻體會雪芹在甲戌本卷首凡例中「字字看來皆是血，十年辛苦不尋常」句所隱含的創作心境。

　　《紅樓夢》中類似將芳官薙髮之事隱諱安排在國喪期間的表現手法，亦可見於第三十八回故意選在雍正忌日舉行盛會的情節。為避免被人立馬看穿，作者在第三十七至第四十二回描述了起詩社等事件，而這些活動亦與「壽怡紅群芳開夜宴」一樣，是整本小說最充塞歡愉之態者。但其中僅頭尾兩回各有一個明確的繫日，前稱「這年賈政又點了學差，擇於八月二十日起身」，末指「我們大姐兒也著了涼……便叫平兒拿出《玉匣記》著彩明來念……『八月二十五日病者在東南方得遇花神』」。若再根據介於其中的「次日清早」、「次日一早」、「次日」等相對時間用語，我們應可從巧姐著涼的八月二十五日回推得此盛會的高潮「林瀟湘魁奪菊花詩、薛蘅蕪諷和螃蟹詠」（第三十八回回目），恰發生在雍正帝駕崩的八月二十三日！此與國忌日不燕會、不作樂的規矩明顯違背。

　　至於起詩社中的詠螃蟹一事，原本為詠菊詩會的餘興，一直有學

者以其內容似屬贅筆，然其字裡行間其實頗含深意。作者透過寶玉先吟的「橫行公子卻無腸」，隱諷橫行四方的螃蟹了無肝腸，接著寶釵以「眼前道路無經緯，皮裡春秋空黑黃」、「於今落釜成何益」等句，描述不甩世途規矩法度的螃蟹，雖外表威武，但肚中只空有黑色的膜衣和黃色的蟹黃，終不免遭人下鍋。由於小說的正文稱寶釵的〈螃蟹詠〉詩寫出來後，眾人評點為絕唱，但又指「這些小題目，原要寓大意纔算是大才，只是諷刺世人太毒了些」，表明作者確屬借題發揮：除將詩會安排在雍正帝的忌日，還蓄意以橫行無腸的「螃蟹」作為隱喻，暗自對胤禛進行人身攻擊。

查清初涉及國喪或國忌日的大不敬事件，要屬洪昇「國恤中讌飲觀劇」一案最有名。康熙二十八年洪昇以三日夜搬演他新填的傳奇《長生殿》，稍後遭控在孝懿仁皇后忌日未滿百日即設宴張樂，此案株連約五十人，如右贊善趙執信即因此受到革職處分，廢棄終身；查嗣璉被黜國子生捐監的資格，後改名慎行；洪昇則遭除監生籍，自此棄絕仕途。洪昇等人之所以如此疏忽，或受康熙十三年孝誠仁皇后喪儀的影響，因「時值致討三藩，恐在外各衙門舉哀制服，有惑觀聽，是以免直省官民治喪。嗣後相沿，遂未更正」。

巧合的是，該案的幾位重要當事人一直與曹寅家及其親友保持密切關係：如趙執信即與王熷（四十一年入李煦幕）尤其意氣相投，曹寅也嘗在經濟上給予友人趙氏頗大幫助（屈復所謂的「直贈千金趙秋谷」）；查慎行於康熙二十五年被明珠聘為塾師，四十一年以舉人薦入南書房，登四十二年進士，改庶吉士，不久即參加曹寅主持的《佩文韻府》編刻工作，五十一年引疾告歸時，明珠次子揆敘（其孫婿福秀為曹雪芹二表哥）亦曾具千金為贈；洪昇也於四十二年應邀序曹寅所寫的傳奇《太平樂事》，是年曹寅賦有〈讀洪昉思稗畦行卷感贈一首，兼寄趙秋谷贊善〉一詩，感懷遭際不偶的洪昇與趙執信。由於《紅樓

夢》第十一回寫鳳姐在賈敬生日時點了《還魂》、《彈詞》兩齣戲，第
十七、八回寫賈元妃歸省大觀園時點了《豪宴》、《乞巧》、《仙緣》、
《離魂》，其中的《彈詞》和《乞巧》就出自洪昇的《長生殿》。知雪
芹對洪昇等觀演《長生殿》一案的其人其事，理應相當熟悉。

　　疑曹雪芹很可能將此案化用到大觀園起詩社之歡宴，並蓄意以極
技巧的手法安排在雍正帝駕崩的八月二十三日。因若其無此意，則一
年三百多天內，卻恰好選到胤禛忌日的概率只有不到千分之三，更何
況作者在做該安排時是扭捏、躲藏，一般讀者如未能細探，應很難推
知宴會日期。作者如此小心地採用曲筆，當然是為了避時忌，但反而
讓知者感覺到其欲蓋彌彰的企圖，也隱約露出他對雍正帝暴卒的狂喜
之情。

二　藉服丹身亡之賈敬譏刺胤禛

　　再回到小說的第六十三回末，作者用了好幾頁的篇幅記賈敬服丹
身亡以及賈珍、賈蓉等人的醜態，此應也是曹雪芹對其仇讎胤禛一家
的譏刺。賈敬這個角色常被小說讀者認為是無關緊要，因他很少出
場，且在故事的鋪陳中似無明顯作用。先前只在第十一回記寧府為其
排家宴慶壽辰，此外，僅第十八回提及元妃賜其御製新書二部，寶墨
二匣，金、銀爵各二只。

　　考量小說在敘其驟逝時竟然很突兀地用了通常帝、后等皇族專屬
的「賓天」一詞，又稱皇帝下了額外恩旨曰：

> 賈敬雖白衣，無功於國，念彼祖父之功，追賜五品之職。令其
> 子孫扶柩由北下之門進都，入彼私第殯殮。任子孫盡喪禮畢扶
> 柩回籍外，著光祿寺按上例賜祭。朝中由王、公以下准其祭弔。

特允其子孫將歿於都城外玄真觀的賈敬扶柩進京，以入私第殯殮。在旗人福格所撰的《聽雨叢談》即有云：

> 帝城尊嚴，凡遇賜諡大臣、陣亡將帥，須奉有旨，方准入城治喪……一時視入城治喪之典，榮於得諡。竊考《八旗孝義傳》，康熙三十一年，內務府慎刑司郎中鄂素沒於通州抽分監督任所，特降諭旨，著護柩入城，歸第治喪……是以聖恩浩蕩，不循常格，亦二百年來小臣，後此未聞繼之者也。

鄂素出八旗望族完顏氏，任職內務府慎刑司期間，「聽訟務得其情，人稱為白面包公」。康熙二十八年重修《大清律例》時，即特命其參與纂修。因素具幹才還先後奉派修濬下河及督理通惠河漕運等差使。他病危時康熙帝不僅遣良醫診視，且令其入宮長女出視，「既卒，聖祖惋惜者久之，特降諭旨：郎中鄂素病卒於官，深為可憫，著護柩入城，歸第比喪。」知作者安排讓既非賜諡大臣或陣亡將帥的賈敬，能像因公卒於通州的鄂素一樣入城治喪，確屬非常之榮遇。

至於恩旨中命光祿寺按「上例」賜祭，乃指按「先前之例」，而五品官的致祭銀依例為十兩，對特恩賜葬之五品官的造墳工價銀則是八十兩、夫匠三十名。然己卯本第六十四回在記賈敬的靈柩進城時，嘗謂「夾路看的何止數萬人」，則遠遠不似一般人可有的排場！此外，賈敬驟逝後乃由太醫檢視死因，並請天文生擇葬期，情理上，以賈敬的身分亦不應可動用到宮內太醫院與欽天監的人員。

前引恩旨又稱皇帝因念寧國公賈演之功，故追賜賈敬五品之虛銜，且在他的喪禮中准王、公以下會葬。由於賈敬不過是一名無功於國的平民，小說中亦未明指賈演有何了不得的功勳，何況賈敬亦已與賈演相隔了兩代，真實的歷史中應罕有類此案例。何況賈敬卒時正逢

老太妃的國喪，難道朝中自王、公以下的文武百官可紛紛自陵寢趕回京來為「白衣」賈敬弔祭不成？

據乾隆《欽定大清會典則例》，只有在帝、后的喪禮中才會出現王、公以下齊集的情形，如較賈演寧國公身分為高的鎮國公或輔國公（此乃清朝宗室和外藩的一種爵位），去世時都只是「貝子以下，奉國將軍以上」會葬，至於民公（清代指非宗室封公者，賈演應屬此）溘逝之禮則是「親族咸集」（見表二）。作者很可能是蓄意對賈敬做出如此不合禮制的安排，而此舉或受到乾隆五年北京石匠俞君弼喪儀逾禮（幾乎是「九卿會葬」）一案的影響，該事件在野史中曾被歸入「乾隆朝四大貪案」。

俞君弼原是工部的一名鑿匠，積貲豐饒，但生前無子。其義女之夫許秉義欺嗣孫俞長庚年幼，圖占家產，竟以婿名主喪，秉義且託與其聯宗的內閣學士許王猷，以重金「遍邀漢九卿往弔，欲借聲勢彈壓俞姓族人」。傳說該喪禮乃由許王猷主導，大學士徐本、趙國麟還率漢九卿（僅戶部尚書陳悳華等少數幾人託故未到）親至靈前跪奠，連大學士張廷玉也差人前來送帖。乾隆帝於是派心腹大臣京師九門提督鄂善前往嚴查，五年十月傳旨斥責稱：「夫身為大臣，而向出身微賤之人俯首拜跪，九卿縱不自愛，其如國體何！」此案後來更峰迴路轉，竟審得俞長庚的妻父孟魯瞻也曾轉託山西巨賈范毓馪向鄂善行賄一萬兩銀，而范氏的官商身分不僅同於小說中的薛家，他應也與真實世界裡兼營官商的曹寅、李煦等內務府漢軍（或稱作上三旗包衣旗鼓人）家族有往來。五年十一月許王猷被革職；六年四月令鄂善自盡；六年五月詹事府詹事陳浩因於喪禮期間在俞家陪弔，「送往迎來，奔走多日」，以「有玷官箴」遭革職；七年七月禮部尚書趙國麟遭奪官，命其在咸安宮效力行走，八年二月許還里。

由於趙國麟於乾隆七、八年間遭革職後所受命「效力行走」的咸

表二　乾隆《欽定大清會典則例》中葬禮的會喪之人

過世者	齊集或會喪之人
皇帝	王、公以下，民公侯伯子男以上，二品官於乾清門外，三品以下文武有頂帶官於景運門外，皇后、妃、嬪、宮人、公主、皇子、皇孫，福晉及近支王、公福晉、夫人於几筵殿內，諸王、公福晉、夫人、郡主、縣君以上，二品夫人於丹墀右，三品淑人以下於隆宗門外
皇后	王、公以下，民公侯伯、二品官以上，及媥戚於宮門外，三品官以下、文武有頂帶官於外門之外，妃、嬪、宮人、公主、皇子、皇孫、福晉、近支王等福晉於几筵殿內，諸王、公福晉、夫人、郡主、縣君、二品夫人及媥戚婦女於丹墀右，三品淑人以下於宮外
皇貴妃	王以下，四品官以上，公主、福晉以下，一品夫人以上
貴妃	王以下，三品官以上，公主、福晉以下，一品夫人以上
妃	王以下，三品官以上，公主、福晉以下，一品夫人以上
嬪	王以下，一品官以上，公主、福晉以下，一品夫人以上
親王	親王以下，奉恩將軍以上，民公侯伯、都統、尚書、子以下，佐領、騎都尉、本翼宗室以上，固倫公主、親王福晉以下，縣君、奉恩將軍恭人以上
世子	親王以下，奉恩將軍以上，民公侯伯、都統、尚書、子以下，參領以上，固倫公主、親王福晉以下，縣君、奉恩將軍恭人以上
郡王	親王以下
貝勒	世子、郡王以下，奉恩將軍以上，民公侯伯、都統、尚書、子以下，本旗佐領以上，和碩公主、世子福晉以下，縣君、奉恩將軍恭人以上
貝子	貝勒以下，奉恩將軍以上，民公侯伯、都統、尚書、子以下，本旗參領、郎中以上
鎮國公	貝子以下，奉國將軍以上，郡君、貝子夫人以下，奉恩將軍恭人以上
輔國公	貝子以下，奉國將軍以上，郡君、貝子夫人以下，奉恩將軍恭人以上
民公	親族咸集

安宮，應指的是咸安宮官學。而當時年約二十七、八歲的曹雪芹很可能正在該學讀書。又，李世倬曾於乾隆二十六年秋日託世姪曹雪芹攜帶己所繪相當得意的墨山水畫冊請陳浩題跋，陳浩次子陳本敬更嘗因題《李穀齋墨山水、陳紫瀾字合冊》以及《種芹人曹霑畫冊》，而與曹雪芹有書畫交。相信雪芹對乾隆五年發生在前輩趙國麟和陳浩身上的俞君弼喪禮違制奇案，應有相當深刻的認識，知白衣百姓通常不被允許由九卿會葬，以致他在寫第六十三回的賈敬身後事時，就將其化用成「朝中由王、公以下准其祭弔」的段子，以影射賈敬在凶禮中的規格是與皇帝相當。

　　經仔細比對賈敬與胤禛二人逝世前後的許多相近情事之後，不能不讓人懷疑作者是煞費苦心，想要透過賈敬（諧音「假敬」）服丹藥暴卒故事中一些不合常理的情節，來影射並揭開雍正帝隱晦且荒謬的死因，以稍泄其家被抄的心頭之恨。先前，作者在第十四回亦曾以「十二支寓」隱誨地透過「醜四子，謀龍位，舞淫身，猶豬狗」（對應於將地支次序重排的「丑巳子，卯辰未，午寅申，酉亥戌」）之謎底，嚴斥胤禛有謀父、奪嫡、淫母等「醜事」。此外，第十三回記賈敬的出身為「乙卯科進士」，而非會試通常舉行的辰、未、戌、丑年。再者，雍正帝恰於十三年乙卯歲駕崩，並在是年十一月獲諡為「敬天昌運建中表正文武英明寬仁信毅大孝至誠憲皇帝」，其諡號首字又恰與賈敬的單名相同，這種種巧合令人不禁聯想乙卯科「進士」乃為乙卯歲「進諡（音同『士』）」的諧音，此與小說中屢見的命名手法（像詹光／沾光、單聘仁／善騙人、卜固修／不顧羞、卜世仁／不是人、霍啟／禍起、甄英蓮／真應憐、馮淵／逢冤等）如出一轍，再讓虛擬賈敬與真實胤禛互為鏡像。

　　撇開「索隱」一詞慘遭研紅者糟蹋，甚至長期被妖魔化的景況，此類「文本索隱」的說服力原本就無法與「史實索隱」（如點出「賓天」一詞的使用以及「王、公以下」會葬的安排，皆屬於皇帝的規格）相比

擬。筆者在論述時因此只以「文本索隱」為旁證，而不過分倚賴前段各說，但作為整體證據鏈中的可能環節，它們全屬附會的概率或不高，故應仍可多少增加論證的可信度。

三　藉賈敬子孫輩之不倫發洩對胤禛的恨意

或因作者在第六十三回前半回，已借芳官其人其事快意作踐了仇讎塞楞額，為進一步發洩對胤禛的恨意，曹雪芹在此回末尾鋪陳賈敬「賓天」一事起，就以隨母親（尤老娘為賈珍妻尤氏守寡的繼母，被請來協助處理喪事）入住寧府的尤二姐、尤三姐為焦點，用多達六回的篇幅次第揭開賈敬子孫輩齷齪不堪的醜事。

尤老娘自其再醮的丈夫尤氏過世後，因家計艱難，就全靠女婿賈珍接濟。在第十一回寧府慶祝賈敬壽辰的家宴中，尤老娘亦曾到場，第十三回為秦可卿治喪時，二尤姊妹也都來弔唁，知兩家應常有互動，住處亦應相距不遠。庚辰本第六十三回在記賈珍和賈蓉（非尤氏所生）自老太妃下葬之陵寢請假回京奔喪途中，聞知二尤正住在家裡，就出現一段頗令人玩味的文字，曰：

> 賈蓉當下也下了馬，聽見兩個姨娘來了，便和賈珍一笑。賈珍忙說了幾聲「妥當」，加鞭便走，店也不投，連夜換馬飛馳。一日到了都門，先奔入鐵檻寺。那天已是四更天氣，坐更的聞知，忙喝起眾人來。賈珍下了馬，和賈蓉放聲大哭，從大門外便跪爬進來，至棺前稽顙泣血，直哭到天亮喉嚨都啞了方住。

令許多讀者不解的是，當賈蓉聽說兩姨娘來到家裡，居然對熱孝中的父親賈珍（為現任族長，又是襲職的寧府長孫，凡族中事皆其掌管）曖

昧一笑（見圖二），此與稍後兩人在賈敬棺前泣血痛哭（此等悲戚舉動明顯為做作，詳見後文）的景象形成極強烈對比。

　　由於續寫賈敬靈柩進城的第六十四回，稱賈璉嘗聞尤二姐、三姐與賈珍、賈蓉等「素有聚麀（音同「幽」，指雌鹿）之誚」，「聚麀」本謂獸類父子共一牝的行為，比喻亂倫，因疑賈珍、賈蓉的「一笑」乃整本小說中最齷齪的一笑，程乙本或覺得不太恰當，遂改稱賈蓉在聽見兩位姨娘來了，「喜的笑容滿面」（見圖二），但此描述仍有些不太合情。下文即析探作者如何透過這個小動作盡現賈珍父子的喪盡道德，並又如何或為何在第六十三至六十九回間，以大量發生在賈家的不倫醜事鋪陳出二尤的悲劇。

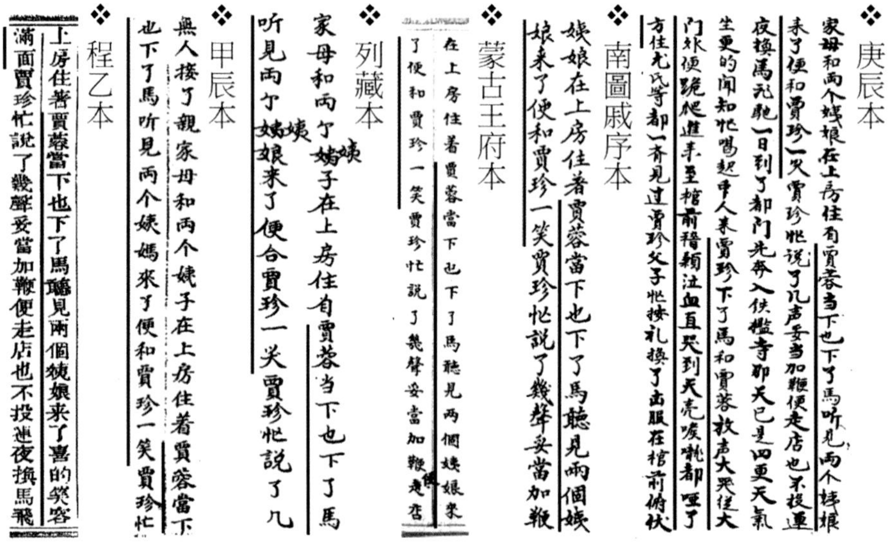

圖二　《紅樓夢》第六十三回中賈珍和賈蓉父子最齷齪的一笑

　　為對《紅樓夢》這幾回中的敘事先後有所掌握，表三即整理出各主要事件之繫日，其中第六十七回以「話說尤三姐自戕之後」開始，

接著卻明顯出現時序紊亂的情形。如列藏本稱襲人賞園在「初秋天氣
（程甲本無）」、「時值秋令（程甲本改成『那時正是夏末秋初』）」，而婆子
對她說「如今纔入七月的門（程甲本刪去此句），果子都是纔紅上來，
要是好吃，想來還得月盡頭兒纔熟透了呢」，表述的是七月初，然第
六十六回卻稱「八月內湘蓮方進了京」，柳湘蓮在自寶玉處聽得尤三
姐就是賈珍小姨後，即欲退婚，三姐因此拔劍自刎。亦即，第六十
六、十七回的敘事出現前後顛倒的狀況。

　　程偉元和高鶚在乾隆五十七年擺印程乙本時，就曾於引言中記稱：

> 是書沿傳既久，坊間繕本及諸家所藏秘稿，繁簡歧出，前後錯
> 見。即如六十七回，此有彼無，題同文異，燕石莫辨。茲為擇
> 其情理較協者，取為定本。

　　疑第六十七回就是曹雪芹生前一直「披閱增刪」但至死都未能改
定完成的一部分內容。此故，庚辰本無此回，而己卯本中雖有第六十
七回，卻是在嘉慶以後所補抄的，其內容則或根據的是已擺印刊傳的
程乙本。

　　小說在第六十三回寫賈蓉與兩位姨娘間的調情時，就極其露骨不
堪（見圖三），如賈蓉曾對尤二姐笑說：「二姨娘，你又來了，我們父
親正想你呢。」尤二姐於是順手拿起熨斗來劈頭就打，嚇的賈蓉抱著
頭滾到二姐懷裡討饒（藉機吃豆腐），三姐更上來欲撕他的嘴。賈蓉忙
笑著跪在炕上求饒，「他兩個（指二尤）又笑了」。又稱賈蓉接著和二
姐搶砂仁吃，「尤二姐嚼了一嘴渣子，吐了他一臉，賈蓉用舌頭都舔
著吃了」（除庚辰本作「尤三姐」外，各脂本以及程乙本均作「尤二姐」）。

表三　《紅樓夢》第六十三至六十九回主要事件繫日

回數	日期	重要敘事（以己卯本、庚辰本為底本）
七十回	三月初二日	老太妃薨（小說稱有爵之家一年內不得筵宴、音樂，而詩社選在此日重開，或可藉以回推其忌日）
六十三回	四月廿六日	怡紅院夜宴為寶玉慶生
六十三回	四月廿七日	賈敬賓天，賈珍、賈蓉父子隨即星夜回京奔喪
六十四回	五月初四日	將賈敬的靈柩運入城
六十五回	六月初三日	賈璉與尤二姐在外邊所買的新房完婚
六十五回	七月初	賈珍在鐵檻寺為亡父作佛事「已是兩個月光景」後，趁賈璉不在，來探望二尤。二姐當晚對稍後到家的賈璉稱兩人「作了兩【一】個月夫妻」
六十六回	七月初	賈璉去平安州出差是「出了月就起身」，估計來回得半個月，途遇柳湘蓮，就撮合他與尤三姐定親
六十六回		賈璉到了平安州辦完公事，節度交代他於十月前後務要還來一次，次日賈璉連忙取路回家
六十六回	八月	八月內柳湘蓮進京，自寶玉聽得尤三姐是賈珍小姨後遂欲退婚，三姐因此拔劍自刎，湘蓮則出家
六十七回（以列藏本為底本）	七月初	襲人賞園在「初秋天氣」、「時值秋令（程甲本：「那時正是夏末秋初」）」，婆子對她說「如今纔入七月的門（程甲本刪去此句），果子都是纔紅上來，要是好吃，想來還得月盡頭兒纔熟透了呢」
六十八回	十月十五日	鳳姐騙二姐入住賈府，賈璉則於稍早又趕去平安州
六十八回		鳳姐責賈珍為亡父守孝纔五七（指四月二十七日至六月初三的三十五日期間），卻安排賈璉娶親
六十八回		賈璉去平安州時，偏值節度巡邊在外，約一個月方回。賈璉將事辦妥，回程已是將兩個月的限了
六十九回	十二月初	賈璉返家，賈赦因其辦事得力，就將秋桐賞給他

回數	日期	重要敘事（以己卯本、庚辰本為底本）
六十九回	十二月	十二日賈珍離家。二姐對賈璉說：「我來了半年（指六月初三日完婚至此時），腹中也有身孕」
六十九回		二姐服了胡太醫的藥後，竟將已成形的男胎打了下來，數日後二姐就吞金自殺

　　丫頭因看不過賈蓉的行為，就笑著罵他：「熱孝在身上，老娘（指二尤之母）纔睡了覺，他兩個雖小，到底是姨娘家，你太眼裡沒有奶奶（指尤大姐）了。回來告訴爺（指賈珍），你吃不了兜著走。」賈蓉便撇下兩位姨娘，抱著丫頭親嘴，丫頭們於是罵他：「短命鬼兒，你一般有老婆、丫頭，只和我們鬧。」賈蓉回嘴道：

　　　　從古至今，連漢朝和唐朝，人還說髒唐臭漢，何況咱們這宗人家。誰家沒風流事，別討我說出來。連那邊大老爺這麼利害，璉叔還和那小姨娘不乾淨呢。鳳姑娘那樣剛強，瑞叔還想他的賬（「想他的賬」意指「打他的主意」）。那一件瞞了我！

　　這一席難聽的話盡揭賈家的瘡疤。而當賈蓉向剛睡醒的尤老娘問安時，則稱其父先打發他來瞧外祖母，「好歹求你老人家事完了再去」，一面說著一面還和他二姨擠眼，尤二姐則悄悄咬牙並含笑罵道：「很會嚼舌頭的猴兒崽子，留下我們給你爹作娘不成！」盡現其風騷與媚態。

　　我們從前述對話的語境或動作的親暱，亦知賈蓉與年齡相近之兩位姨娘間的關係原本應就十分熟稔與隨便。也就是說，小說先前雖只在第十三回秦可卿去世時，提及尤氏姊妹曾到寧府致意，但二尤平時或常到姐姐家串門子。

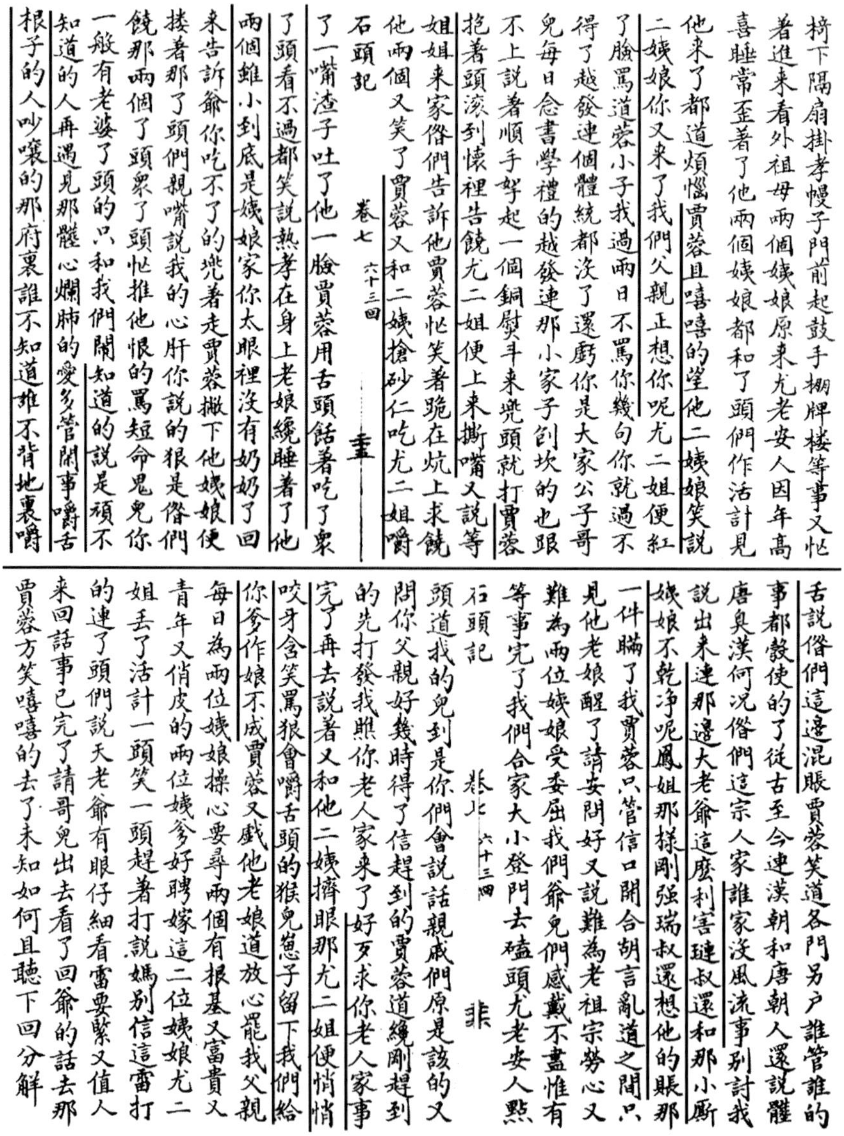

椅下隔扇掛孝幔子門前起鼓手棚牌樓等事又忙
着進来看外祖母兩個姨娘原来尤老安人因年高
喜睡常歪著了他兩個姨娘都和了頭們作活計見
他来了都道煩惱賈蓉且嘻嘻的望他二姨娘笑說
二姨娘你又来了我們父親正想你呢尤二姐便紅
了臉罵道蓉小子我過兩日不罵你幾句你就過不
得了越發連個體統都沒了還虧你是大家公子哥
兒每日念書學禮的越發連那小家子刣坎的也跟
不上說着順手拏起一個銅熨斗来兜頭就打賈蓉
抱着頭滚到懷裡告饒尤二姐便上来撕嘴又說等
姐姐来家偺們告訴他賈蓉忙笑着跪在炕上求饒
他兩個又笑了賈蓉又和二姨搶砂仁吃尤二姐嚼
石頭記　卷七　六十三回
了一嘴渣子吐了他一臉賈蓉用舌頭餂着吃了衆
了頭看不過都笑說熱孝在身上老娘纔睡着了他
兩個雖小到底是姨娘家你太眼裡沒有奶奶了回
来告訴爺你吃不了的兜着走賈蓉撇下他姨娘便
摟着那了頭們親嘴說我的心肝你說的狠是偺們
饒那兩個了頭衆了頭忙推他恨的罵短命鬼兒你
一般有老婆了頭的只和我們鬧知道的說是頑不
知道的人再遇見那髒心爛肺的愛多管閒事嚼舌
根子的人吵嚷的那府裏誰不知道誰不背地裏嚼

舌說偺們這邊混賬賈蓉笑道各門另戶誰管誰的
事都毅使的了從古至今連漢朝和唐朝人還說髒
唐臭漢何況偺們這宗人家誰家沒風流事別討我
說出来連那邊大老爺這麼利害璉叔還和那小廝
姨娘不乾净呢鳳姐那樣剛强瑞叔還想他的賬那
一件瞞了我賈蓉只管信口開合胡言亂道之間只
見他老娘醒了請安問好又說難為老祖宗勞心又
難為兩位姨娘受委屈我們爺兒們感戴不盡惟有
等事完了我們合家大小登門去磕頭尤老安人點
石頭記　卷七　六十三回　非
頭道我的兒到是你們會說話親戚們原是該的又
問你父親好幾時得了信趕到的賈蓉道纔剛趕到
的先打發我瞧你老人家来了好歹求你老人家事
完了再去說着又和他二姨擠眼那尤二姐便悄悄
咬牙含笑罵狠會嚼舌頭的猴兒崽子留下我們給
你爹作娘不成賈蓉又戲他老娘道放心罷我父親
每日為兩位姨娘操心要尋兩個有根基又富貴又
青年又俏皮的兩位姨爹好聘嫁這二位姨娘尤二
姐丢了活計一頭笑一頭趕著打說媽別信這雷打
的連了頭們說天老爺有眼仔細看雷要緊又值人
来回話事已完了請哥兒出去看了回爺的話去那
賈蓉方笑嘻嘻的去了未知如何且聽下回分解

圖三　南圖戚序本《石頭記》描述熱孝在身的賈蓉與尤二姐調情

至於賈蓉在前引文所稱的「大老爺」，乃指賈母的長子賈赦，第四十六回中貪財好色的賈赦因看上老太太跟前的大丫鬟鴛鴦，欲討為姨娘，卻遭拒。老太太還嘗對鳳姐批評他：「左一個小老婆右一個小老婆放在屋裡，沒的耽誤了人家。放著身子不保養，官兒也不好生作去，成日家和小老婆喝酒。」襲人亦對鴛鴦稱：「大老爺太好色了，略平頭正臉的（指模樣還過得去的），他就不放手了。」第六十九回也指賈赦年邁昏憒，但姬妾、丫鬟最多，由於他「貪多嚼不爛」，因此除了幾個知禮有恥的，「餘者或有與二門上小么兒們嘲戲的，甚至於與賈璉眉來眼去相偷期的，只懼賈赦之威，未曾到手」。惟賈蓉所謂「璉叔還和那小姨娘不乾淨」，或只不過斥責賈璉對其父的姬妾亦懷不軌之心，但倒未必是賈璉真與某位小姨娘發生姦情。

而「鳳姑娘那樣剛強，瑞叔還想他的賬」句所指之事則見第十一、十二回，內提及在賈敬的壽宴間，賈瑞（賈府遠親賈代儒的長孫）曾覓機對嫂子鳳姐調情，鳳姐遂設相思局並與賈蓉、賈薔聯手誆詐賈瑞，令其潑糞失財，更一病不起，藥石枉顧，後遇一跛足道人借給他一面名為「風月寶鑑」的銅鏡，賈瑞邊看鏡，邊想像自己與鳳姐顛鸞倒鳳，終至精盡人亡（「沒了氣，身子底下冰涼漬濕一大灘精」）。

賈璉是賈赦之子，同妻子王熙鳳幫著料理榮國府家務。然因鳳姐嘗指賈珍與賈璉是「親叔伯兄弟」（第六十七回），尤二姐也稱賈敬為賈璉的「親大爺」（第六十八回），故賈敬和賈赦很可能原為親兄弟，後寧府因乏嗣（賈敷早殤）遂將賈敬過繼。無怪乎，榮府的賈母在小說第五回中視寧府賈敬的么女惜春為「親孫女」。換句話說，賈珍與賈璉在血緣上或應是同祖的堂兄弟。

賈璉好色成性，他先前曾找多姑娘鬼混（第二十一回），又與鮑二家的私通（第四十四回）。近因賈敬停靈在家，又對來家的尤氏姐妹動了垂涎之意，賈蓉於是協助他金屋藏嬌娶了尤二姐。殊不知賈蓉並非

好意，因他素日亦對兩位姨娘有情，卻以「賈珍在內，不能暢意」，故第六十四回說他其實是抱著「若是賈璉娶了，少不得在外居住，趁賈璉不在時，好去鬼混」之意。知賈珍應與其妻妹有一些曖昧關係，以致賈蓉「不能暢意」，而尤大姐對丈夫賈珍「素日又是順從慣了的」（第六十四回），她連賈珍與媳婦秦可卿間的不倫都睜一眼閉一眼，何況她與兩妹本非同父同母，二尤或因其家在經濟上全賴賈珍支撐，故對特別愛吃窩邊草的姐夫也只能逆來順受。

　　第六十五回在賈珍、賈蓉的幫忙下，賈璉終與尤二姐拜過天地並圓房。但某日賈珍命小廝打聽得賈璉不在，卻逕過新房來與尤老娘母女關起門來喝酒。庚辰等脂本稱二姐恐怕賈璉返回（她對母親說「我怪怕的」），便推故邀母親離開，「賈珍便和三姐挨肩擦臉，百般輕薄起來。小丫頭子們看不過，也都躲了出去，憑他兩個自在取樂，不知作些什麼勾當」（見圖四）。程乙本為與後文尤三姐的貞烈相呼應，遂改稱尤二姐是單獨先離開，並謂：

> 賈珍此時也無可奈何，只得看著二姐兒自去。剩下尤老娘同三姐兒相陪。那三姐兒雖向來也和賈珍偶有戲言，但不似他姐姐那樣隨和兒，所以賈珍雖有垂涎之意，卻也不肯造次了，致討沒趣。況且尤老娘在旁邊陪著，賈珍也不好意思太露輕薄。

　　其表述與其他脂本皆不同，但仍清晰可見賈珍對二尤的垂涎之意。
　　尤二姐雖先前未能守貞，但在嫁給賈璉後，就力持清白。小說中稱：

> （尤二姐）如今改過，但已經失了腳，有了一個「淫」字，憑他有甚好處也不算了。偏這賈璉又說：「誰人無錯，知過必改

就好。」故不提已往之淫，只取現今之善，便如膠授漆，似水如魚，一心一計，誓同生死。

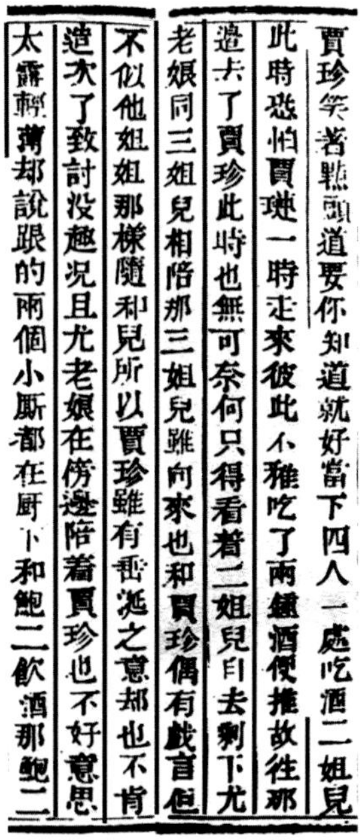
賈珍笑著點頭道要你知道就好當下四人一處吃酒二姐兒
此時恐怕賈璉一時走來彼此不雅吃了兩鍾酒便推故往那
邊去了賈珍此時也無可奈何只得看著二姐兒自去剩下尤
老娘同三姐兒相陪那三姐兒雖向來也和賈珍偶有戲言但
不似他姐姐那樣隨和兒所以賈珍雖有垂涎之意却也不肯
造次了致討沒趣況且尤老娘在傍邊陪着賈珍也不好意思
太露輕薄却說跟的兩個小廝都在廚下和鮑二飲酒鮑二

程甲本

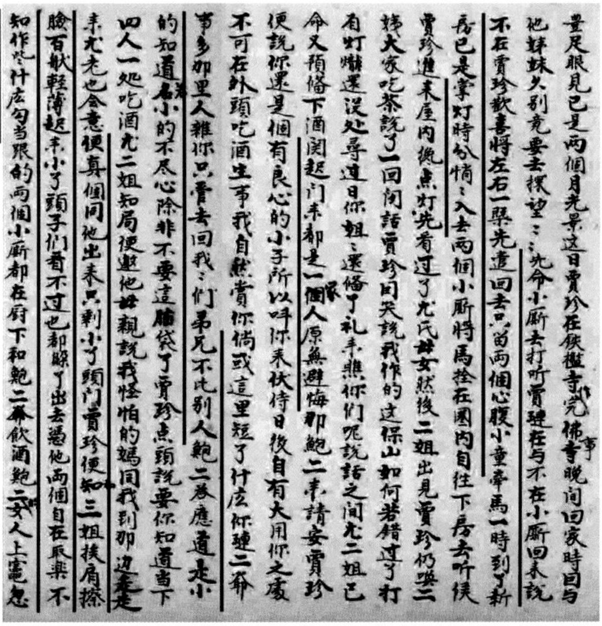
量足眼見已是兩個月光景这日賈珍在鐵檻寺作完佛事晚间回家時因与
他姨妹久别竟要去探望探望先命小廝去打听賈璉在与不在小廝回來說
不在賈珍歡喜將左右一槩先遣回去只留兩個心腹小童牽馬一時到了新
房已是掌灯時分悄悄入去兩個小廝將馬拴在圈內自往下房去听候
賈珍進來屋内纔点灯先看过了尤氏母女然後二姐出見賈珍仍喚二
姨大家吃茶說了一回閑話賈珍因笑說我作的这保山如何若錯过了打
着灯籠還沒処尋过日你姐姐還備了礼來瞧你们呢說話之间尤二姐已
命人預備下酒関起门來都是一家人原無避悔那鮑二來請安賈珍
便說你還是個有良心的小子所以呼你來伏侍日後自有大用你之處
不可在外頭吃酒生事我自然賞你倘或這里短了什麼你璉二爺
事多那里人雜你只管去回我我們弟兄不比别人鮑二答應道是小
的知道若小的不盡心除非不要這腦袋了賈珍点頭說要你知道當下
四人一処吃酒尤二姐知局便邀他母親說我怪怕的媽同我到那边走走
來尤老也會意便真個同他出來只剩小丫頭们賈珍便和三姐挨肩擦
臉百般輕薄起來小丫頭子们看不过也都躲了出去憑他兩個自在取樂不
知作些什麼勾当跟的兩個小廝都在廚下和鮑二飲酒鮑二女人上灶忽

庚辰本

圖四　《紅樓夢》第六十五回記賈珍與二尤在新房吃酒事

「失了腳」意即「失足」。賈璉且對二姐道：「你且放心，我不是拈酸吃醋之輩，前事我已盡知。」但尤三姐則對賈璉、賈珍、賈蓉潑聲厲言痛罵，並責二姐：「姐姐糊塗。咱們金玉一般的人，白叫這兩個現世寶（應指賈珍、賈璉）沾汙了去。」

二姐於是勸賈璉去與賈珍商議，早點揀個相熟的人，把三姐嫁掉，否則，「終久要生出事來」。惟賈珍捨不得，賈璉遂對其稱：「（三姐）是塊肥羊肉，只是燙的慌；玫瑰花兒可愛、刺大、扎手，咱們未必降的住，正經揀個人聘了罷。」且第六十九回尤二姐夢見已自盡的

妹妹對其說「你我生前淫奔不才，使人家喪倫敗行，故有此報」、「姐姐⋯⋯你雖悔過自新，然已將人父子兄弟致於麀聚之亂，天怎容你安生」，其中「父子」乃指賈珍與賈蓉，「兄弟」則謂賈珍與賈璉兩堂兄弟，知賈珍應曾至少染指過尤二姐，否則賈蓉不會對她說「我們父親正想你呢」，而二姐也不至於好意思罵賈蓉說「（難道是要）留下我們給你爹作娘不成」！

　　考量《仁齋直指》將「去皮略炒」的砂仁命名作「獨聖散」（由於此方僅有一味藥，故謂之「獨」），並稱「姙婦不可缺此」（故藥方名有「聖」字；見圖五），令人懷疑尤二姐是否因害喜安胎而嚼食炒砂仁。若然，她當時很可能已出現疑似懷孕的徵兆，賈珍則至少在稍後被告知這是他的種（確否如此，則為另一回事）。無怪乎，賈蓉會如此熱心幫賈璉金屋藏嬌，只用了三天就連續說服賈珍、尤氏與尤老娘，接著，又花了不過幾日就協助賈璉買定一處共二十餘間的房子以及兩個小丫鬟，讓迷戀女色且無子的賈璉能為其父解決燙手的二姐問題。而賈珍除出面作主為二姐替聘外，也還為她準備嫁妝，並特別選在賈璉不在的夜晚私訪二尤，且過度大氣地對服侍二姐的鮑二說：「倘或這裡短了什麼⋯⋯只管去回我。」（第六十四回）

　　那賈珍為何願將自己的孌中之物尤二姐轉給堂弟賈璉呢？此從賈蓉在奔喪抵家後與尤二姐所搶食的砂仁或可一窺蛛絲馬跡。砂仁為縮砂蔤（或作「蜜」）的俗名，乃一種薑科豆蔻屬植物的果實，是常用的芳香性藥材，也可用作食品調味料，因其「仁類砂粒，密藏殼內」，故名「砂仁」。《本草原始》記其入藥的做法，是「熨斗內盛，慢火炒，令熱透，去皮，用仁，搗羅為末」（見圖五）。曹寅好友尤侗的《艮齋雜說》有云：

　　　　婦脹過二月到三月懷胎，口每早服炒砂仁末三分，白滾湯送

下；至四箇月服四分；五箇月服五分；過五月不必服，恐瘦胎也。永不出痘。

❖ 李中立，《本草原始》（萬曆刊本）

縮砂蜜　始生西海及西戎波斯諸國今惟嶺南山澤間有之苗莖似高良薑高三四尺葉青長八九寸闊半寸巳來三月四月開花近根處五六月成實五七十枚作一穗狀似白豆蔻殼有粟文細剌黃赤色殼內細子一團八漏可四十餘粒如黍米大微黑色八月採此物實在根下皮緊厚縮皺仁類砂粒密藏殼內故名縮砂蜜也俗呼砂仁

氣味辛溫濇無毒　生治虛勞冷瀉宿食不消赤白洩痢腹中虛痛下氣○主治氣

痛止休息氣痢勞損消化水穀温暖思莊驚癇和一切氣○安胎○止止痛安胎止痛○胃冷氣○治脾元氣○氣逆喘急奔豚腎氣遠浮熱氣欬嗽膈噎嘔吐女子崩中除咽喉口

連殼縮砂蜜形
去殼縮砂蜜形

修治去殼取仁慢火炒熱折碎入藥薑酒及調食味多用　味辛　氣香

安神效
縮砂蜜君
即胎巳

❖ 孔尚任，《節序同風錄》（清鈔本）　卷二頁十八

肺解渴
查微攪莖蕊瓜子仁宿砂仁隨意咀嚼取其寬脾膈
炒銀杏松桔子梅桐子或法製杏仁半夏橘皮木皮山

新州縮砂蜜

❖ 文俶，《金石昆蟲草木狀》（萬曆本）

❖ 楊士瀛，《仁齋直指》（南宋成書），卷廿六頁三十三

獨聖散治治胎前心腹諸痛胎動不安此藥安胎止痛行氣故也若非八九箇月不宜多服
砂仁不拘多少去皮慢炒
右為細末每服一乇熱酒或艾湯米飲鹽湯皆可調服如覺胎中熱即安矣大抵姙婦不可缺此

圖五　醫書中可治胎動的砂仁

　　且查醫書發現砂仁不僅可治妊娠嘔吐、胎動不安，還有溫脾開胃、止嘔止瀉等療效，亦有謂嚼砂仁可治牙疼，或可寬脾、潤肺、解渴。第六十三回尤二姐在和賈蓉笑鬧時，順手拿來打賈蓉的熨斗，或就是當時炒砂仁用的。

　　第六十八回鳳姐責賈珍為亡父守孝期間，卻安排姪子賈璉娶妾，她挽著頭髮喝罵賈蓉曰：

> 出去請大哥哥〔指賈珍〕來。我對面問他，親大爺〔賈敬〕的孝纔五七，姪兒〔賈璉〕娶親，這個禮我竟不知道。我問問，也好學著日後教導子姪的。

　　所謂「五七」的三十五日，乃從賈敬過世的四月二十七日起算至賈璉與尤二姐完婚的六月初三。而依照五服的親疏關係，賈璉理應為族伯父賈敬服緦麻三個月，該段時間不得娶妻納妾。第六十八回鳳姐因此指點與尤二姐指腹為婚的張華，狀告自己的丈夫賈璉「國孝、家孝之中，背旨瞞親，仗財依勢，強逼退親，停妻再娶」。至於第六十九回鳳姐帶尤二姐去見賈母時，建議「老祖宗發慈心，先許他進來，住一年後再圓房」，則應是要故意冷卻賈璉與尤二姐的恩愛。

　　尤二姐在被鳳姐以巧計接入賈府住後，因備受折磨而生病，第六十九回她嘗對賈璉泣曰：「<u>我來了半年，腹中也有身孕</u>，但不能預知男女。倘天見憐，生了下來還可，若不然，我這命就不保，何況於他。」旋因庸醫用錯藥而流產。小說中稱其胎兒是「已成形的男胎」，而通常懷孕六個月後之男嬰（身長約28-34公分）其生殖器官始較明顯。賈璉在娶進尤二姐之後未久新納的小妾秋桐（原為賈赦的丫環，被賞給賈璉），因被大家懷疑是沖犯之源，氣哭的她因此罵曰：

　　白眉赤臉，那裡來的孩子？他不過著哄我們那個棉花耳朵的爺
　　〔指耳根子軟、易輕信他人的賈璉〕罷了。縱有孩子，也不知姓張
　　姓王。奶奶〔指鳳姐〕希罕那雜種羔子，我不喜歡！老了誰不
　　成〔「誰老了不成」的倒裝語〕？誰不會養！一年半載養一個，倒
　　還是一點攙雜沒有的呢！〔庚辰本第六十九回〕

斥責尤二姐懷的是野種。

　　綜前，作者在鋪陳賈敬後事時，卻又透過一些流言或醜事將賈府
形容得極其不堪，並將小說中所提過有不倫蜚語的要角們，都在此後
幾回一古腦兒重拉上檯面，讓大觀園內外的情感世界有一違和感極強
的對照。其中賈珍不僅對尤二姐不軌，他先前即與媳婦秦可卿亂倫
（第十三回記賈珍在為懸樑自盡的媳婦治喪時，即多有逾格之舉），而賈蓉對
父親的所作所為則應一向不敢違逆。此外，先前發酒瘋的焦大也曾嘗
罵賈珍曰：「我要往祠堂裡哭太爺去，那裡承望到如今生下這些畜牲
來！每日家偷狗戲雞，爬灰的爬灰，養小叔子的養小叔子，我什麼不
知道！」（第七回）其中「爬灰」乃指公公與兒媳的不倫關係，「養小
叔子」則謂公媳亂倫生下的孽種。至於賈璉，則在國喪兼家喪期間在
外私自包養尤二姐。

　　這些醜齪事給人的形象於柳湘蓮口中達到最卑下，柳氏在賈璉作
媒下貿然與尤三姐定親後，一見到好友寶玉，先問及賈璉偷娶尤二姐
之事，接著就打聽尤三姐，但當他聽得自己的未婚妻即賈珍的小姨子
後，竟決定悔婚，並很讓人難堪地對寶玉說：「你們東府（指賈珍所主
的寧國府，寶玉所住的榮國府則為西府）裡除了那兩個石頭獅子乾淨，只
怕連貓兒狗兒都不乾淨。我不做這剩忘八。」（第六十六回）其中「剩
忘八」乃指把別人玩弄夠（所謂的「剩」）的女子娶入者，此舉導致尤
三姐以定聘之鴛鴦劍自刎的悲劇。

　　曹雪芹巧妙安排小說的歡愉氛圍在第六十三回前半段的「壽怡紅群芳開夜宴」中達到頂點，接著，精彩設計以芳官薙髮和賈敬暴斃兩事，隱寫塞楞額國喪違制薙髮和胤禛服食丹藥致死的史實，而胤禛與塞楞額君臣正是雍正五年以騷擾驛站等案查抄曹頫家的罪魁禍首。此等虛擬與真實事件的密切合榫，絕難全歸因成無意識的巧合，它的背後應就是一位曠世作家其敏銳心靈和豐富情感激盪的結果。

　　情理上，前述的賈敬喪禮原本應沉浸於哀淒的氛圍，作者卻十分突兀地穿插入許多賈蓉與尤二姐情挑的內容，並透過賈蓉點出賈璉、賈珍、賈瑞、王熙鳳等人或涉及或被疑有不倫的行為。曹雪芹在第六十三回布下兩種極不調和的情境，顯然有另一層深意。由於賈珍、賈璉、賈蓉皆與賈敬有十分親近的血緣關係，知作者很可能是想藉由賈家的不堪以發洩其對胤禛（以賈敬為影子）的恨意。無怪乎，第五回《金陵十二釵正冊》中的秦可卿（因畫著高樓大廈中有一美人懸樑自縊）判曲有云：

　　　　情天情海幻情身，情既相逢必主淫。
　　　　漫言不肖皆榮出，造釁開端實在寧。

而同一回《紅樓夢曲》第十三支〈好事終〉亦曰：

　　　　畫樑春盡落香塵，擅風情，秉月貌，便是敗家的根本。
　　　　箕裘頹墮皆從敬，家事消亡首罪寧，宿孽總因情。

皆直指寧國府的賈敬是罪魁禍首，己卯、蒙府、甲戌等脂本亦在〈好事終〉旁出現「深意，他人不解」的側批（見圖六）。己卯本（底本乃怡親王弘曉家所抄，而其家的寧郡王弘皎、貝勒弘昌均曾因涉及乾隆四年允祕

之子理親王弘晢的逆案，而遭停俸或削爵的處分）更或因擔心誤觸時忌，而將「從敬」改成了「榮王」（指榮國府之王熙鳳；見圖六）。

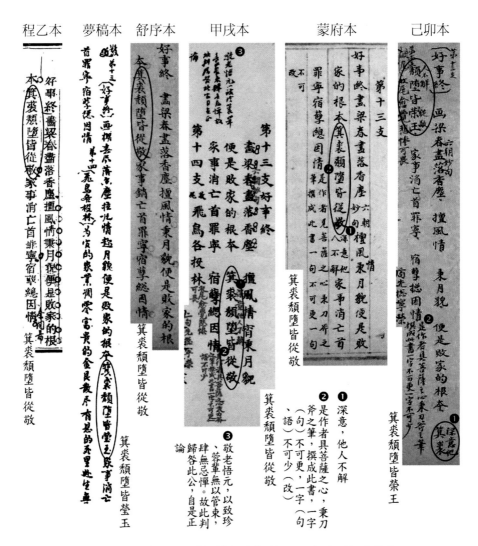

圖六　小說第五回《紅樓夢曲》第十三支的〈好事終〉

結語

　　綜前所論，我們現應有必要重新反思胡適在一九二一年所提出的「自傳說」，因近百年來有太多學者相信「《紅樓夢》是以曹家史實及雪芹個人經驗為骨幹和藍本，然後加以穿插、拆合」，而不敢踰越雷池。然而，「自傳說」顯然與小說所鋪陳之幾個故事（如第七回的焦大醉罵、十三回秦可卿的淫喪、六十三至六十四回賈珍父子與二尤的不倫、六十六回柳湘蓮論東府的石獅子等等）的氛圍頗見距離，因一般作者少有人會將自己家族描述成如此骯髒齷齪。紅學家俞平伯（1900-1990）即指出「自傳說」的弊病為：

　　　　第一，失卻小說所為小說的意義。第二，像這樣處處黏合真人真事，小說恐怕不好寫，更不能寫得這樣好。第三，作者明說真事隱去，若處處都是真的，即無所謂「真事隱」，不過把真事搬了個家而把真人給換上姓名罷了。

　　但即使無需「處處黏合真人真事」，多年來紅圈中人也未能揣摩出幾件被隱去的極特別「真事」。

　　筆者則幸運地先後梳理出幾件與小說相關的史事（除前文所論及的洪昇等人於孝懿仁皇后國喪中讌飲觀劇、胤禛服丹暴斃、陳浩於石匠俞君弼喪事中逾禮會葬、塞楞額於孝賢純皇后國喪中違制薙髮等案外，還包含大觀園省親之元妃與順懿密太妃間樺卯式的關係等），進而發現曹雪芹有種獨特的寫作手法：他偶會從其個人或親長的生平事跡和知識經驗中，擷取極精采的故事片段和人物特質，經消化後再錯綜置入虛擬的小說場景，因而得以創造出其書中這許多豐富細膩且充滿魅力的角色與敘事。由於筆者所追索出的諸多史事皆為當時的重大案件，而案中的主要當事人

且與曹家有特殊淵源，故絕難可全歸於巧合。

紅學前輩劉夢溪就曾明確表示紅學應納入對作家及其時代的研究，稱：「這樣結合一定的歷史政治背景和作者的身世，指出書中蘊蓄的政治含義，是研究古代作者和作品經常採取的一種知人論世的方法。」亦即，我們雖不應期望從真實的歷史找到《紅樓夢》中大多數故事的清楚比附，但理性且有節制的索隱，應被嚴肅納入紅學研究的正途！

甲戌本在書首的凡例中有云：「此書不敢干涉朝廷，凡有不得不用朝政者，<u>只略用一筆帶出</u>，蓋實<u>不敢</u>以寫兒女之筆墨唐突朝廷之上也，又不得謂其不備。」此本第一回亦在論其編寫故事的手法時，以眉批記曰：「<u>事則實事</u>，然亦敘得有間架、有曲折、有順逆、有映帶、有隱有見、有正有閏，以致<u>草蛇灰線</u>、空谷傳聲、一擊兩鳴、明修棧道、暗渡陳倉、雲龍霧雨、兩山對峙、烘雲托月、背面傅粉、千皴萬染諸奇。」或皆表明書中某些情節的原型乃源出自史事。

金聖嘆在批點《水滸傳》時，亦曾指出該書的寫作手法中有所謂的「草蛇灰線法」，其特色是「驟看之，有如無物，及至細尋，其中便有一條線索，拽之通體俱動」。換句話說，作者表面上似乎只是描寫一些日常瑣細，然若深入玩味，就有可能發現其背後往往精心設計了蘊含真意的伏筆，哪些很隱約的灰線，一旦被激發起動，就將變成充滿生命力的草蛇，帶領我們揭開作者情感細膩且豐富的內心世界。本研究中所提及《紅樓夢》第三十八回的詠菊與詠螃蟹詩社，第六十三回的怡紅群芳開夜宴、芳官薙髮與改名、賈敬賓天時准王公以下祭弔、賈蓉和尤二姐搶砂仁吃等等，應皆用的是此一「草蛇灰線法」。

鑒於若有人在乾隆朝以本文所提出的一些論點控告《紅樓夢》作者，尤其是書中針對胤禛的隱性譏刺，曹雪芹肯定逃不脫文字獄的大禍，此應令我們較具體地理解這本小說中「讖語」的表現手法（見

圖七）。此外，程乙本未見芳官薙髮與改名之事實，也強有力地反擊「程前脂後」說，否則，有誰會在程乙本出現後還無聊補上該先前無人知其所云的千字內容。

　　前人或因不嫻曹雪芹的家史背景，又不解其置入性寫法，遂錯認相關敘事乃所謂的「敗筆」！若我們回歸清初環繞在曹家周遭的時空背景，並以前述之嶄新視角重讀第六十三回，應很有機會深刻揣摩雪芹在編寫芳官與賈敬這兩段故事期間的心潮澎湃，相信他於這一回擱筆時，內心想必因替其家出了一口惡氣而酣暢異常，並肯定亟欲浮一大白。

　　　　　　　　二〇一四年十一月二十六日於東吳大學傳賢堂

第三十七回至第四十二回描述了起詩社等事件的「花園似錦之盛、歡樂無盡」之態，其中僅頭尾兩回各有一個明確的繫日，而最歡樂的詠菊詩會的八月二十三日，為雍正帝駕崩的八月二十三日，可回推為雍正帝駕崩的八月二十三日

【第三十七回】
「這年賈政又點了學差，擇於八月二十日起身」

【第三十八回】
記充滿歡欣氛圍之詠菊詩會。會可據第三十七回及第四十二回中詠螃蟹一時間用語以四日的清晰……再根據第三十七回及第四十二回，推為次次回該雍正帝駕崩對一時間用語以四一方橫行介於其中——一方橫行前螃蟹公子卻八月二十三日，不燕會作者規矩此

先！舉其嚴重違反國忌的雍正駕崩，再根據八月二十三日、八月二十三日，推此日日的清晰等相對一方眼的繫無賜緯金，無無經途規矩成何益於無透過蟹肚裡皮空黑色，終不免遭此皮裡春秋空黑色，道一路以一黃公子橫行於世的雖描表不算指。和威黃色，但只題的蟹黃中春秋寶釵詩被眾人，評為人身攻擊了寶釵所接踵而至一絕唱一等蟹黃中春秋寶釵詩被眾人，評為紹唱原要絕唱但又螃蟹大，但人寓意大毒攻擊了些，暗自對胤禛進行

【第四十二回】
「我們大姐兒也著了涼……便叫平兒拿出《玉匣記》着彩明來念」「八月二十五日病者在東南方得遇花神」

小說中很技巧地以賈敬隱射胤禛，目的在揭開雍正帝隱晦且荒謬的死因，以稍洩被抄家的心頭之恨

【第十三回】
賈珍替賈蓉捐官，今秦可卿得以命婦身分風光下葬。而雍正帝恰好於「乙卯科、未戌」年試通賈敬舉行的「乙卯科進士」，祖通正帝恰於乙卯、未戌，此非會一「敬正帝運」乃乙卯歲，令人懷疑其同「進士」一旋一字獲「進諡」之諧音，「進諡」字恰諡

【第十四回】
「十二支寅」隱誨地透過子丑寅卯辰巳午未申酉戌亥，以「謀龍位」「丑巳亥」之謎底，淫母等等「醜事」胤午有謀，父辰子，卯辰未胤午「醜四——醜詞

【第六十三回】
然只記賈敬突然「殯（賓）天」。後獲恩旨用五品之禮，賈，後出現因王氏死命人。而遭革去職，且死才——朝以相近情，再將相者以追曾有在先五品祭，國王后奉齊集發形大。革代人陳浩氏以，公以以逾禮參引會禮道士亦不得涉及胤禛死賜相互呼應——丹宮。服丹藥暴卒宮外，節都讓此道士可能牽連起此胤禛死賜後被驅逐死死，乃這些皆非其應有的規格。此宮生賈敬闖禍秘事，乃兩人間太醫視死因相互呼應的，這些皆非其應有的規格文。

第五十八回至第六十九回，以老太妃的國喪為背景，透過芳官等官頭，以譏刺曹家仇讎塞楞額，並以賈家射胤禛改名胤祥，次以賈家醜事表達對胤禛的痛惡

【第五十八回】
提及宮中有位老太妃薨，賈母等諸命皆常得入朝隨祭，三七後送靈入陵，約需逾月

【第五十九回】
賈母率寧、榮兩府眾誥命及賈赦、賈珍、賈蓉、賈璉等子姪送老太妃靈柩出京入陵、可據前後文推得）

【第六十三回】
眾丫鬟在國喪期間（作者隱晦而不直言——國喪，國恤中諱，但熙二十八年之案前後發生了寶玉與更前小子改名改為男扮女裝犬名，竟「不用一本雄為奴」——國喪，期間不得宴樂官頭吃酒，湘雲約五十人——國喪，幾位老太妃薨，賈母等諸命皆常得入朝隨祭……近之患稱。芳官犯在國喪期間（作者隱晦得開夜宴為寶玉祝壽，但可據「國喪期間」開夜宴為寶玉祝壽，有都做，然眼犬因竟「不用，本雄為奴」一干之思。

觀事——當事多人——改寶玉扮芳——扮官，犬然——如律玉與更前賢正皇五兒——假歸、的替孫蓉，此回今如芳，其子蒙古疏告——當時事尚次迎違制薙髮而乾隆病歿，遭逢國喪之疏，作者用死叙賈敬死因與期映兩姨的調情、態醜態，大篇幅揭開雍正帝隱晦且荒謬死因，如賈珍與二尤苟且、賈璉娶尤二姐為妾的痛惡反映出曹雪芹對其抄家仇讎胤禛一家之痛惡

圖七　曹雪芹在《紅樓夢》中譏刺仇讎的隱性手法

黃一農院士演講丰采

黃一農院士（左二）與東吳大學師長
（左起林伯謙、鍾正道、許鋏輝、羅麗容老師）合影留念

第二講
一篇〈錦瑟〉解人難

曾永義
中央研究院院士

如果在中國舊詩裡，要挑一首許多人能琅琅上口，愛不釋手，但又撲朔迷離，似懂非懂的詩，恐怕非李商隱的〈錦瑟〉詩莫屬。這首詩是這樣子的：

> 錦瑟無端五十絃，一絃一柱思華年。莊生曉夢迷蝴蝶，望帝春心託杜鵑。
> 滄海月明珠有淚，藍田日暖玉生煙。此情可待成追憶，只是當時已惘然。

這首詩金人元好問〈論詩絕句〉如此說：

> 望帝春心託杜鵑，佳人錦瑟怨華年，詩家總愛西崑好，獨恨無人作鄭箋。

元氏的大意是：義山〈錦瑟〉旨在寫他青春年華時的悲怨。其所說的「佳人」不必作「美女」解，而是和古人所說的「美人」一樣，指的是義山這位「賢者」。只是義山所創的「西崑體」好用詞藻典故，令人難解難懂，遺憾的是沒有像鄭康成那樣的人來詮釋它。則這首〈錦瑟〉詩，連大詩人元遺山都承認被它難倒。

　　而事實上，宋代以後，嘗試要解說〈錦瑟〉的名公鉅子大有人在。我們從《李義山詩集輯評》和《唐詩彙評》便可以知道起碼有十種說法：有把它當作一般詠物詩的，以瑟聲的適怨清和來比附中間四句的意境。有謂「錦瑟」為婢女名，詩乃為令狐楚家青衣而作。有謂義山自悔其少年場中風流搖蕩，到如今始知其有情皆幻，有色皆空。有謂此為悼亡詩，意亡者善彈錦瑟，故睹物思人而託物起興。有謂其為國祚興衰而作。有揣測其寫閨情。有認定其美人遲暮，用作自傷之詞。乃至於有「首句謂行年無端將至五十」者。有「〈錦瑟〉乃是以古瑟自況」者。有說是「全詩皆借物擬象，表明作詩之技法和創作之心得」者。

　　這十種說法簡直是出諸「意識亂流」，各說各話，難怪清人王士禎〈論詩絕句〉也要說：「一篇〈錦瑟〉解人難。」

　　而若就其所以難解之故，則一般詩皆有題，可以由題見其旨趣，但〈錦瑟〉乃用首句首二字為題，有如《論語》篇目，因此等同無題；又其頷頸二聯四句皆用典故用神話，詞藻華麗，意象語多而情趣語少，以致其觸發聯想因人而異，其意義情境便各有所見，而難以趨同。

　　也因此古人對於〈錦瑟〉便眾說紛紜，莫衷一是。我想今人縱使有新解別解，而要使多數人首肯，恐怕也沒那麼容易。只是個人認為，如果能運用「科學」的方法，先由全詩的章法入手，觀其句意的連鎖照應；又能對每個字、每個音、每個詞、每個典故考索正確清楚；也能對每個句子的語法結構、意義形式作最貼切合適的分析；然後再以感性作合乎邏輯的直觀神悟，去補苴綴合、襯托渲染。那麼全詩的真諦，其所涵括的旨趣情境，庶幾可以顯現出來。

　　以下個人敢請嘗試探索這首〈錦瑟〉詩：

一　〈錦瑟〉的章法布局

　　首先就〈錦瑟〉的章法布局來看，首聯以彈瑟引發「思華年」，點明全詩宗旨。其頷頸二聯用寫「思華年」所得之內容情境，其內容則二聯各自上下句對比，其情境則「莊生」句與「藍田」句前後呼應，「望帝」句與「滄海」句過脈連鎖。末聯出句之「此情」則總括用指「思華年」，亦即頷頸二聯所呈現刻骨銘心之悲喜與適意、失落之情境；末句則結以此情境即使在華年之際，實已感到惘然若失了。

二　詞句典故的意涵

　　其次對於詩中詞句命義與典故意涵要仔細探究，我所得的是：
　　古代瑟有大瑟、小瑟，大瑟用於樂工堂上合歌，小瑟以其繪文如錦故稱「錦瑟」，與琴合稱琴瑟，用於日常生活陶情寫意。田野考古一九五八年發掘之信陽楚墓有三瑟，含大瑟二、錦瑟一，可以為證。無端，沒有端緒，錦瑟有五十絃，因往日情懷紛至沓來，不知從何處追思，猶如對此五十絃之瑟，不知從哪根絃彈起。柱為琴瑟等絃樂器，用以固絃的小圓柱，一絃一柱，形容其仔細撥彈亦仔細追思。華年，如花之歲月，指美好的青春年代，引申為一生中發光發熱的時候。
　　莊周夢蝶用的是《莊子》〈齊物論〉的典故，莊子在夢中變化成蝴蝶，雖然「形變」，但莊子蓬蓬然適志和蝴蝶翩翩然飛舞，其自在逍遙的神志則都一樣不變。這其實是先秦「物化」哲學「形變神不變」的一例，其他如精衛填海、夸父追日、邢天舞干戚和其下句的望帝化鵑等都如此。義山用此典故來說明在華年裡，他曾有過的適志和得意。譬如他受天平軍節度使令狐楚的賞識受聘入幕而與楚子絢同學之時，二十六歲登進士第前途在望之際，卅一歲入選為秘書省正字再

度光明可期之機。但他卻用「曉夢」，以喻雖美而卻短暫；用「迷」字以見其迷離恍惚，剎那即逝而難以掌握。

　　「望帝」句與「莊周」句對偶，而情境相反。所用「望帝」，其掌故見於《蜀記》、《說文》、《華陽國志》、《成都記》、《本草綱目》等諸書記載。歸納其要點：蜀王望帝名杜宇，教民稼穡，平治水患，是位有作為而子愛百姓的君主。可是他有熱烈而難以言宣的不倫之戀，與其相鱉靈妻私通，因此羞愧而退隱西山。他死後化作杜鵑鳥，常對行旅啼叫「不如歸去」，對農家催促春耕，也可見其形變神固。所以牠也叫子規鳥、催耕鳥、布穀鳥。但牠的啼聲非常哀切，不到啼出血來不肯罷休。以「望帝」如此的「生平」來連結義山生平；義山和多數讀書人一樣，莫不懷抱儒家淑世濟民的心志，但他一生噩運連連，尤其婚娶王茂元幼女，陷入牛李黨爭，被令狐綯說成「背恩」、「無行」。以致如崔珏〈哭李商隱〉所云：「虛負凌雲萬丈才，一生襟抱未嘗開。」而李商隱在喪妻之後曾說：「喪失家道，平居忽忽不樂，始尅意事佛。方願打鐘掃地，為清涼山行者。」（樊南乙集序）即此可見他對妻子多麼深情，悼亡之際又多麼悲痛。而他在欲蓋彌彰的「無題」詩裡，卻也不時流露出很纏綿很悽苦的「婚外」情。像「身無彩鳳雙飛翼，心有靈犀一點通。」「直道相思了無益，未妨惆悵是清狂。」「夢為遠別啼難喚，書被催成墨未濃。」「賈氏窺簾韓掾少，宓妃留枕魏王才。」尤其像那首傳誦不止的「相見時難別亦難，東風無力百花殘。春蠶到死絲方盡，蠟炬成灰淚始乾。曉鏡但愁雲鬢改，夜吟應覺月光寒。蓬山此去無多路，青鳥殷勤為探看。」等等這樣的詩篇詩句，我們無須附會香草美人，但從其情境感受，有誰能否認義山也有過濃烈而無奈的戀情呢。若此，義山以望帝傳說來比喻自家華年情懷就很貼切了。因為他和望帝同樣都有造福百姓的心志，也都有死生無悔而萬般無奈的悲情。然而義山對此何以出之以「春心」而付之

以「託」呢？「春心」原指春天易為景物觸動的心情，引申為男女心中引發的情愛，李白說「憶昔嬌小姿，春心亦自持。」義山自己也說「春心莫共花爭發，一寸相思一寸灰。」而實現理想誠如完成愛情一般的艱難，則「春心」又似乎也象徵義山華年之時的抱負。可是愛情也好，抱負也好，義山都成畫餅了，他對此雖然之死靡它，但也像望帝那樣，把這一切都託付在杜鵑鳥泣血的悲苦裡。

對於「滄海」句，一般都認為合用「月明珠圓」和「鮫人泣珠」兩個掌故。對於「藍田」句，一般都認為用陝西藍田縣出玉如藍的掌故，而其語則本唐人戴叔倫「詩家之景，如藍田日暖，良玉生煙，可望而不可置於眉睫之前也。」而其實義山不過藉此掌故使詩句典麗、意境深遠而已。若欲推究其內涵情境，實可從其「句式」和其字面意義求得。

三 音節形式與意義形式

韻文學的「句式」同時含有「音節形式」和「意義形式」。音節形式是誦讀吟詠歌唱所必須講究的語言音步停頓方式，由此而產生旋律感；意義形式則是了解分析欣賞評論所必須弄清楚的意象語和情趣語的文法結構方式，二者有時相合，但以不相合者為多。倘誤以音節形式為意義形式，亦必損傷甚至誤解其意義情境。所以韻文學句式中的意義形式和音節形式，非分辨明白不可。

就七言詩而言，其音節形式，只採取一種方式，即作「二二二一」分作四音步，其句末字因為是意義完成點，如是韻腳，更為聲韻完成點，所以地位最為重要，停頓的時間也最長；其第四字為七言詩分兩截之中間點，又次之。至其第六字，則因距句末字甚近，其上又有次要之音步停頓，兩頭上下被擠壓，所以停頓最短，其縫隙只如藕斷絲

連。七言詩音節形式，就是以此停頓之長短，產生頗為固定的節奏性。

　　但是七言意義形式就錯綜複雜得多了，詩人也因此顯示其造句的特色和技法。而由於意義形式的分析和掌握，往往因人而異，以致詩境為之有別，此即「詩之多義」產生原因之一。但若能正確指出句中詩眼，並作語法解析，就可以免去多義滋生。也就是說，每句詩最精美的情境，應當只有一種。下面據我所見，把〈錦瑟〉八句的語法結構簡析如下：

　　首句以「錦瑟」為主語為詩眼，「無端」修飾「五十絃」為述語。

　　次句省主語「我」，「一絃一柱」修飾動詞「思」，「華年」為受詞為詩眼。

　　三四兩句對偶，可取之語法結構有二，其一以「莊生」為主語為詩眼，以子句「曉夢迷蝴蝶」為述語。其二以「莊生」修飾「曉夢」為主語，以「迷」為動詞為詩眼，「蝴蝶」為受詞。當以前者為勝。因為「莊生」兼其人其事，而「曉夢」則但主其事。同理，第四句之語法結構亦然。也就是說頷聯以莊生和望帝其人其事來比喻象徵義山華年之時的兩種情境。

　　五六句語法結構有三種分析法：其一以「滄海」為主語，以子句「月明珠有淚」為述語。其二「滄海月明」、「珠有淚」為因果關係之複合句。前者「月」為主語，「滄海」為其修飾語，「明」為述語；後者「珠」為主語，「有」為動詞，「淚」為受詞。其三以「珠」為主語為詩眼，子句「滄海月明」為其修飾語，「有」為動詞，「淚」為受詞。以第三種結構最佳，因為此頸聯義山是以「珠」以「玉」兩物來自況其華年時的際遇不偶和操守堅貞；有如頷聯之以「莊生」以「望帝」兩人來自況其適志短暫和悲痛深沈。

　　第七句以「此情」為主語為詩眼，「待追憶」為複合動詞，「可」為其修飾語，「憶」為受詞。「待成追」極寫記憶之種種浮現方式。

末句省略主語「我」,「是」為動詞,「只」為其修飾語,子句「當時已惘然」為受詞。

四　〈錦瑟〉詩的大意

總結以上,〈錦瑟〉這首詩的大意便是:

我要彈奏錦瑟來抒發我的懷抱,可是往日情懷洶湧而至、紛至杳來,好像瑟上的五十根絃一般,不知從哪根彈起。我還是按下心情來,好像一根柱一根絃一件事那樣仔仔細細的回想我那青春歲月,那在我生命中最為發光發熱的年代:我記得我有偶然適意逍遙的時候,就好像莊周在短暫的清晨夢裡,迷離恍惚間,自己變化成一隻翩翩然飛翔的蝴蝶。但我也有執著堅守、死生不悔的際遇,就好像望帝那樣,有濟世利民的抱負,有熱烈追求的愛情,但結果都落空了,縱使身後化作杜鵑鳥,而那悲怨悽楚,直到泣出血來也不能止休。因為我知道,我儘管是一顆珍珠,可是它在茫茫滄海中是那麼的微小,它畢竟被忽視遺棄了;它雖然也發出一點晶瑩的光芒,可是較諸普照寰宇的月光,怎能相比呢?那麼又有誰注意到我呢?我焉能不為此感到傷心落淚呢?然而我到底是個出身名門、讀聖賢書的人,我知道君子握瑾懷瑜、守身如玉,那玉就像出諸藍田的翠玉一樣,在暖和的陽光下,自然的發出絪縕溫潤的光澤,可是它也像煙那樣,很快的就消失了。像這樣的華年情懷,是刻骨銘心,永不能遺忘而隨時湧現心頭的;只是這種情懷,即使在華年那時,就已教我惆悵惘然而感到無限失落了。

五　聲情詞情相得益彰

至於〈錦瑟〉詩何以能琅琅上口,助長其千古傳誦?那是因為義

山善於運用聲情：其首句「錦瑟」、「五十」皆上入聲彼此呼應。次句「一絃一柱」聲情複踏；「思」當作去聲，韻文學逢一字多音者，取音不取義，而可使之音義違背以諧和平仄韻律。三句「曉夢」、「蝶」為上去入聲，全句因之而「四聲遞換」，其五句「海」、「月」、「淚」，第七句「可待」、「憶」亦然。「四聲遞換」可以充分發揮四聲的質性，聲情因之變化有致而美感。此外，「蝴蝶」、「滄海」、「有淚」、「此情」、「可待」、「追憶」、「只是」皆為相鄰聲調組成之複詞，亦可使聲情為之諧美。義山以此美聽之聲情來襯托、渲染、描述、強化其詞情，自然可使「聲情」、「詞情」相得益彰而令人琅琅上口。

六　結語

我想以上分析解說的〈錦瑟〉詩境，應當比較接近義山的本意。義山這首詩明白的是在追思自己的「華年情懷」，而中間頷頸二聯雖然教人恍惚難解，但其實章法針線清楚：其第三、六句首尾呼應，寫其偶然的自在適意與終生堅持的操守無愧；其中間第四、五句銜接，寫其抱負、愛戀落空，從而因自慚人微職卑，內心產生種種交織的憾恨與悲涼，凡此也是浮現在字裡行間可以依循章法而意會得來的。所以義山只是概括性的在寫其正反奇偶相生並存的悲與喜兩種情懷，我們實在無須如古人那樣，捕風捉影的，非要附會而予以落實不可。何況我們是經由知性的認知分析，然後再作感性的適度渲染連結來探究詩境的，而我也相信用這樣的態度方法來讀詩、解詩，應當會是較為正確的。

二〇一五年九月三十日於東吳大學傳賢堂

第三講
「中國抒情傳統」之說析評

張雙英
政治大學中國文學系教授

一 陳世驤與高友工所提的「中國抒情傳統」說

美籍華裔學者陳世驤（1912-1971）於一九五八年到臺灣大學客座時，發表了〈時間與節律在中國詩中的示意作用〉、〈試論中國詩原始觀念的形成〉、〈中國詩之分析與鑑賞示例〉等三篇演講文，借助西方現代文學批評的方法來分析中國古典詩，而在文學界獲得了很高的評價。一九七一年，他在《淡江評論》上刊登〈中國的抒情傳統〉一文，先指出：「中國古代文學創作的批評和對美學的關注，完全拿抒情詩為主要對象。他們注意的是詩的音質，情感的流露，……中國的古典詩以抒情為主。」然後說：「中國文學的榮耀並不在史詩；它的光榮在別處，在抒情的傳統裡。」自此之後，他這一「中國的抒情傳統」之說在臺灣的中國古典文學研究界裡便引起了巨大的回響。

一九七八年，另一位美籍華裔學者高友工（1929- ）到臺灣大學客座時，在《中外文學》發表了〈文學研究的美學問題・下：經驗材料的意義與解釋〉一文，對「抒情」一詞提出了比陳世驤的說法涵蓋面更為寬闊的論點，他說：

> 「抒情」這個觀念不只是專指某一詩體、文體，也不限於某一主題、題素，廣義的定義涵蓋了整個文化史某一些人（可能同

屬於一背景、階層、社會、時代）的「意識形態」，……作為
一種「理想」、作為一種「體類」，抒情傳統應該有一個大的理
論架構，而能在大部分的文化中發現有類似的傳統。

顯然，高友工不但將「中國抒情傳統」的涵蓋範圍從陳世驤所設定的
「詩類」拓寬到「各種文學體類」，而且，也將討論的內容自古典詩
歌「作品」的「主題」與「題素」，擴大到「整個文化史上」的「某
些人」（指：文藝作家、批評家、理論家）的「意識形態」。但更令人
矚目的是，高氏還提出「抒情傳統」具有「廣義的定義」，即「理論
架構」，而且希望用它來建構中國文學史上的文學「美典」。這一特殊
論點，在美國的中文學界其實已有他的學生加以闡述，例如林順夫於
一九七八年即以《中國抒情傳統的轉變——姜夔與南宋詞》（*The
Transformation of the Chinese Lyrical Tradition: Chiang K'uei Southern
Sung Tz'u Poetry*）為題目完成博士論文，孫康宜也在一九八六年出版
了名為《抒情與描寫：六朝詩歌概論》（*Six Dynasties Poetry*）的專書。

　　在陳、高兩位著名學者以客座教授身分在臺灣提出這一內含西方
文學批評意蘊的「抒情」論之後，臺灣的中文學界自二十世紀八○年
代起即出現一股推衍其說的風潮。然而，值得注意的是這些研究的闡
釋對象——「抒情」，其實已經涵蓋了數個不同的文學研究領域，譬
如：對中國文學史裡的各種「抒情」內涵與意義提出自己的見解；又
如：將論述重點轉移到挖掘中國文學史裡的各種「美學」意涵等。姑
不論單篇研究論文所提出的各種見解，即以在臺灣出版的專書而言，
與這一風潮有關者便可大致羅列如後：一九八二年，蔡英俊編《抒情
的境界》論文集；一九八三年，柯慶明出版《文學美綜論》；一九八
九年，呂正惠出版《抒情傳統與政治現實》；一九九二年，張淑香出
版《抒情傳統的省思與探索》；一九九九年，新加坡學者蕭馳出版

《中國抒情傳統》，並於二○○九年與柯慶明合編《中國抒情傳統的再發現》；二○○六年，柯慶明又出版《中國文學的美感》；二○一○年，美籍華裔學者王德威出版《現代抒情傳統四論》，……等等。這些學者者們或者爬梳與分析中國文學史中抒情類作品的產生背景、表達內容、方式、主題與深意，或者博引中、外文學理論來闡釋中國文學的美學特色；而他們的主要目的則都是在呼應或闡述陳、高兩位的論點。總之，「抒情」於隱然間似乎已被肯定為「中國古典文學」中最「光榮的傳統」了！

二　中國傳統詩歌的「言志」說與「抒情」說

　　了解中國文學史的學者對上述論點其實仍想詢問，中國詩歌史上除了「抒情傳統」之外，是否還有其他傳統？譬如「言志傳統」？而且，若從史料上所呈現的情形來看，「言志傳統」可能比「抒情傳統」還要來得重要！

　　據《論語》〈公冶長〉篇所載，孔子（西元前551-479年）曾問其弟子：「盍各言爾志？」子路（西元前542-480年）回答：「願車馬衣裘與朋友共，敝之而無憾。」顏淵（西元前521-481年）則答：「願無伐善，無施勞。」最後，孔子本身則說自己的「志」為「老者安之，朋友信之，少者懷之。」上引三位被儒家奉為聖賢們所說的「志」，都是指人們應該具有「超越自己」的心志，來「為他人」奉獻與服務。同書裡的〈陽貨〉篇也記載：「子曰：『小子！何莫學乎詩？詩可以興，可以觀，可以群，可以怨。邇之事父，遠之事君。』」這一段文字也是在強調「學詩」應該以「養成自己，服務他人」為目的。後來，孟子（西元前372-289年）則以人不論是否「得志」，都不應影響自己對「道」的遵行，來描述「大丈夫」的心志與胸懷；他說：「居

天下之廣居，立天下之正位，行天下之大道。得志，與民由之；不得志，獨行其道。富貴不能淫，貧賤不能移，威武不能屈，此之謂大丈夫。」到了漢朝，這一儒家的正統傳承已明確的在詩歌領域裡形成了《詩》〈大序〉裡所說的：「詩者，志之所之也，在心為志，發言為詩。情動於中而形於言，……。」的「詩言志」說了。當然，形成這一傳統的關鍵，正是中國傳統「詩人」所具有的特殊身分──「士」，即知識分子。何寄澎教授對此曾有如下的描述：

> 中國古典文學的「作者」不是一般的作者，從本質來看，他們是「知識分子」，是「士」。作為一個「士」，他們有特殊的精神、懷抱──即政治關懷，即所謂「道」，唯有「道」加上他們的「技」／「藝」，才成為他們所願創作、所肯認的作品。而「士」的生命歷程又決定其創作旨歸終在詠懷──政治參與與政治關懷是「士」生命的核心意義：「為宦」是他們政治參與的實踐，「載道」是他們政治關懷的表徵，「抒情」是他們政治挫折的寬解、發洩與告白。

雖然這段文字所論述的對象為古代的「文章」的作者，但因中國古典「詩歌」的作者之身分，也多屬於這類「以兼善天下為職志」的「士」，這他們常以「兼濟天下」為己任，故而係以出仕當官以報效朝廷與服務眾人為職，只不過在政治上遭遇挫折與困境時，他們常會藉著書寫「抒情」詩來寄託或發洩自己內心的情感。

　　如果從文化思想史的角度來考察，史料上所記載的中國傳統的「士」往往會將「情」與「性」結合共論，而且，「情」常被視為「負面」的代表。譬如唐朝的李翱（西元774-836年）在〈復性書‧上〉說：「人之所以為聖人者，性也；人之所以惑其性者，情也。

喜、怒、哀、懼、愛、惡、欲七者，皆情之所為也。」他在這段文字中直接指明「七情」乃是迷惑「人性」的驅力。李氏在他的〈復性書‧中〉裡甚至還說：「情本邪也、妄也。」明確地將「情」評定為「邪」與「妄」。後來，宋朝的理學家邵雍（1011-1077）在〈觀物外篇〉說：「性公而明，情偏而暗。」「任我則情，情則蔽，蔽則偏而暗矣。」他也是用「蔽」與「偏而暗」等含有負面意思的用語來描述「情」。再如，以提出「情景交融」之說而備受後代詩論家所稱譽的王夫之（1619-1692），也在《讀四書大全說》裡提出「性為道心」、「情為人心」，而「性為心之主」、「心為情之主」等說指出他顯然是從層次高低的角度來提出「情」的地位係遠遜於「性」的。

三 陳世驤提出「中國抒情傳統」的背景

陳世驤會提出「中國抒情傳統」之論的原因，從溯源的角度來考察，應該是源於兩大背景：其一是自清朝末年起，知識分子對國家局勢衰微的焦慮，以及對國家文化失去了信心；其二是從比較文學的領域來評價中、西文學時，希望能找出中國文學能夠與西方文學等量齊觀的特色。底下的例子可說明這兩大背景：

清末民初的大學者梁啟超（1873-1929）在一九〇三年的〈小說叢話〉第七號裡說：

> 泰西詩家之詩，一詩動輒數萬言，……而中國之詩，最長者如〈孔雀東南飛〉……罕過二、三千言。……吾昔與黃公度論詩，謂即此可見吾東方文學家才力薄弱，視西哲不慚色矣！

王國維先生也於一九〇四年四月的《教育世界》第七十三號裡發表

〈教育偶感〉一文，文中說：

> 我國之大文學家有足以代表全國民之精神如希臘之鄂謨爾（即荷馬）、英之狹士丕爾（即莎士比亞）、德之格代（即歌德）者乎？吾不能答也。其所以不能答者，殆無其人歟？……我國之文學不如泰西，……無可諱也。

此外，學者錢鍾書（1910-1998）也在一九三五年發表的〈中國古典戲劇中的悲劇〉裡說：

> 悲劇自然是最高形式的戲劇，但恰好在這方面，我國的古代戲劇作家卻無一成功。

上列這些名學者係以比較中、西文學的價值與地位為著眼點，指出中國文學的價值顯然是不如西方；但他們會提出這種論點的原因，則與因為對當時國家衰頹的憂心，以及對民族未來的焦慮。當然，在這種頗為普遍現象中，仍有少數專業精湛且視野廣闊的學者以冷靜的心與公允的立場來面對這些充滿失落與感慨的說法。譬如學者聞一多（1899-1946）便在一九四三年的〈文學的歷史動向〉中寫道：

> 印度、希臘，是在歌中講著故事，他們那歌是比較近乎小說、戲劇性質的，而且篇幅都很長。而中國、以色列，都唱著以人生和宗教為主題的較短的抒情詩。

這個例子，正好顯現點出從事比較研究的人，不僅要擁有寬廣的視野，更須講究心態的客觀與公正，因為只有如此，才能將被比較的雙

方準確地圈定在相應的項目上；同時，為使評價能更為周延與公允，也會把比較的項目先置於各自的文化傳統內去分析與了解，以取得更為宏闊的比較基礎。聞一多上述的說法即因此而顯得較具說服力。

陳世驤應該是繼承了聞一多這種立場與論點，所以才會在一九七一年的〈中國的抒情傳統〉裡說：

> 中國文學的榮耀並不在史詩；它的光榮在別處，在抒情的傳統裡。

他肯定地說，中國文學也有自己的光榮傳統──抒情（詩）。這種態度應當是正確的，但其觀點則應該深入探究。

四 以白居易的生平與詩觀為例：詩歌既可「兼濟──言志道」，也可「獨善──悅情性」

唐朝大詩人白居易（西元772-846年）的一生不僅詩歌創作不斷，總共寫下三千八百多首詩歌，在數量上獨居歷來中國詩人的鰲頭，他的詩歌更具有內涵豐富、體裁多樣、文辭雅俗兼具、聲律和諧悅耳等傑出的特質。他的好友元稹（西元779-831年）曾如此描述他的詩歌：「二十年間，禁省、觀寺、郵候、牆壁之上無不書；王公、妾婦、牛童、馬走之口無不道；至於繕寫模勒、衒賣於市井，或持之以交酒茗者，處處皆是。」這說明了當時不論在社會上的哪一階層、哪些地方、或是哪種場合，都能看到他寫的詩歌，或聽到有人加以吟哦語；它們的風行程度簡直可用「驚人」兩字來形容。

更值得深入了解的是，白居易能從一介平民，做到朝廷的「刑部侍郎」、「太子少傅」等大官，甚至被晉封為「馮翊縣侯」，其實是因

為他在政治上有傑出的作為和巨大的貢獻所致，譬如在朝廷上，他曾於元和三年擔任「左拾遺」之官而屢屢上陳時政，提出了：請降繫囚、蠲租稅、放宮人、絕進奉、禁掠賣良人等諸多建言而都被朝廷採納，因而造福了許多貧弱的百姓，也提升了朝廷的施政品績效。又譬如他在任職於地方時，曾於短短的兩年杭州刺史任內，成功地整治西湖、疏濬六井，解決了長久以來困擾該地區百姓的水、旱問題，使他在任滿而被調任其他職位時，出現了「耆老遮歸路，壺漿滿別筵」的動人的送行場面。稍後，他在蘇州刺史任上也因順利簡化了當地的法令、均攤人民的賦稅、公平地實施勞役等，讓該地百姓得以真正生養休息，而造成他於任滿離開時，再一次出現官吏與百姓們的送行長達十里之遠的盛況。這些作為都呈現出白居易乃是一位典型的以「兼濟天下」為己任的傑出官員。然而，當他在七十五歲辭世時，皇帝唐宣宗弔唁他的詩竟是如此寫的：

> 綴玉聯珠六十年，誰教冥路作詩仙。浮雲不繫名居易，造化無為字樂天。童子解吟〈長恨〉曲，胡兒能唱〈琵琶〉篇。文章已滿行人耳，一度思卿一愴然。

身為天下的統治者兼白居易的最高長官，用來表彰白氏一生的竟然不是他在政治上的功績，而是強調他的「詩歌」與「文章」在當時是多麼「流行」！這一現象，豈非呈現出白居易在當代大多數人的心中乃是一位胸懷「居天下之廣居，立天下之正位，行天下之大道。得志，與民由之；不得志，獨行其道。」的「文士」與「詩人」的代表？因而以他為例，來分析他對「抒情」的看法，應可讓我們了解「抒情」是否為中國詩史裡最光榮的傳統。

　　白居易從十餘歲起即開始寫詩，而且一直到終老為止，從不曾中

斷過，其原因應與他對「詩歌」的態度密切相關！朱金城在他的《白居易研究》中便清楚地用「白居易的詩歌成就，是和他的生活經歷以及他生活著的那個時代分不開的。」來描述「詩歌」與「白居易的生活」之密切關係；也是因此之故，使他在不同的時期所創作的詩歌之內容、題材與主題有了明顯的差別。

　　底下，就先以白居易在年齡上的增長與經歷上的改變為軸線，將他的「詩觀」區分為三期，分別勾勒出他在「每一期」內所表現出來的主要詩觀；然後，進一步指出白氏的一生實具有「一個」不曾改變的詩觀──詩歌的「實用性」！

（一）入仕之前：
「詩歌」具有讓他「進入仕途」的「實用」功能

　　白居易祖籍太原，唐代宗大曆七年（西元772年）出生於鄭州新鄭縣。後因其父白季庚（西元729-794年）官職數易，而致居處不定。十一歲時，因受到當時節度使叛亂的影響，而隨家搬到越中避難。十五歲時，因非常仰慕吳中地區的兩大地方主官：蘇州牧韋應物（西元737-792年）與杭州牧房孺復（西元756-797年）之間的「詩酒風流」，而產生了自己的未來也能夠如此的盼望。

　　十八歲時，白居易到京城長安，以詩謁見著作郎顧況（西元725-814年）。因該卷首篇為〈賦得原上草送友人〉：「咸陽原上草，一歲一枯榮。野火燒不盡，春風吹又生。」而獲顧況讚賞。二十三歲時，因父親在襄州別駕任上辭世，致家境陷入窘境。守喪三年期滿後，他到浮梁縣依附擔任該縣主簿的大哥白幼文。後來，因在該地鄉試中表現優異，而被宣州刺史崔衍推薦至長安參加進士科考；次年，即唐德宗貞元十六年（西元800年），以進士第四名登第。兩年後，與元稹、崔玄亮等八人同在「書判拔粹科」上登科。貞元十九年（西元803年）

白氏三十一歲時，獲派任祕書省校書郎，正式進入仕途。值得一提的是，他曾將自己與其弟白行簡（西元776-826年）能通過科舉考試、進入仕途歸功於母親的教導；這可由他在紀念父親去逝而寫的〈襄州別駕府君事狀〉中看出：

> 諸子（白氏與其弟弟）尚幼，……未就師學。夫人親執詩書，晝夜教導，恂恂善誘，……十餘年間，諸子皆以文學仕進，……實夫人慈訓所致也。

在這段感懷父母教養之恩的文字中，白居易表達了他孩提時因家境貧困，所以和弟弟無法拜師習藝；幸而有母親的教導，才使他能經由「文學」（含「詩歌」）的傑出表現而進入仕途。

（二）元和元年至九年：
「詩歌」應在政治上發揮「美刺」功能

唐憲宗元和元年（西元806年），白居易罷除校書郎之職，而奉命與元稹共同退居長安水崇坊的華陽觀，深入揣摩時事。他在該處完成了著名的〈策林〉七十五篇。在其中的第六十八篇裡，他具體地表達了他對詩歌的看法：

> 懲勸善惡之柄，執於文士褒貶之際焉；補察得失之端，操於詩人美刺之間焉。

白居易採用了「詩人」與「文士」並舉的方式，來表達自己在此一時期裡的最重要的「詩觀」。他認為，詩人與文士的責任與才能並不全同；當寫文章時，身分即是「文士」，而寫作「文章」應以「褒貶」

為念，透過其文章來鼓勵善行，懲罰惡人；至於創作詩歌時，身分當然就是「詩人」，此時，心中所固守的便是如何創作出具有「頌美或諷刺」功能的詩歌，以「補救或考察」政治上的得或失。換言之，詩人創作詩歌的目的，就是將詩歌這一與政治緊密結合的「功能」發揮出來。

不久，白居易與元稹一起登上「才識兼茂明於體用科」，但因他的對策用辭過於直切，而被列入第四等，授盩厔縣尉。盩厔縣位於陝西之內，離京城長安並不太遠；白居易到該地任職不久，既無權，也無事，因而結識了陳鴻（貞元二十二年進士）與王質夫（盩厔縣布衣隱士），三人常一同出遊，並以詩歌唱和，成為詩友。陳鴻在其〈長恨歌傳〉裡說：

> 元和元年冬十二月，太原白樂天自校書郎尉於盩厔，鴻與琅邪王質夫家於是邑，暇日相攜游仙游寺，話及此事，相與感嘆。質夫舉酒於樂天前，曰：「夫稀代之事，非遇出世之才潤色之，則與時消沒，不聞於世。樂天深於詩，多於情者也，試為歌之，如何？」樂天因為〈長恨歌〉。

仙游寺位於長安西南三十多華里，南倚終南山，是歷代佛教法塔與道教樓觀的勝地，所以充滿許多道、佛兩教的傳說故事。陳鴻指出，他們三人到仙游寺遊覽時，因王質夫認為白居易在詩歌創作上具有「出世之才」，而唐玄宗與楊貴妃的傳說故事則屬於「稀代之事」，所以建議白氏將該事件寫成詩歌，使其得以流傳下去。白氏果然因此完成了名作〈長恨歌〉，而且廣傳於天下。有關〈長恨歌〉的主題是愛情？是隱事？是感傷或諷諭？……等，歷來的學者雖頗有爭執，並各有論據，但力主「諷諭」之說者應最具說服力，因其諷刺「懲尤物窒亂

階，刺男女不常、陰陽失倫」的主題時在頗為明顯。更重要的是，這首長篇詩歌已經越傳越廣了。

　　元和二年（西元807年），白居易調任京兆府考官，且先後加授翰林學士、集賢殿書院校理。白氏擔任這些官職時，以其豐富的學識與高明的文筆進行了刊輯古今經籍以明國之大典，並奉旨撰集文章、承旨徵求賢才與可施行的籌策等工作。隔年，白氏因任職「左拾遺」而屢上建言，如：請降繫囚，躅少租稅，釋放宮人，斷絕進奉，禁止劫賣良人，……等，而且都被朝廷採納，既造福弱勢百姓，也宣揚朝廷的恩澤。元和四年閏三月，白氏為了更深刻的盡到「拾遺」職位的責任，更創作出寓含「諷諭」性質與功能的〈新樂府五十首〉。這一組詩歌不但廣傳於朝廷中，還獲得皇帝的肯定。白氏在這組共計五十首詩歌的「序」裡說：

> 凡九千二百五十二言，斷為五十篇。篇無定句，句無定字，繫於意，不繫於文。首句標其目，卒章顯其志，《詩三百》之義也。……其辭質而徑，欲見之者易諭也。其言直而切，欲聞之深戒也。其事覈而實，使採之者傳信也。其體順而肆，可以播於樂章歌曲也。總而言之，為君、為臣、為民、為物、為事而作，不為文而作也。

在這段文字裡，白氏提出「樂府詩」不但內容應該採自可信靠的事實，詩歌的形體也需選擇能夠合乎樂章的「樂府」類型，因為這一類型的詩歌能通過悅耳動聽的曲調來以吸引人們聆賞。此外，詩歌的文詞也必須淺顯直切，以達到讓聆聽者容易了解的真實涵義，進而在聽完後能產生警醒自己的效果。為了使這五十首「樂府詩」都能達成這些功能，白居易在每一首詩歌的卒章部分都明白說出他寫作這首「樂

府」詩歌的心「志」，乃是要繼承儒家經典《詩經》所宣示的教化目的，也就是《詩》〈大序〉所說的：「詩者，志之所之也，在心為志，發言為詩。」以及孔子說的：「詩可以興，可以觀，可以群，可以怨。邇之事父，遠之事君。」等「實用功能」。我們由此可以推知，白居易顯然認為官員也是詩人，而官員推動政務的有效方法之一，就是化身為詩人，透過創作出具有「諷喻」功能的詩歌來達成施政的目標。換言之，白居易明說他創作這些「樂府詩」的目的，就是想真誠地表達出自己由衷希望能侍奉國君、服務朝廷，然後形成政策，以實現關心人民、百事與萬物的心「志」，而不是在表現自己的精采文詞與高明的創作技巧。

在同一年，白居易還創作了另一組與〈新樂府〉齊名的「諷諭」名作〈秦中吟〉。他在這組包括了〈議婚〉、〈重賦〉、〈傷宅〉、〈傷友〉、〈不致仕〉、〈立碑〉、〈輕肥〉、〈五弦〉、〈歌舞〉、〈買花〉等十首詩的〈秦中吟〉之前頭，與他的〈新樂府〉一樣，附有一段小「序」。其文字為：「貞元、元和之際，予在長安，聞見之間，有足悲者。因直歌其事，命為〈秦中吟〉。」它簡要地說明了這十首一組的「為事而作」的詩歌，是他在長安時親自看見或聽到足以讓人感嘆、悲痛的事情而寫成的「諷諭」性詩歌。事實上，白居易在他自行編輯的《詩集》之末，也有詩題曰：「一篇長恨有風骨，十首秦吟近正聲。每被老元偷格律，苦教短李伏歌行。世間富貴應無分，身後文章合有名。莫怪氣粗言語大，新排十五卷詩成。」詩中的「老元」指元稹，而「短李」則是李紳（西元772-846年），因他的身高比較矮而笑稱之。白居易既然將〈秦中吟十首〉稱為「正聲」，則這組詩歌在他心目中應該也屬於他的「諷諭詩」之典型。據此，白居易顯然認為「詩歌」與「文章」都具有讓其作者「名垂後世」的「功能」。

元和六年（西元811年），白居易因母親去逝而罷官丁憂；三年

後，授太子左贊善而重返長安。他到京城之後，因率先上疏急請追查刺殺宰相武元衡之事，因而得罪了許多未能及時將該事件上奏給皇帝的朝臣們，也因此在元和十年（西元815年）被貶為江州（九江）司馬。而正是在江州任上的三年中，白居易的詩觀有了明顯的改變，亦即：從認為詩人應該以「兼濟」國家社會之「志」來創作詩歌，逐漸偏向創作詩歌也具有讓自己得到身心安頓的「獨善」功能。

（三）元和十年之後：詩歌可以「悅性情」

　　元和十年，白居易四十五歲。以中、壯之年而被貶任江州的「司馬」，擔任一個「進不課其能，退不殿其不能，才、不才，一也。」的空泛職位，白居易乃將原本的「濟世」之心轉向享受遊覽江州之地的青山綠水之美。後來，還在廬山的香爐峯下蓋了一間草堂，與道士往返，練習燒汞，研究煉丹，追求如何能長生之道，甚至產生了「隱居」於該地的想法。在如此閒適的生活中，白居易將自己先前所創作的詩歌彙編為十五卷《詩集》；而特別的是，他把這本集子裡的詩歌歸納為「諷諭詩」（150首）、「閑適詩」（100首）、「感傷詩」（100首）與「雜律詩」（400多首）等四類，並說明他的詩觀。對「諷諭詩」類，他這麼說：

> 自拾遺，凡所適、所感，關於美刺興比者；又自武德迄元和，因事立題，題為〈新樂府〉者，共一百五十首，謂之「諷諭詩」。

有關「諷諭詩」中的五十首〈新樂府〉，其要旨已如前述，即繼承了「《詩三百》之義」的作品。至於另外一百首「諷諭詩」的主旨，則可在此集子裡的「諷諭詩」類之第二首（卷一）〈讀張籍古樂府〉中

有關張籍（西元766-830年）的詩句中看出：「為詩意如何？六義互鋪陳。風雅比興外，未嘗著空文。」「言者志之苗，行者文之根。所以讀君詩，亦知君為人。」既然以「六義」、「風雅比興」、「言志」等來看待它們，其性質當然是沿襲了《詩經》以降的儒家傳統；而內容屬「因事立題」者，更是以達成「美刺」功能為目的了。

　　另外也值得注意的是，白居易在同一年寫給當時也被貶為通州司馬的好友元稹的信〈與元九書〉。他在該書信中對元稹說：

> 古人云：窮則獨善其身，達則兼濟天下。……故僕志在兼濟，行在獨善；奉而終始之則為道，言而發明之則為詩。謂之「諷諭詩」，兼濟之志也；謂之「閑適詩」，獨善之義也。故覽僕詩，知僕之道焉。其餘「雜律詩」，或誘於一時一物，發於一笑一吟，率然成章，非平生所尚者；但以親朋合散之際，取其釋恨佐歡。

白氏在此信中雖明白表示「諷諭詩」與「閑適詩」乃他創作詩歌的兩大重心，前者表達了他「兼濟天下」之「志」，而後者則表明了他「獨善己身」之「行」；他創作這兩種詩歌是在實踐一生信奉不渝的「道」，也就是孟子所說的：「得志，與民由之；不得志，獨行其道。富貴不能淫，貧賤不能移，威武不能屈。」的儒家觀念。但更令人矚目的是，白居易在用「非平生所尚」來形容他這兩類詩歌之外的「其他種類」詩歌，包括「雜律詩」與「感傷詩」之時，也清楚地說明了他會創作的這些詩歌，是在自己與親友聚合離散之時，想將心中的情感如實表現出來，所以是率性之作，它們對自己當然具有「釋恨佐歡」的「實用」功能。

　　姑不論白居易將自己的詩歌進行這樣分類的立場與目的是什麼，我們仍可從現代的分類角度來分析他的寫詩心態與詩歌的性質；譬如說，「詩人寫詩」是「為他人」或「為自己」，或者「詩歌的影響力」是屬於「積極性」或「消極性」等。據此，我們應可判斷：在白居易上列那四種詩歌中，比較重視「言志」性質與「兼濟」功能的「諷諭詩」是屬於「積極性」的「為他人」的詩歌；而追求「獨善」的「閑適詩」，或讓自己個人得以「釋恨、佐歡」的「雜律詩」與「感傷詩」等，便是屬於「消極性」的「為自己」的抒發而寫的詩歌了。因此，白氏所區分的上列四種詩歌若以「詩人寫作時的心態」為立足點來觀察的話，應可區分為「積極性的為他人而作」與「消極性的為自己而作」兩大類。

　　白居易在元和十一年創作了另一篇與〈長恨歌〉齊名的長詩〈琵琶行〉。他在該詩的「序」裡說：

> 元和十年，予左遷九江郡司馬。明年秋，送客湓浦口，聞舟中夜彈琵琶者。……聽其音，錚錚然有京都聲。問其人，本是長安倡女，……年長色衰，委身為賈人婦。遂命酒，使快彈數曲。曲罷，憫默。自敘少小時歡樂事，今漂淪憔悴，轉徙江湖間……。予……感斯人言，是夕始覺有遷謫意。因為長句，歌以贈之，……命曰〈琵琶行〉：「莫辭更坐彈一曲，為君翻作琵琶行。……滿座重聞皆掩泣。就中泣下誰最多？江州司馬青衫濕。」

〈琵琶行〉與〈長恨歌〉都是以「樂府」詩體來創作的長詩，也同樣是藉著悅耳動聽的曲調來敘述一個動人的故事。然而，在創作者與其作品的關係上，〈琵琶行〉與〈長恨歌〉顯然並不相同，因為白居易

在寫〈長恨歌〉時，所採取的是「客觀」的角度來講述一個淒艷的故事，他是一個與故事內容並無關係的敘述故事的人。但當他寫〈琵琶行〉時，同樣作為敘述故事的人，他卻選擇了「主觀」的立場，把自己融入故事之中。這樣的寫法不但使這一詩篇因而充滿了他個人的強烈情感，也引發了聽者深受感動的力量。

在上引的「序」文裡，白居易先說明創作這首〈琵琶行〉的背景：自己在任職江州司馬的第二年秋季，在某一天夜晚，當他送客人到潯陽江邊時，聽到江面上的舟中傳來琵琶的彈奏聲。在了解彈奏者年輕時曾於長安為倡女，且擁有歡樂的時光，而如今卻因年長色衰，以至於輾轉漂流於江湖間的遭遇之後，他的憐憫之心乃被引發出來。因此，白居易便請她彈奏數首快曲，而當她彈的弦音轉急下時，淒涼的曲聲竟讓滿座聽者都掩面拭淚，而流淚最多的，正是身為江州司馬的白居易本人。白居易進而解釋說，那是因為琵琶女令人憐憫的境遇，使他聯想到「自己」從朝廷被「謫貶」到九江郡的情形，所以才會比在座的人哭得更傷心。換言之，白氏在這首詩歌裡已非客觀地敘述故事、並寓含諷諭之意於其內，而是讓自己直接進入詩中，婉轉地「表現出當時自己心中的情感」！因此，這首詩歌應可視為白氏對詩的態度已從過去以「兼濟」為主的「諷諭」，轉變為用來表達「自己內心」中的「傷感」了！

白居易對詩歌認知的這一轉變，也可在他的〈與元微之書〉裡得到印證。這封書信寫於元和十三年（西元818年）夏天，是白居易為了安慰被貶到通州擔任司馬的好友元稹而寫的。他在這封書信裡說：

> 僕自到九江，已涉三載。形骸且健，方寸甚安；下至家人，幸皆無恙，此一泰也。江州……地少瘴癘；……司馬之俸，亦可自給；……此二泰也。……游廬山，……香爐峰下，見雲水

　　　泉石，勝絕第一，愛不能捨，⋯⋯不唯忘歸，可以終老，此三
　　　泰也。

白居易在信裡對元稹說，自己到九江任職三年，終於體會到一種隨遇
而安、滿足當下的新人生觀。人生的榮達或挫折並非自己所能掌控，
而自己既能擁有與家人團聚、經濟無虞，且有美麗的山水可供遊覽等
三件讓自己深感泰然之事，內心已感到非常滿足。他此時的人生觀，
已經從過去的關心世事轉向尋求自己心靈的安頓了。

　　後來，白居易又經歷了忠州刺史、知制誥、上柱國等官職。唐穆
宗長慶四年（西元824年），白氏奉派為杭州刺史，在兩年任期中，除
了治理頗獲政聲，同時也過著愜意的生活。此時，他將自己的詩歌與
文章彙整為《白氏長慶集》五十卷，集中收入了他的兩千一百九十一
首詩歌。在其中的〈詩解〉一詩裡，他如此說明自己的「詩觀」：

　　　新篇日日成，不是愛聲名。舊句時時改，無妨悅性情。
　　　但令長守郡，不覓卻歸城。只擬江湖上，吟哦過一生。

白居易再次表示「詩歌」在自己的生活中占有非常重要的角地位：天
天創作新的詩篇，時時修改舊的詩句，但在同時，自己已經不再以
「為君、為臣、為民、為物、為事」之事為創作詩歌的主重要題材
了。他只想留在地方為官，藉著寫詩讓自己的「性情」得到「愉
悅」，透過「吟哦」詩歌來度過「一生」。換言之，他的主要「詩觀」
確實已從表達「兼濟之志」轉成「愉悅」自己的「性情」了。

　　白居易後來到東都洛陽任職時，在詩歌領域裡最值得注意的是和
另一位名詩人劉禹錫（西元772-842年）成為詩歌酬唱與往返上最頻
繁的詩友。他在〈與劉蘇州書〉裡說：

> 嗟乎！微之先我去矣，詩敵之勁者，非夢得而誰？前後相答，
> 彼此非一。彼雖無虛可擊，此亦非利不行。但止交綏，未嘗失
> 律。然得雋之句，警策之篇，多因彼唱此和中得之。他人未嘗
> 能發也。

這封信突顯出白居易對詩歌的重視，已從作品的「主題與功能」轉到
詩歌的「創作技巧」上。「夢得」是劉禹錫的字，白居易在信中不但
認為劉氏是他在詩歌創作上的強勁對手，而且是唯一能使自己詩歌改
正「理周辭繁，意切言激」的弊病之詩友。他對劉禹錫的肯定也可從
《白氏長慶集》六十卷裡的〈劉白唱和集解〉一文中看出，他說：

> 彭城劉夢得，詩豪者也，其鋒森然，少敢當者，予不量力，往
> 往犯之。夫合應者聲同，交爭者力敵，一往一復，欲罷不
> 能。……夢得夢得，文之神妙，莫先於詩。若妙與神，則吾豈
> 敢。如夢得雪裡高山頭白早，海中仙果子生遲。沉舟側畔千帆
> 過，病樹前頭萬木春。之句之類，真謂神妙。在在處處，應當
> 有靈物護之，豈唯兩家子姪秘藏而已。

白居易顯然認為，劉禹錫實可譽為「詩豪」，因他的詩歌應該有神靈
運行於其中，否則怎能達到如同「神妙」般的境地？事實上，白居易
在這一時期中與詩友間的互動和交流，的確已從強調詩歌須對政治與
社會產生「影響力」轉移到詩歌應該要含有哪些「創作技巧」才能獲
得肯定，進而流傳於後代了。

　　唐文宗大和元年（西元827年），白氏從蘇州刺史任上調回長安擔
任秘書監；兩年後轉刑部侍郎，掌天下刑法、政令，並封晉陽縣男，
可謂位高責重。但在隔年，他卻以身體衰病為由，請求改任太子賓

客、「分司東都」的閒官。大和七年（西元833年），白氏奉調擔任擁有實權與責任的河南尹之職，但在不久之後，又再度以同樣的理由請求罷河南尹，而獲授太子賓客、「分司東都」。他在心願達成後，曾用〈詠興五首〉的「序」來表達當時的心情：

> 予罷河南府，歸履道第。廬舍自給，衣儲自充，無欲無營，或歌或舞，頹然自適，蓋河洛間一幸人也。遇興發詠，偶成五章。

白氏在詩中直接說明他此時的心中已無欲無求，只想擁有「自適」的生活，並在有感興之時能寫寫「詠興詩」就好。大和九年（西元835年），白氏又被朝廷授同州刺史，但仍以年老體衰（64歲），無法勝任為由而請辭，而獲升任太子少傅，且「分司東都」，進封馮翊縣侯。事實上，白居易數次請求「分司東都」的主要原因，是不願意留在朝廷而遭禍。果不其然，就在同年的十一月二十一日，皇帝文宗與宰相李訓以昨夜降甘露，皇帝應該接受天恩為名，計畫捕殺實際掌控朝政的宦官，但卻因計畫敗露而遭神策中尉仇士良（西元781-843年）等率神策軍脅持皇帝，並屠殺宰相李訓（西元？-835年）與兩省、諸司千餘人，史稱「甘露之變」。白居易雖因獨遊香山寺而免遭此禍，卻仍以〈九年十一月十一日感事〉一詩寫下心中對此事的哀傷與憤慨：

> 福禍茫茫不可期，大都早退似先知。當君白首同歸日，是我青山獨往時。
> 顧索琴書應不暇，憶牽黃犬定難追。麒麟作脯龍作醢，何似泥中曳尾龜。

在被殺的大臣中，舒元輿（西元791-835年）與賈餗（西元？-835

年）是與白居易時常詩琴酬唱、書信往返的好友，所以白氏用麒麟與龍來分別比喻他們，認為他們為了效忠君王與實踐理想，即使下場為被宦官所殺，也應算是求仁而得仁了！反觀自己，即使因「早退」而避免此一災禍，但往後卻也只能像烏龜一般，躲在爛泥巴裡搖尾求生了。這當然是一首有感於事而抒發胸臆的詩！六年之後（西元846年），白居易以七十五歲的高齡辭世，完成了他被譽之為「終身詩人」的生命之旅。

五　結語

　　陳世驤會提出中國文學的榮耀在「詩歌」的「抒情傳統」之說，是為了反駁清末以降許多著名學者所主張的：中國的文學比不上西方文學。這一視野當然比前人開闊，態度也比較客觀。但明確主張中國文學傳統中能夠與西方文學一樣，被自己國人感到榮耀的為「抒情傳統」，則實在有待審酌。

　　以陳世驤所專注探研的「古典詩歌」為課題來考察的話，在中國傳統詩史上，不論是從生命的長壽、懷抱的開闊、學識的豐富、作為的貢獻，甚至是創作歷程的漫長及創作詩歌的數量和成就來看，選白居易作為傳統詩人的代表，並以他的「詩觀」為標的，來審視「中國抒情傳統」在中國詩史上的地位到底如何，應該頗為恰當。

　　在白居易的七十五年生命中，隨著年齡的漸增與經驗的日豐，他的詩觀大致可區分為三期：一、進入仕途不久之前：此時，他希望能藉著創作的詩歌來取得名聲，並進入仕途。二、獲得官職三、四年後的十一、二年間，也就是從他三十五歲到四十四歲之間，他認為「詩人」應本著「奉道」的理想與「言志」的胸懷，創作出以「美刺」為目標的「諷諭性」詩歌，來達成「補察」時政的功能。三、四十五歲

以後：白氏因親歷國家局勢日趨困頓，而自己卻無力改善，只能自保，因此乃將詩歌功能的重心從服務「公眾」轉移到安頓「自己的情懷」上。

在中國詩史上，白居易當然是典型的傳統「詩人」；在中國文化與政治史上，白居易更是傳統的「士」。因此，上面對其「詩觀」的勾勒，應該可推衍成大多數傳統「士－詩人」普遍擁有的觀念。也就是說，創作詩歌對他們而言，不但是「進入仕途」的敲門磚，也能讓他們「與人酬酢」、「釋恨佐歡」、「愉悅性情」，甚至「名垂後世」；傳統詩人可以藉著寫詩用來諷諭「政治」、或實錄「歷史」、或描寫「社會現實」，或反映「風俗民情」，來實現自己的目的；「詩歌」是具有「實用功能」的。「抒情」，當然也算是一種「詩歌的功能」，但卻多被傳統的「士－詩人」們用來「紓解自己」內心的壓力，是屬於「為己」而作的類型。它與內含「兼善天下」的懷抱、「為人」而作的「言志詩」正好是鮮明的對比，而且其地位與影響力顯然是處於弱勢的一方。對以「士」為主要身分的「傳統詩人」而言，要把「用詩來抒情」視為一種「光榮」的言行，雖然不算沒有根據；但若希望把「抒情」視為中國詩史上的「光榮傳統」，並且用它來突顯中國文學中也擁有與西方的「史詩」與「悲劇」同等重要地位的文學類型，顯然與史實頗有差距頗，甚至會有把中國文學的格局縮小的缺失。

二〇一六年五月四日於東吳大學國際會議廳

張雙英教授演講丰采一影，本次講座由羅麗容教授主持

張雙英教授（中）與主持人羅麗容教授（右）、鍾正道系主任（左）合影

張雙英教授與東吳大學與會師生合影留念

第四講
再現傳統中國的思想
——邁向論述化、命題化的哲學？

黃進興
中央研究院副院長

> 中國本沒有所謂哲學。多謝上帝，給我們民族這麼一個健康的習慣。
>
> ——傅斯年（1926）

　　假如藉著「閱讀來思考」（thinking by reading）不失為一種學習方式的話，已故法籍哲學史名家哈鐸（Pierre Hadot, 1922-2010）對西方古代哲學的重新闡釋，勢必對民國以來中國哲學史的研究有所針砭，甚至對未來中國哲學發展也有所借鑑。

　　迥異於過去習以為常的理解，哈鐸認為西方古代哲學的精髓，主要是一種「生活方式」（way of life）的抉擇。在西方古典時期，「愛智」（*philosophia*）的活動主要見諸「精神的錘鍊」（spiritual exercises），「哲學論述」則只是衍生而來的辯護，而非如當代哲學活動這般概由「概念論述」所主導。[1]一如哈鐸所料，他的洞識復可適用至中國哲

---

* 初刊於《文匯報》2014年10月31日，「文匯學人」第九版。復收入劉翠溶主編，《中國歷史的再思考》（臺北市：聯經出版公司，2015年），頁35-42。

1 哈鐸的著作，請參閱兩冊英譯本：Pierre Hadot, *Philosophy as a Way of Life: Spiritual Exercises from Socrates to Foucault*, edited with an introduction by Arnold I. Davidson;

學古今演變的軌跡，雖然兩者的步調略有差異。

「哲學」一詞蓋屬舶來品，而晚清以降，中國哲學的發展擺脫不了西方思想的影響，甚至達到形影不離的地步，這已是當今學術界的基本常識。因此，近代中國哲學的發展呈現了兩項特色：其一，外來的歐美哲學思潮變成疏通或衡量傳統思想的準則、或解釋的架構。這與中古時期佛教借徑固有的儒、道思想以方便傳布的手法，截然異趣；好友劉笑敢（b. 1947）特稱之為「反向格義」，不無道理。[2]另項特色，即藉著疏理中國傳統思想，以開發新時代的中國哲學。職是之故，中國哲學史的研究與近代中國哲學的開發，遂密不可分。

賀麟（1902-1992）在一九四五年發表的《當代中國哲學》裡，談到近五十年中國哲學發展的幾點特徵，以今日逆視之，則尚有兩點見證上述的時代流風。其一，便是西學持續不斷地左右中國哲學的構作；另外，重新整理中國哲學史。[3]二者復交互為用。對於第一點，乃至為顯豁，理無疑義；第二點，則需稍加疏解。民國以來所謂釐理中國哲學史，其概念架構甚為倚重西方流行的哲學，因此呈現新舊輪替的現象。

居間，胡適（1891-1962）的《中國哲學史大綱・卷上》（1919），[4]

---

trans. Michael Chase (Malden, Mass.: Blackwell Publishing Ltd., 1995); *What Is Ancient Philosophy?* trans. Michael Chase (Cambridge, Mass.: The Belknap Press of Harvard University Press, 2002).

2　劉笑敢：〈反向格義與中國哲學研究的困境：以老子之道的詮釋為例〉，劉笑敢主編：《中國哲學與文化》（桂林市：廣西師範大學出版社，2007年），第1輯，頁10-36。

3　賀麟：《當代中國哲學》（嘉義市：西部出版社，1971年），頁2-3。該書一九四五年由勝利出版社初版。

4　胡適的《中國哲學史大綱・卷上》初版於一九一九年，由上海商務印書館印行。爾後在一九二九年的「萬有文庫」本，改名為《中國古代哲學史》。這段更名因緣，請參見胡適：〈中國古代哲學史臺北版自記〉，氏著：《中國古代哲學史》（臺北市：臺灣商務印書館，1958年），頁1-8。

乃是最受矚目的先驅作品。流傳至今，他的開闢之功，猶有難以抹滅的貢獻。[5]首先，他截斷眾流，劃定中國古代哲學的時限，袪除三皇五帝渺不可知的遠古傳說，從老子、孔子談起。其次，他以新受教的西方邏輯概念，重新條理中國思想的質素。胡適在日後（1958）追述道：

> 我這本書的特別立場，是要抓住每一位哲人或每一個學派的「名學方法」（邏輯方法，即是知識思考的方法），認為這是哲學史的中心問題。……所以我這本哲學史在這個基本立場上，在當時頗有開山的作用。可惜後來寫中國哲學史的人，很少人能夠充分了解這個看法。[6]

覈諸史實，胡適的說辭並不準確；尤其他鮮明而清楚的方法論意識，影響後世的哲學史與哲學的寫作，既深且遠。包括站在與胡適對立面、戮力重構形上學的「新儒家」，大多曾在邏輯學（無論是西方文化的邏輯學 logic 或佛教的因明學 Hetuvidyā）下過深刻的工夫，遑論其他。

　　舉後進的勞思光（1927-2012）為例，他力圖澄清一種「謬誤的俗見」，而這種俗見認為，講中國哲學不能用外國的方法。倘若真是「不能用外國的方法」，那就等於說，我們根本不能運用邏輯思考來處理中國哲學史的問題了。[7]勞氏申言道：

5　試比較蔡元培一九一九年八月三日為該書所做的序。見蔡元培：〈中國哲學史大綱序〉，收入胡適：《中國哲學史大綱・卷上》（上海市：商務印書館，1926年），頁1；蔡序亦收入更名後的《中國古代哲學史》，頁1。

6　胡適：〈中國古代哲學史臺北版自記〉，頁3-4。該篇自記係一九五八年一月十日於紐約寓樓撰成。

7　勞思光：〈序言：論中國哲學史之方法〉，氏著：《中國哲學史》（香港：香港中文大學崇基學院，1968；臺北市：三民書局，1981年），第1卷，香港中大版在頁20，三

　　中國人不曾建立邏輯解析，因此自己未「發明思想上的顯微鏡」，但不能說，「思想上的顯微鏡」不能用於中國思想的考察；正如，顯微鏡雖非中國的發明，我們也不能據此說，西方發明的顯微鏡看不見中國的細菌。[8]

此處勞思光所謂「思想上的顯微鏡」，無疑就是「邏輯分析」。

　　誠然，有關中國哲學史的研究，胡適所標榜的「邏輯分析」在不久之後，即為繼踵而起的各式各樣西方思潮所取代。依時段先後，試舉三要例，以概其餘：直接與胡適作品針鋒相對的馮友蘭（1895-1990）所撰的《中國哲學史》，[9]便是取新實在論為其解釋架構；侯外廬（1903-1987）等合撰的五卷《中國思想通史》，[10]則全由唯物觀點所籠罩；勞思光的《中國哲學史》不時針砭馮氏前作，卻帶有分析哲學的色彩。上述前後三書之理論雖有異，其學風則頗為一致，均不出西方哲學範疇的啟發。

　　倘若擱置各自所憑仗的西學，他們的著作最醒目而共通的現象，則是由傳統的「修辭」（rhetoric）轉化成模仿西學「論證」（argument）的表達形式。如此一來，古典學問所看重的力行實踐，便受到壓縮而無從彰顯。縱使他們的著作裡面並不乏道德的論述，但也僅止於概念

民版在頁18。勞思光的《中國哲學史》，第1卷初版於一九六八年、第2卷一九七一年，皆由香港中文大學崇基學院發行；一九八一年增加了第3卷（上、下），由臺北三民書局初版，全套共計4冊；一九八四年增訂版則改名為《新編中國哲學史》，仍維持4冊。

8　勞思光年：〈序言：論中國哲學史之方法〉，香港中大版在頁21，三民版在頁19。

9　馮友蘭的《中國哲學史》共有上、下兩冊，上冊初版於一九三一年、下冊一九三四年，初版均由上海商務印書館印行。

10　由侯外廬、趙紀彬（1905-1982）、杜國庠（1889-1961）三人合著的《中國思想通史》計五卷，自一九五六年至一九六〇年間，由北京人民出版社初版。

的「論述」或後設敘述而已。至於具體的成德之方，則消聲匿跡。循此，中國哲學史的整理便陷入「論述的陷阱」而不自知。整體的趨向，便是現代中國哲學的發展，變成論述化、命題化的哲學，而欠缺實踐的層面；古典哲學的精髓，遂無由闡發。

　　雖然直覺上，借用西方哲學疏通中國傳統思想，未免會有掛一漏萬的疑慮。例如：胡適的高足──傅斯年（1896-1950）便反對胡適把記載老子、孔子、墨子等等之書，稱作「哲學史」，蓋有見於此。多年後，胡適在傅斯年逝世兩週年紀念會（1952）特別點出：傅氏並「不贊成用哲學史的名字來講中國思想，而主張用中國思想史的名字。」[11]所以胡適雖已撰成《中國古代哲學史》出版，但他後來撰述中古部分時，卻不取「哲學史」之名，而改冠以「中國中古思想史」，[12]或與傅斯年的意見有關。

　　當時傅氏是這樣認為的：

　　　　大凡用新名詞稱舊物事，物質的東西是可以的，因為相同；人文上的物事是每每不可以的，因為多是似同而異。[13]

因此他獨排眾議，大膽放言：

11　胡適：〈傅孟真先生的思想〉，收入胡適等著：《懷念傅斯年》（臺北市：秀威資訊科技公司，2014年），頁4。

12　一九一九年胡適出版《中國哲學史大綱・卷上》，暴得大名，風行一世。一九三〇年代胡適便改以《中國中古思想史》為名，出版了長編油印本，分贈好友請教。

13　傅斯年：〈與顧頡剛論古史書〉，傅孟真先生遺著編輯委員會編：《傅斯年全集》（臺北市：聯經出版公司，1980年），第4冊，頁473。參見胡適：《中國中古思想史・長編》（據胡適手稿影印朱墨套印本；臺北市：胡適紀念館，1971年）。傅斯年對「哲學」的理解，暫非本文的要點。

> 中國本沒有所謂哲學。多謝上帝，給我們民族這麼一個健康的
> 習慣。[14]

雖說癥結在於此、問題存於此；但無可諱言，傅斯年的觀點在其時僅
是空谷足音，西方論述化的哲學仍然席捲了近代中國哲學的版圖，中
國古典哲學的精神遂只留下繚繞的餘音。在此一節骨眼，哈鐸適時的
獅子吼，無論對中、西哲學的反思，遂變得萬分切要。

　　「哲學」一義，在近代哲學固然變得人言人殊（若維根斯坦或分
析哲學），在學術多元化的社會，要求其執一不變，委實不易。在中
國的語境，傅斯年極早便敏銳地觀察到：

> 我們中國所有的哲學，儘多到蘇格拉底那樣子而止，就是柏拉
> 圖的也尚不全有，更不必論到近代學院中的專技哲學，自貸
> 嘉、來卜尼茲以來的。[15]

傅氏的說辭，不啻預示了哈鐸對中西古代哲學的匯通，[16]所以哈鐸闡
揚古典哲學的範例，勢必導致人們對當下中國哲學的不同領略。例
如：審視第二代的新儒家，牟宗三（1909-1995）思辯力特強，治學
銳見迭出、涇渭分明；惟論學喜評斷高低。朱熹（1130-1200）受其
貶抑為「庶子別宗」而非儒學正宗，便是一例。要之，牟氏所憑藉
的，無非是自行改造的康德架構，但底蘊猶不出傳統的「道統」意

---

14 傅斯年：〈與顧頡剛論古史書〉，頁473。
15 傅斯年：〈與顧頡剛論古史書〉，頁473。按，傅氏這裡提到的「貸嘉」，推測應該是
　　指笛卡爾（René Descartes, 1596-1650）。
16 Pierre Hadot, *What Is Ancient Philosophy?* p. 279.

識，而其行徑則近似釋教「判教」的作為。[17]相對地，唐君毅（1909-1978）的為學風格優柔敦厚，不憚其煩地反覆闡述生命的各種境界與成德的要方。表面上，其論述張力似不如牟氏，但實則較趨近哈鐸「古典哲學」的理想。例如唐氏一九四四年的《人生之體驗》、《道德自我之建立》，一九五八年《文化意識與道德理性》，一九七七年《生命存在與心靈境界》等等，都存有如此的旨趣。[18]

　　要之，中國上古思想之強調道德實踐，確與古希臘有異曲同工之處。「修身」原本並非只是儒家的專利品，卻是先秦諸子所共享的觀念。[19]《大學》定調「自天子以至於庶人，壹是皆以脩身為本」，[20]適可總括該時思想的意向。中國的古代先賢復不若古希臘先哲之重視「雄辯術」，孔子曾擬諸「天何言哉？」以自況，[21]他只要求「辭達而已矣」。[22]孔子更譴責「巧言、令色，鮮矣仁」，[23]甚至一度宣稱「予欲無言」。[24]孟子也坦承：「予豈好辯哉？予不得已也。」[25]老子則主張「多言數窮，不如守中」，[26]他推崇「行不言之教」。[27]是故，古人

---

17 牟宗三：《心體與性體》（臺北市：正中書局，1968年），第1冊。

18 唐君毅：《人生之體驗》、《道德自我之建立》，收入《唐君毅全集》（臺北市：臺灣學生書局，1991年），甲編，第1卷；《文化意識與道德理性》，同前書，丁編，第20卷；《生命存在與心靈境界：生命存在之三向與心靈九境》，同前書，丁編，第23-24卷。

19 余英時：〈中國知識分子的古代傳統：兼論「俳優」與「修身」〉，氏著：《史學與傳統》（臺北市：時報文化出版公司，1982年），頁71-92。

20 參見朱熹：《大學章句》（收入氏著：《四書章句集注》，北京市：中華書局，1983年），頁4。

21 參見朱熹：《論語集注》（收入《四書章句集注》），卷九，「陽貨第十七」，頁180。

22 參見朱熹：《論語集注》卷八，「衛靈公第十五」，頁169。

23 參見朱熹：《論語集注》卷一，「學而第一」，頁48。

24 參見朱熹：《論語集注》卷九，「陽貨第十七」，頁180。

25 參見朱熹：《孟子集注》（收入《四書章句集注》），卷六，「滕文公章句下」，頁271及273。

26 參見朱謙之：《老子校釋》（收入《老子釋譯三種》，臺北市：里仁書局，1983年），「道經‧五章」，頁15。

視「身教」逾於「言教」。

馬克思（Karl Heinrich Marx, 1818-1883）曾標榜他的學說不類之前的西方哲學只顧「理解世界」，他的哲學則是試圖「改變世界」。[28]倘若馬克思的言說可取的話，反觀中國古代的哲學從一開始便戮力於改變人間世，這點與西方哲學顯然有所不同。

職是之故，哈鐸側重實踐的論點，當然引起了當代專注中國哲學學者的留意，因此有人即呼籲「將功夫引入哲學」；[29]但要緊的不是將「功夫」納入論述的領域，而是能體知、把握其德性實踐面。例如：《大學》所規約的「定、靜、安、慮、得」的為學步驟，今人或知其彷彿；可是至若孟子善養的「浩然之氣」[30]或素為宋明理學家所看重的儒家的「靜坐」功夫，[31]今儒業頗難窺曉其究竟，遑論其他。

因此，哈鐸的論點必然陷入進退維谷的兩難局面：即使意識到「實踐作為」與傳統中國哲學的不可分隔性，惟猶不得其奧妙而入；另方面，衡諸當今哲學的判準，哈鐸的論點恐猶招致中、西主流思潮施以「反哲學」（anti-philosophy）之譏，一如前賢尼采（Friedrich Wilhelm Nietzsche, 1844-1900）的「生命哲學」受到學院派專技哲學的排斥；其故即緣後者執著哲學的活動乃源自、或存於純粹理性的思

---

27 參見朱謙之：《老子校釋》，「道經・二章」，頁6。

28 See Karl Marx, "Theses on Feuerbach (1845)," in *The Marx-Engels Reader*, ed. Robert C. Tucker (New York: W. W. Norton & Company, 1972), p. 109.

29 倪培民：〈將「功夫」引入哲學〉，劉笑敢主編：《中國哲學與文化》（桂林市：漓江出版社，2012年），第十輯，頁49-50。

30 參見朱熹：《孟子集注》卷六，「滕文公章句下」，頁271及273。

31 儒家提倡「靜坐」功，始於北宋二程，令「靜坐」變成儒門功夫論的要項，故先儒通說儒家的「靜坐」法門起於二程。而朱子也教導門徒「半日靜坐，半日讀書」。朱熹撰，黎靖德編：《朱子語類》（北京市：中華書局，1986年），卷116，頁2806。詳論則請參見錢穆：《朱子新學案》（臺北市：三民書局，1971年），第2冊，〈朱子論靜〉。

慮，卻忽略精神與力行的鍛鍊。[32]諸如種種疑難，都須有待我們未來在「知」與「行」齊頭並進，繼續探索。

二〇一六年十月十九日於東吳大學普仁堂

---

32 Gwenaëlle Aubry, "Philosophy as a Way of Life and Anti-philosophy," in *Philosophy as a Way of Life: Ancients and Moderns: Essays in Honor of Pierre Hadot*, ed. Michael Chase, Stephen R. L. Clark and Michael McGhee (Chichester, West Sussex: Wiley-Blackwell, 2013), pp. 210-222.

▲黃進興院長與東吳大學與會
　師生合影留念

◀黃進興院長演講丰采

第五講
伏几案而書
──再論中國古代的書寫姿勢

邢義田
中央研究院院士

　　近世學者多認為中國古代沒有桌椅以前，是採跪坐或站立，一手執筆，一手持簡帛或紙，懸肘懸腕書寫或繪畫而無須任何依托。本文試圖說明，書畫姿勢應多樣共存：或站立，或跪而危坐，或盤坐，或伏身，甚或箕踞、垂足，或置 T 形坐器於臀下，或懸肘，或懸腕，或枕腕，或雙手各持簡帛紙和筆，或置簡帛紙於几案上；有些合於禮，有些不那麼合於禮，有些甚至違禮卻方便舒適。

　　本演講想要強調包括刀筆吏在內的一般書寫者，大概自戰國以來就以「著臂就案，倚筆成字」的書寫姿勢為主，並非如某些學者所主張到宋代利用桌椅以後才出現，也非因唐代僧人大量抄經才帶來書寫姿勢上革命性的變化。常民百姓甚至不必像官吏那般拘於禮制，為求方便快速舒適，置簡帛或紙於几案上，臂肘憑依於几案而書，應是較常見的書寫姿勢。因為這樣的書姿太過平常，不合講究禮儀的古代圖像格套，或為書畫名家所不肖，因此很難在較早期的文獻和圖畫中留下痕跡。

　　中國古代桌椅出現以前，在竹木簡或紙張上書寫，曾經採取怎樣的書寫姿勢？近來成為熱門的話題。除了馬怡、何炎泉，日本學者馬場基也從日本木簡和紙的書寫，結合日本的繪卷資料，作了有啟發性

的討論。我過去也曾提出一些意見，現在打算就近日所思，略說一二，再向今賢求教。

誠如馬怡、何炎泉指出，迄今在唐代以及唐以前圖像資料裡能見到的書寫姿勢，幾乎都是坐或站，一手執筆，另一手持簡或紙，完全不見伏案或伏几而書的例子。何炎泉更積極從早期書法名家作品上的「節筆」現象去論證他們是先摺紙而後手執紙筆而書。當代書法家孫曉雲則從自身的書法實踐出發，斬釘截鐵地說：「王羲之絕不是在几或桌子上書寫」。

魏晉以前文獻中對書寫姿勢的描述其實極少；即使有，如何理解，也有分歧。例如《鹽鐵論》〈取下〉記載賢良說過一句話：「東嚮伏几，振筆如（作者按：王利器引楊沂孫曰：「如」同「而」。）調文者」。這句話是說書寫者東向坐於几前，俯身執筆就几案書寫嗎？既曰伏几，是否是以几為依托，置簡或帛於几面上？馬怡表示異議。她指出古代的几或者太窄，或者太矮，並不適於書寫，又在電郵中表示「東嚮伏几」和「振筆調文」分指兩事，伏几和振筆無關，因此這兩句並不是說在几上書寫。古代的几案不論從出土實物或圖像資料來看，的確不高，席地伏身而書，確實不如後世在桌椅上書寫來得舒服方便。因此，我雖曾認為《鹽鐵論》所說可為伏几而書的明證，經馬怡指教，想法不禁一度動搖。

近日讀到馬場基教授的論文，指出日本木簡主要用於簡、紙並用的西元八世紀。那時已有桌子，但日本人可能受到唐代中國習慣的影響，多捨桌子不用，坐著一手執筆，一手持紙而書寫（作者按：見圖1、1-1、2）。他分析十二世紀以降的日本繪卷或畫典，發現「執紙書寫」的畫面「壓倒性地多」；「在桌上書寫」是例外，僅見於抄寫佛經或公文書，須工工整整書寫時才用桌子。但他進一步考慮到用簡或紙，在雙手一無憑依和以桌子為依托，兩種不同情況下書寫的難度，卻認為

日本在七世紀後半期以後，書寫姿勢應該是「執紙書寫」和「在桌上書寫」兩種並存。我稍稍查考了一下成於十四世紀，其所本可追到十二世紀的京都知恩院四十八卷本的《法然上人行狀繪圖》，發現在同一繪卷上的確同時存在著最少兩種書寫姿勢（作者按：見圖3、3-1），可證馬場之說有其根據。

一　阮籍、王羲之和高君孟

馬場教授的結論刺激了我去追問：唐代以前華夏中土之人真的都像圖畫資料所示，只是坐或站著一手執筆，一手持簡或紙而書嗎？真的沒有伏身几案或其他書寫的姿勢？沒有較高的几或案可供書寫？戰國至兩漢出土的帛書、帛畫不少，單手持帛，一無依托，又是如何書寫或作畫？這些問題迫使我繼續留心可能的線索。不久前看到《晉書》〈阮籍傳〉有一段勸進司馬昭加九錫的故事：

> 會帝（作者按：指司馬昭）讓九錫，公卿將勸進，使籍為其辭。籍沈醉忘作。臨詣府，使取之，見籍方據案醉眠。使者以告，籍便書案，使寫之，無所改竄，辭甚清壯，為時所重。

阮籍有文才，大家都熟悉，但有一個細節容易被忽略：他的勸進文是醉中寫在案面上，由來催取的使者據案上所書抄錄。

阮籍直接寫在案面上，有沒有可能是醉中將案面當成了簡或紙？由此可以推想：這個案應不會是那類可托舉在手，用以進呈名刺或進奉食物的小案。因為這篇「為時所重」的勸進文凡三百八十三字，頗為完整地保留在今本《文選》卷四十和《晉書》〈文帝紀〉。阮籍書寫的字體大小已無從得知，但醉中能寫的字大概不會像通常寫在竹木簡

上的那麼小；他所寫的案面，無論如何應有足以容下近四百字的大小。其次，他既書於案，案低矮，肯定要伏身案前；醉後而書，大概很難端坐，也不是一手持簡或紙。過去的學者如孫機和揚之水僅說案供放置、承託物品，沒說是否用於書寫，馬怡則明確指出不用於書寫，三人都不曾徵引《阮籍傳》這段材料。他們不用的一個考慮可能是阮籍於案上寫字，是醉後的特殊情況，不是常態，因此不能據此論定几案供書寫之用。

　　然而，無獨有偶，另一個曾在几案上寫字的例子正是王羲之。南朝宋泰始年間的虞龢在《論書表》中說了兩個故事：

> 又羲之性好鵝。山陰曇礦（一作釀）村有一道士，養好鵝十餘，王清旦乘小船故往，意大願樂，乃告求市易，道士不與，百方譬說不能得。道士乃言性好道，久欲寫河上公《老子》，縑素早辦，而無人能書，府君若能自屈，書《道德經》各兩章，便合群以奉。羲之便住半日，為寫畢，籠鵝而歸。
> 又嘗詣一門生家，設佳饌供億甚盛。感之，欲以書相報，見有一新棐床（一作材）几，至滑淨，乃書之，草、正相半。門生送王歸郡，還家，其父已刮盡。生失書，驚懊累日。

這兩個故事又見於《晉書》〈王羲之傳〉，僅文辭小異。王羲之在香木几或床几上寫字，又在縑素上寫《道德經》。不論故事真假，令人好奇的是他以什麼姿勢在几上寫字？如何將五千言寫在縑素之上？又寫於縑帛和簡、紙，有無姿勢和工具上的不同？山陰道士所備縑素的長寬，不得而知，但長沙馬王堆漢墓出土的帛書甲、乙本《老子》和其他典籍，帛寬二十四至四十八，最長至一九二公分，這是否能像持簡或紙，無所憑依，一手執筆，一手握絹帛或縑素，如西晉成公綏所說

「舉弱腕，握素紈」那樣的姿勢書寫？王羲之自知書法值錢，為報美食之恩，才刻意在几或床上寫字。或因醉，或因刻意，阮籍和王羲之的故事有趣味和戲劇性，才被記載了下來。換言之，較日常的書寫方式反而會被認為不值得一提，沒人記述，也就難以留下痕跡。

因為日常平淡的生活痕跡難以留下，東漢高君孟的故事就顯得格外珍貴。桓譚《新論》提到：「高君孟頗知律令，嘗自伏寫書。著作郎署哀其老，欲代之。不肯，云：『我躬自寫，乃當十遍讀』」。古代几案低矮，要在其上書寫，即便席地，也不能不俯身，因此才說「伏寫」。高君孟沒有醉，也不以字報恩，只是一位年老的著作郎。或許有人會說：高君孟因年老才如此，也是特例，不代表常態。然而這個故事最少應該可以證明：

第一，《鹽鐵論》說的「伏几」不是孤證。如果《鹽鐵論》的「東嚮伏几，振筆如調文」在理解上尚存爭議，高君孟的「伏寫」，應像南北朝已出現的「伏紙」一樣，語意明確，一伏寫於紙，一伏寫於簡或帛，難有它解。既云「伏」，必指書寫者席地俯身，「寫」則不外乎在地、席或某種有一定高度的承具上抄謄書寫。

第二，正因為高君孟年老力衰而採取「伏寫」之姿，這恰恰可以證明放置簡、帛或紙於某種承具，伏身而寫，應比端坐而手執筆、簡或帛紙，臂肘一無依托要省力。果如此，可否推想：一般百姓、書手或終日與文書為伍的刀筆吏，依人情之常，是不是會採取較為省力的書寫姿勢？《鹽鐵論》和《新論》提到伏几或伏寫的人都是吏，這意味著一般的吏似不必然採取和書法家同樣的書寫姿勢。

二　顧愷之作畫用鎮

即使以書法名家而論，魏晉以後紙張已普遍，書畫大興。凡書法

名家如蔡邕、王羲之、王獻之幾無不兼善書畫。書畫名家也幾乎無不
強調書、畫用筆同法。繪畫多用紙或縑素，如果說繪畫用几案，書寫
不用，運筆技巧難免因有無依托而有所調整，書法家甚至指出連握筆
的方式都會不同。果真如此，則所謂「書畫用筆同法」要如何理解？
既然說用筆同法，應不會有書寫時無依托，繪畫時才以几案為依托的
情形。如果說連在縑素上繪畫也不用几案，豈不難以想像？顧愷之
《魏晉勝流畫讚》曾提到自己如何作畫：

> 凡吾所造諸畫，素幅皆廣二尺三寸。其素絲邪者不可用，久而
> 還正則儀容失。以素摹素，當正掩二素，任其自正而下鎮，使
> 莫動其正。

顧愷之的話見於唐代張彥遠的《歷代名畫記》。張彥遠家世收藏書
畫，曾讀過很多當時還存在，今已失傳與書畫有關的前朝著作。《魏
晉勝流畫讚》即為其一。其可靠性，從無疑者。顧愷之作畫所用素面
縑帛之類，廣達二尺三寸，也就是約五十三、四公分，這比一般全幅
的帛略寬，手持全幅的縑帛，一無依托地作畫，是否可能？更值得注
意的是他提到描摹畫作，是將兩方縑帛相疊，任縑帛之面自然平整
後，再以鎮壓住，以免移動失真。

　　顧愷之特別提到鎮，這可以說是在几案等平面家具上書寫或繪畫
的鐵證。有學者認為古人或將縑帛裱褙於壁，也有的認為是先將縑帛
上膠並用工具繃緊，或將縑帛如紙一般捲成卷，再書寫作畫。裱褙於
壁、繃緊和捲成卷都有可能；唯如此，則不須，也不可能用到鎮。描
摹圖畫，為求不走樣，固然要以鎮壓住相疊的縑帛；縑帛之絲有經有
緯，不易平整，即便不描摹，僅在其上寫字或作畫，同樣須要先用鎮
壓住縑帛邊角，令其稍平且不易滑動而後落筆。自戰國以降，金、

玉、銅、鐵之鎮出土很多，鎮多用以鎮席；據顧愷之所說，無疑也曾用以鎮縑帛。他說「凡吾所造諸畫」云云，可見除非是壁畫，凡以縑帛之類作畫就得用鎮，並不限於描摹時才用。無論如何，鎮以重量壓物，只能用在席、榻、几、案或桌等具有平面的家具上。宋代著名的〈十八學士圖〉即明確描繪出如何在桌上利用鎮尺壓住紙的兩端而後落筆（作者按：見圖4）。顧愷之在畫贊中只提到鎮，不及几案，其實等於說了他在什麼樣的家具上用筆。

三　帛、紙書寫，不須依托？

且不論繪畫，單說寫字。漢晉時代的人寫字，除了用簡牘或稍後的紙，也常用縑帛。南朝宋齊間的王僧虔曾有《論書》謂東漢大書家蔡邕「用非流紈體素，不妄下筆」。前引虞龢《論書表》曾羅列劉宋秘藏前世書跡：「鍾繇<u>紙書</u>六百九十七字，張芝<u>縑素及紙書</u>四千八百廿五字，張昶<u>縑素及紙書</u>四千七十字，毛宏<u>八分縑素書</u>四千五百八十八字，索靖<u>紙書</u>五千七百五十五字，鍾會書五紙四百六十五字」。又謂自己的從祖中書令王珉「有四匹素，自朝操筆，至暮便竟，首尾如一，又無誤字」。虞龢提到漢魏晉書法名家所書，非紙即縑素，全無竹木簡牘；即便古紙較厚，可用手持握，甚至先折疊使硬挺而後書寫，縑素薄軟，恐難不藉牆壁或几案等平面懸掛或舖展，尤其是寫較大的字或畫較大幅的畫，不如此，幾乎不可能放手揮毫。

有些主張無須憑依几案，手持縑帛，懸肘懸腕書寫的學者推測，書家可能在手中持一木板或圓軸條，捲上縑帛，如此就可像手執簡或牘一般地書寫其上。支持此說的證據主要是長沙馬王堆三號漢墓出土的帛書有些捲在兩、三公分寬的木條上。用木條襯在縑帛背後，的確是一個支撐縑帛並形成書寫平面的好方法。但捲有木條的馬王堆帛書

是否就反映了書寫時的狀態，或僅僅是存放於墓中時的狀態，難以判定。即便存放時仍保持著書寫時的狀態，馬王堆墓出土帛書和帛畫很多，如果書畫的方式相同，為什麼只有一小部分捲在木條上（作者按：例如《老子甲本》、《春秋事語》、《戰國縱橫家書》、《五十二病方》、《卻穀食氣方》、《導引圖》、《居葬圖》）？其他多數卻是折疊存放？如果存放時仍保持著書寫時的狀態，那麼不禁要問：折疊存放的帛書，又是怎麼寫的？以兩三公分寬的木條為支撐，從上到下直書文字，尚可理解，但像《居葬圖》繪有城郭和宮室建築物，其橫向線條常超過兩、三公分，這可能以手持裹帛木條的方式繪製嗎？總之，由存放墓中的狀態推想書寫或繪畫時的狀態，說服力有限。

　　長期以來不少人認為古紙較厚，捲或折後即夠硬挺，可拿在手上書寫。漢紙確實較厚，居延漢簡曾有「五十一紙重五斤」（作者按：306.10，見圖5）的清晰記錄。漢紙一張大小不可考，應不會太大，漢一斤以十六兩計，五十一紙重八十兩，一紙重達一兩半以上，可見相當厚。但據近年新的考古出土，薄如蟬翼的紙張最遲自西晉以後已經出現，而且用於書畫。二○○二年在甘肅玉門花海畢家灘發現十六國時期墓群，其中二十四號墓的棺板上糊有原抄寫著《晉律注》的薄紙。糊紙是為了密封棺板的縫隙，由於紙太薄，有些地方還看得出糊了不止一層，造成雙層字跡和部分字跡重疊的現象（作者按：見圖6）。這些紙因薄，棺板乾裂，難以揭取，還沒測過紙確實的厚度，但可以確言不是有什麼硬度可言的厚紙。在這樣的紙上，抄寫者順著烏絲欄界，工整地抄寫上律文，部分律文間甚至有雙行小字夾注。這使我聯想起年老的高君孟伏寫律令的身影。即便年輕，即使分次書寫，又有誰能站或端坐著，一手執筆，一手持這般薄紙，一無依托，工整地寫上「五萬二千冊言」（作者按：見圖6《晉律注》內容）？

　　類似的薄紙也見於二○○三年甘肅玉門官莊子出土的西晉晚期至

十六國時期的墓葬群。其中一號墓（GYGM1）棺右側板上貼有一幅描繪車馬的紙畫，長六十四，寬廿三公分（作者按：見圖7、7-1）。二〇一三年，我曾在北京國家博物館親見這件已被連棺板截下，裝在木框中的紙畫（作者按：見圖7-2），其薄如畢家灘《晉律注》紙。這樣的紙如不放在几案上，有可能捲成卷或摺疊起來拿在手中，用另一手執筆，一無依托地勾勒線條和上彩嗎？畫中車馬有不少長約二十公分的橫向線條，這線條如何在捲起的紙上畫出來？稍有書畫經驗，即知不太可能。這張六十餘公分長的薄紙畫，或者先在地、席或平面家具上繪成，再黏貼到棺板上，或者先黏貼到平面的棺板上，再繪製。這兩種可能性都比一無依托，雙手各持紙、筆而繪要高。

　　過去還有一種看法認為在簡牘時代，書寫字體受限於簡寬，字一般較小，東漢用紙以後，字體得以變大。再者，在用紙書寫的初期，很多簡牘時代的習慣仍然延續。例如：紙張仍大小如尺牘，長一尺左右，在紙上先畫寬一公分餘的烏絲或朱絲欄界，使紙張彷彿編聯的簡，再在欄界中書寫。如此字體大小可和過去差不多。不過，長期以來也有人寫大於一般簡牘寬度的大字。例如東漢鴻都門學的師宜官「能為大字方一丈，小字方寸千言」。蔡邕書太學石經，石經字遠大於簡上的字。三國魏侍中韋誕善書，受命為洛陽、鄴和許三都的宮觀題銘。他曾因而上奏說：「夫工欲善其事，必先利其器。用張芝筆，左伯紙及臣墨，兼此三具，又得臣手，然後可以呈徑丈之勢，方寸千言」。除了筆墨，他特別提到左伯紙。可見他題署宮觀，應不是直接寫在宮觀的木榜上，而是先書於紙，再轉摹或刻。如果他像傳說中蔡邕寫石經，直接在石上書丹，則完全沒必要提到紙。韋誕的故事不免令我好奇：如何在紙上寫「一丈」或「徑丈」的大字？「徑丈」和「方寸千言」無疑都是修辭，指極大和極小而已。要寫極大或較大的字，可想而知，或者寫在當時所能製造的整張紙上，或者將若干張連

裱成大幅紙。果如此，似乎只可能將紙懸掛或裱褙於壁，或平舖於地、席或几案，韋誕幾乎不可能以單手持整幅或折疊的紙，另一手執筆，在了無依托或承具的狀態下書寫大字。

　　韋誕用紙為宮觀題銘的故事迫使我放棄古代只有一種書寫姿勢，以及即使書於縑素或紙，也無須依托或承具的看法。唐代書法名家徐浩說自己從小工翰墨，「區區碑石之間，矻矻几案之上」。這兩句話的意思，並不是指一邊尋石訪碑，一邊於几案上臨摹，而是說置碑石法帖於几案，就几案而摹寫。古人習書，臨帖是最常用的方法之一。在「蕭翼賺蘭亭」的故事裡，就有臨帖於几案的描述。據何延之《蘭亭記》，僧辯才和蕭翼相熟而出示翼以蘭亭帖以後，「更不復安（蘭亭）於梁檻上，并蕭翼二王諸帖，并借留，置於几案之間。辯才時年八十餘，每日於窗下臨學數遍」。「窗下臨學」之語令我想到《鹽鐵論》說的「東嚮伏几」。由東向和臨窗，不難推想是為了有較好的光線。辯才年八十餘，不免令人想到年老伏寫律令的高君孟。他們年老，不論是否懸肘懸腕，大概都會放置簡或紙於朝東或臨窗的几案上，利用較好的光線，伏几案而書吧（作者按：見圖14、48、56）。

四　竹木簡的書寫和几案

　　擱下縑素和紙，回到秦漢曹魏時代最常用的一般竹木簡冊。古代經常連言圖書，或書中有圖，或圖中有文。這樣兼存的圖文可出現在縑帛之上（作者按：例如長沙子彈庫楚帛書），也見於木板（作者按：例如天水放馬灘秦地圖），甚至出現在編聯的竹木簡冊上。這樣的例證很多。例如湖北荊州周家臺三十號秦墓出土，由二十六簡和分由十三簡構成的式圖（作者按：見圖8、8-1～8-4），雲夢睡虎地秦墓出土日書甲種畫在五支簡上的人子圖（作者按：見圖9），隨州孔家坡漢墓出土畫在最少十

一支簡上的離日圖（作者按：見圖10），北京大學藏由七簡構成的西漢占產子圖（作者按：見圖11）以及由十簡構成的日廷圖（作者按：見圖12），稍加觀察即不難發現，繪製的方法都是先將竹或木簡緊密並排，再在其上以墨或朱砂書寫或繪出跨越多簡的線條。這些線條不論平直或彎曲，都大致平滑而連續，可見是先書畫，後編聯。如果先編聯，簡與簡之間必因編繩而有縫際，跨簡的線條和筆劃不免斷續而不夠平滑。周家臺三十號墓的式圖簡上，有些文字筆劃甚至跨越鄰簡（作者按：見參圖8-1、8-2），可以確證書寫時，各簡應是在緊密並排的狀態下。果如此，則可斷言這些竹木簡上的線條和文字不可能是在一手執筆，一手拿著若干未經編聯的簡，在全無依托的狀態下繪畫和書寫。簡必然是先成排並列平舖在地、席或几案上才有可能。

　　地面、席或几案三者相較，自然是以平舖在几案上較為合理。几案儘管低矮，伏身於几案上繪畫寫字，總比伏身於席或地面要舒服省力。話說回來，在地或席上作畫寫字雖較辛苦，平面的地或席卻可以提供較几案為大的空間。唐代紙本〈六逸圖〉中的筆、硯和紙全置於地面。在敦煌莫高窟一個始建於唐，延續至元代的四六五窟中則可見舖紙在地面而書畫的景象（作者按：見圖13）。日本中世繪卷上有不少將紙舖在榻榻米上作畫的（作者按：見圖14）。不論利用几案、榻榻米、席、地或牆壁，關鍵是不論書寫或繪畫，尤其是寫較大的字或畫較大的畫，都須要足以舒展和穩定支撐簡、帛或紙的平面。

　　綜合評估以上顧愷之作畫用鎮，馬王堆漢墓出土的帛書和帛畫，官莊子墓棺板上的紙畫和律注，睡虎地、孔家坡和周家臺出土有圖有文的竹木簡以及《鹽鐵論》賢良所說，似乎就不能不考慮几案和書寫之間常態性的關係。賢良在辯論鹽鐵時，痛批在上者不仁，不知在下者的痛苦，因而說「東嚮伏几，振筆如調文者，不知木索之急，箠楚之痛者也」。原文作「伏几」，伏几固然可供伏憩或憑依，應也可供伏

而書寫。几的功能不必單一，不宜看死。所謂「振筆如調文者」，是指哪些陷民於水火的刀筆吏或獄吏。他們玩弄文辭，即足以使百姓繫獄，甚至遭受笞打。這如同《漢書》〈刑法志〉所說「姦吏因緣為市，所欲活則傅生議，所欲陷則予死比」。這些吏在哪兒玩弄文辭呢？據上下文，在几案上「振筆」應較順理成章。振筆几案固可陷百姓於水火，也可濟生民於百世。東漢仲長統《昌言》說：「運籌於几案之前，而所制者乃百代之後」。運籌於几案而後所制訂的，不是影響民生的典制或文書，又是什麼呢？

由於几案和運籌、定策、文書書寫關係密切，到魏晉南北朝時，几案已成為一切文書和行政工作的同義詞。魏晉南北朝文獻中常說某人「有几案才」、「堪為几案之吏」或「兼長几案」；如不屑於某人，則說：「一介刀筆小人，正堪為几案之吏」，「彼刀筆之吏，豈生而察刻哉？起於几案之下，長於官曹之間」，几案和刀筆吏的工作關係密切，因而也有某某人「性好吏職，銳意文案」，「文案盈机，遠近書記日有數千，終日不倦」這樣的說法。

在這一脈絡下，如果將几案僅僅看成是文書或放置文書的家具，而不是處理文書，明顯不合適。如果是處理文案或文書，就不能不展讀、抄寫和批示。由於抄寫和批示，濡墨染翰，時日一久，几案不免為墨所沾污。南朝齊建元時，有位「手不釋卷」的光祿大夫王逡之「率素，衣裘不澣，机案塵黑」。他的几案日久不清理，不但蒙塵，還污黑；如几案僅供放置書籍或文書，不在其上書寫，怎會污黑？由於置簡、帛或紙於几案上，坐於其前，或閱讀，或伏身書寫太過平常，一般不會去記述。今人要追索古代日常生活的樣態，有時不得不求之於「机案塵黑」這樣的蛛絲馬跡，有時則要等待考古家的鋤頭。

一九八三年湖北省考古所的考古家發掘了江陵張家山一位西漢小吏的墓。出土遺策上有「伏机」一件，文字清晰。机即几。這座漢初

呂后時期墓編號二四七，墓主是一位身分不高的地方小吏。墓中出土
竹簡上千枚，內容包括曆譜、律令、奏讞書、《脈書》、《算數書》、兵
書《蓋廬》、《引書》，另有遺策簡四十枚。遺策簡三十六清晰地寫著
「伏机一鋌一」（作者按：見圖15）。鋌即梃，一種杖。賜老者几、杖為
古禮。這樣的伏几無疑可供伏而休憩。有趣的是，遺策簡三十九記有
「筆一有管」，簡四十「研一有子」。研即硯，子疑即墨；伏机（作者
按：几）、筆、墨、硯又無疑是墓主身前為吏必用之物。如果合觀遺策
中的伏机、筆、墨、硯以及前引《鹽鐵論》「東嚮伏几，振筆如調
文」之語，是否可以說：這件伏几也可供書寫之用？

　　換言之，几或案或書案不僅用於承托和放置文書典籍，應也用於
書寫。王利器《顏氏家訓集解》〈風操〉於「几案盈積」注引吳承仕
曰：「今名官中文件簿籍為案卷，或曰案件，或曰檔案，亦有單稱為
案者，蓋文書、計帳，皆就几案上作之，後遂以几案為文件之稱」。
其說，可從。

五　漢代圖像資料中的几案

　　即使如此，仍有疑問需要澄清。漢魏以前的几案誠如孫機和馬怡
指出，很多既窄小又低矮，是否適於書寫，確實容易啟人疑竇。例如
在四川出土的漢代畫像磚上，可見畫中右側低矮的几案上放置著簡冊
和筆，唯筆不太能確認（作者按：見圖16）。畫中左側較小的几案右旁，
則放著明確無誤的硯和墨。不能不令人懷疑畫像中的低矮几案，就算
是所謂的伏几，是否真適合於伏依或書寫？

　　大家都知道中國古代繪畫中的人物和器物、建築等之間的大小比
例，並不準確，不能死板看待。在不重比例的畫像中，有沒有畫的特
別高或大一些，看起來較便於書寫的几案呢？有。這可以內蒙古和林

格爾小板申東漢墓所見的官府諸曹壁畫為例（作者按：見圖17、17-1～
17-3）。壁畫中各曹之吏對坐在一「T」或「工」字形器物的兩側。這
一器物為何？向無解說。我相信就是《鹽鐵論》所說供振筆書寫的几
案。漢代畫匠石工拙於透視，不善利用平面表現三維立體的物件。他
們也不很在意畫面各物件之間的大小比例，往往誇大意欲突顯的主
體，而縮小其他。和林格爾墓壁畫的畫工或許為了要描繪諸曹的官吏
（作者按：畫中有明確榜題「金曹」、「辭曹」、「尉曹」、「左倉曹」、「右倉曹」、
「左賊曹」等），才刻意放大了他們刀筆生涯中不可少的几案。畫中曹
吏對坐在几案兩側，几案的高度被誇大到幾乎和曹吏的頭部等齊。這
是明顯的誇張。在沒有高坐具的漢代，真實的几案不可能這麼高。

　　要理解以上和林格爾墓壁畫諸曹吏間的几案，還有兩點需要進一
步澄清：首先，几、案形制原本有別，這從戰國楚墓出土的漆木几和
漆木案看得非常清楚；但漢代以及漢代以後二者雖都繼續存在，界限
卻已趨於模糊。《說文》木部說：「案，几屬」。在東漢許慎的認識
裡，案屬几之類，並非兩類不同的東西。几案之別在於外形——几身
較窄，几面兩端有時高翹，案較寬，案面平坦，功能則時見混同。因
此文獻有時連言几案（作者按：如《昌言》、《顏氏家訓》），有時稱書几，
也稱書案。河南安陽曹操墓出土很多刻有陪葬品名稱和數量的石牌，
其中有一牌銘即曰：「書案一」（作者按：見圖18）。

　　可見在眾多几案中，確實有特定功能的書案。東漢樂安相李尤曾
有《書案銘》云：「居則致樂，承顏接賓；承卷奏記，通達謁刺；尊
上答下，道合仁義」。他的話明白說出了書案的四種功能：

（1）「居則致樂」是指席地跪坐，肢體得以憑依書案，令人覺得舒
　　　適愉快。

（2）「承顏接賓」指憑依書案接見賓客。在漢墓或祠堂畫像中經常

見到墓主以憑几或案的姿態接見前來謁見的人。過去一般都將漢畫「謁見圖」中主人翁所憑依的說成是几；據李尤《書案銘》，無疑也可以是書案。

（3）「承卷奏、記、謁刺」的奏、記是文書，謁刺相當於今天的名片。曾有學者指出山東沂南北寨漢墓畫像石所見的几案上，即放置著三件內盛文件，外有封泥匣的篋、函或箱（作者按：見圖19、19-1）；有趣的是，同一墓畫像中類似大小高矮寬窄的几案也用於承置食器和鞋履（作者按：見圖19-2、19-3）。可見有些几案或有特定用途，有些則可通用。如前文所說，漢世几案的形制、名稱和功能都不宜看死。

（4）書案可以「尊上答下」。何謂尊上答下？書案僅為器物，本身自然不可能尊上答下，而是利用書案的人因某些活動而尊上答下。最可能的活動就是官吏在書案上撰寫上行、平行或下行文書，例如《書案銘》中提到的「奏」屬上行，「記」用於平行或下行，不論上下或平行，理想上凡所書寫必須合乎仁義。漢代官吏喜歡在常用的器物上作箴寫銘，時時提醒自己對上對下，一言一行，都要合乎仁義道德，也就是「道合仁義」。

此外，南朝梁簡文帝也曾作《書案銘》。其前十句描寫書案之美，接著八句敘述書案之用：「敬客禮賢，恭思儼束，披古通今，察姦理俗，仁義可安，忠貞自燭。鑒矣勒銘，知微敬勗」。這幾句的旨意與李尤銘相似。「敬客禮賢」即「承顏接賓」；「披古通今」指閱讀典籍文書，「察姦理俗」和「尊上答下」相類，處理行政庶務勢必閱讀相關文書，也不能不動樣，在漢到南北朝士人眼中，明顯不會是僅僅供放置或承托奏、記、謁刺等等的小書案或所謂的「奏案」。

再來看一看漢畫中的几案。前引四川畫像磚上的案特別低矮，和

林格爾墓壁畫中哪些几案則幾與兩側坐姿曹吏的頭部等高，又無疑誇大了案的高度。唯從山東沂南北寨漢墓石刻畫像上几案的曲足和案面比例看，這些几案高度應較近於實際。

　　實際常用的几案或高或矮，矮的僅高數公分至十餘公分；高的可至三十公分上下。三十公分上下的几案常見於漢代各種不同的圖像性資料中。較早的如河北滿城西漢初劉勝墓所出憑几而坐的玉人雕像（作者按：見圖20），較晚的多見於東漢墓主或西王母壁畫和石刻像。畫像中的墓主憑几或案而坐，几案高度約在坐姿墓主的腰腹之際。如坐在這樣高度的几案後，雙腿即可跪或盤在案面之下，雙手既可依憑，也可懸或枕腕於案上，輕鬆書寫或繪畫。這樣的例證不少。例如洛陽新安鐵塔山東漢墓壁畫。畫工為了較清楚地呈現墓主，將通常應置於人物前方或側面供依憑的几或案，畫成看起來像是在人物的後方，而僅露出左右側的几案面和几案足，其高度約在畫中坐姿人物的腰腹（作者按：見圖21）。表現類似高度的几案常見於今天山東地區出土的漢代畫像石（作者按：見圖22-26），唯迄今未見有在几案上書畫的。

　　其次，還有一點必須澄清。大家或許會懷疑和林格爾墓壁畫上對坐曹吏之間的家具怎麼可能是几案？形狀似乎並不像前文所舉其他的几案。其實這涉及畫面所要呈現家具的角度。和林格爾墓壁畫曹吏之間的几案應是表現几案短側的側面，如果表現几案長側的正面，應即為長形，兩側有几足，如同前文提到四川畫像磚和山東沂南北寨漢墓畫像中見到的几案（作者按：圖16、19、19-1～19-3）。湖南長沙金盆嶺西晉墓所出對坐而書的陶俑二人中間即有一几案（作者按：馬怡稱之為書案，圖36）。其短側面就與和林格爾墓壁畫曹吏之間所繪的几案相似。對坐兩俑雖一手執筆，一手持牘而書，並沒有伏几。但可以想見，如要伏几案而書寫，應即利用他們之間的几案。他們對坐的姿勢與和林格爾墓壁畫中各曹之吏對坐有異曲同工之妙，只是畫壁畫和造陶俑的工匠對几案和人物的大小比例，作了很不相同的呈現。

六　高及腰腹的漢代几案——實物舉例

漢代几案實物出土頗多，有大有小，有高有低，有些高及腰腹，並不太低矮，應適合於書寫。一九三四至一九三五年朝鮮古蹟研究會曾刊布平壤出土漢代樂浪太守掾王光墓和南井里彩篋塚（作者按：見圖27、28、28-1、29）。王光墓出土的几案共八件，七件被稱為案，高皆僅十餘公分，另一件稱為曲足漆几，長約一一四公分，寬十七，高約廿六點三公分；平壤南井里彩篋塚墓前室出土兩件小案，一件大型漆案。大型漆案長二一六、寬一一三、高三十六公分。值得注意的是，塚墓前室中物品已散亂，但大型漆案出土時，硯匣盒、彩紋漆捲筒、無紋圓奩等器具和一小型彩紋漆案仍在案面上，案面下壓著案腳和硯蓋等，另一硯台和有墨書字的木牘散落在案旁。據出土報告，硯面上還存留有墨的痕跡。這些都意味著大型漆案原本和書寫可能的關係，又這些曲足几案的寬窄高度比例，和前述沂南北寨漢墓畫像石上所見（作者按：見圖19、19-1～19-3）相當類似。

一九六〇年代甘肅武威磨嘴子曾發現西漢至王莽時代漢墓群。其中屬王莽時期的六十二號墓，出土一件木几，長一一七、寬十九、高二十六公分（作者按：見圖30）。這一木几值得注意的是表面有明顯的刀切痕，在几背面有已難以通讀內容的隸書字十四行寫在界格中。發掘簡報疑為木俎，但又指出它不是出土在墓中置炊具的位置。我猜測如果不是俎，這些刀切痕不無可能是因以書刀削改簡或製簡不慎所造成。因為墓主頭戴漆纚籠巾，內罩短耳屋形冠，口含玉蟬，又有鐵刀、漆式盤等物隨葬，明顯是一位有一定身分的官吏。木几有無可能就是他身前用來處理文書和書寫的几案呢？

一九七五年湖北江陵鳳凰山一六八號西漢墓曾出土一件彩繪黑漆几，長八十一點三、寬十五點七、高三十九公分（作者按：見圖31）。考

古報告謂遺策簡所記「坐案一」,「當指此器」。按所謂的坐案,應如馬怡所說指同墓所出 T 形坐器而不是這件几。這件几高達三十九公分,同墓所出 T 形器(編號168:108),高十五公分(作者按:見圖31-1),正可配合使用者跪坐於几前時,置 T 形器於臀下和雙腳間使用(作者按:見圖32、33、34)。

一九八四年江蘇揚州儀徵胥浦出土一○一號西漢末期墓,墓中有著名的先令券書簡,也有木俎、木几。木几已殘,几面有花紋,兩端各有一排四個長方形卯眼,几腿曲折,兩端置榫。几面長九十五、寬十五、厚三,通高三十公分(作者按:見圖35)。這一件寬僅十五公分,高度達三十公分,值得注意。如果盤或跪坐時,二十餘至三十餘公分約為坐者腰腹的高度,適合於手肘憑依其上。

七　中國兩晉至五代與日本中世几案舉例

類似大小和高度的几案又見於兩晉至隋、唐、五代的壁畫、捲軸畫以及明器。較早的一件是湖南長沙金盆嶺西晉永寧二年(西元302年)墓出土的對坐陶俑(作者按:見圖36)。對坐者之間有一小案。其次,南京幕府山東晉三號墓出土一件長一一九、寬三十二、高二十二公分的泥質灰陶案(作者按:圖37)。這雖是一件明器,無疑大致依據實物大小仿製。北齊□道貴墓(作者按:見圖38)和隋代徐敏行墓壁畫(作者按:見圖39)中的主人翁都清楚地坐於几後,手肘憑依在几面上,而几的高度都約在腰腹處。湖南岳陽桃花山唐墓出土陶製柵足几明器(作者按:見圖40)雖然也是一件明器,具體大小未見報導,其長寬高比例卻十分寫實,可和據傳為五代衛賢所繪的〈高士圖〉比較(作者按:見圖41)。圖中的高士盤坐在高可齊腰的柵足几案前,正俯身閱讀几案上的文卷。有趣的是這些具有柵欄式足,高約與坐者腰腹平齊的几案,也

見於日本正倉院藏几和日本寺院常見的〈聖德太子繪傳〉等繪卷上。

　　九十七點七、寬五十三、高八十九點八公分，甚至高過坐者的腰腹，因几足有銘，得知是用於放置椿杖，並不用於書寫（作者按：見圖42）。不過也有較低矮，所謂的楊足几，長一〇六點五、寬五十四點五、高二十九點八公分（作者按：見圖43）。類似高度的几案在例如聖德太子〈勝鬘經講讚圖〉中所見，其上有攤開的佛經，這類几案明顯用於閱讀，也可用於書寫（作者按：見圖44-45）。二〇一二年我到奈良平城宮跡資料館參觀時，展廳中正播放著影片，呈現奈良時代的官吏如何坐在椅子上，將木簡文書移寫到舖於几或桌面的紙上去（作者按：見圖46）。同一年我在最早出土日本木簡的秋田仏田柵遺址，曾看見日本學者想像八世紀的官吏如何在几案上放置簡牘，但手執木簡和筆，端坐而書寫（作者按：見圖46-1）。誠如馬場基教授所說，在簡紙並用時代的日本，應有最少兩種不同的書寫姿勢。從《法然上人行狀畫圖》（作者按：見圖47）和《稚兒觀音緣起》繪卷（作者按：見圖48）上可以清楚看見伏身枕腕書寫者所憑依的几案多高及盤坐者的腰腹，和中國唐五代以前的几案極其類似。在這樣高度的几案前席地俯身書寫，不論懸腕、懸肘或枕腕，顯然都可行；几案如果更高，就需要像椅子之類的高腳坐具了（作者按：見圖46）。至於唐代壁畫中的「伏紙寫」，馬怡徵引已詳，這裡就不再重複。

八　不同視角下的反思

　　儘管以上對古代使用簡牘時代的書寫姿勢作了討論，找了一些文獻和圖像的證據，指出几案應曾是供伏身而書，舖放簡、紙、帛等書材的承具，仍不易解釋為何迄今傳世或出土圖像資料中就是找不到伏几案而書的踪影。如果說這是因為太過平常，而沒有被記述或描繪，

為什麼畫中所見偏偏都是站立或端坐，手執筆紙或簡牘而書，不用几案？難道這些就不是平常的書寫姿勢嗎？

站立或端坐手持紙筆而書，當然是常見的姿態，毋庸置疑。本文並無意否定大家過去的看法，但想要強調：此外還有更為普遍，伏几案而書的，甚至存在著其他姿勢，只是不見、少見或晚見於文獻或圖像資料而已。討論古代書寫姿勢這類問題，一般受限於可考見的資料，據可考者論說，所謂有一分證據，說一分話，並沒錯。可是我相信實際情況必較見於資料的要複雜且多樣，我們的思慮不宜被可考見者所局限。這麼說，自然會落入「查無實據」的險境；然而依常理，恐怕也不難想像：任何時代大概都不會僅僅存在一種書寫姿勢，又簡單地從一種過渡或轉變成另一種。

以下仍然要回答：為什麼不見伏几案而書的相關圖像？我必須承認目前還沒有完美確切的解釋，僅能從「滯後」、「圖像格套」和「禮制」等方面作些推想。馬怡和馬場基的論文其實都已啟發了我推想的方向。

第一，兩漢傳世文獻雖然提到刀筆吏「伏几振筆」，高君孟「自伏寫書」，出土文獻也有「伏机」和「書案」，可是石匠和畫工往往拘於既定的粉本或格套，不見得會同步反映最平凡日常的「伏几」或「伏寫」的現實。馬怡將這類情況名之為「滯後」，並認為漢末魏晉之世雖有桌、椅（作者按：胡床或交椅），桌上書寫的圖畫卻晚到中唐，兼用桌、椅書寫更要晚到宋代才有明確的圖像可考。馬場基也指出日本八世紀已有桌子，拘於習慣，書寫不見得就利用；即便利用，繪畫也不見得會同步反映。

單從「滯後」當然並不足以回答前述的問題，但可提醒我們某些圖像格套恐怕早已建立。商周之世已書於竹帛，手持筆、簡，端坐或站立而書，是一種禮，到秦漢時代應是一個已有上千年的古老傳統。

商周相關的圖像今已無可考，圖像表現的某些元素和格套應該早已形成，而為秦漢視覺或圖像藝術所繼承。漢魏之世在視覺或圖像藝術表現上至少有三點特徵：

第一，或拘泥於傳世的粉本格套，不在意於反映當世的變化；第二，或較多反映禮制，較少反映現實，或者說二者交融，而與現實有了一定的距離；第三，或不分古今，一律「當代化」。

關於第一點，我懷疑漢畫中的書寫姿勢就是一個案例。它延續了一個悠久的粉本傳統，而與變化中的現實有一定程度的脫節或者說滯後。請容我作個大膽猜想：春秋戰國集權官僚體制出現以後，各部門和各級官府的文書工作應曾隨著分層負責。職有專司，以及文書行政的細密化而增加；根據近年不斷出土的戰國和秦漢地方行政文書簡牘，我們已明確知道最少從西元前四、三世紀開始，楚、秦、漢等各級地方政府日常行政規範之細，文書量之大，十分驚人。包山楚簡、雲夢和里耶秦簡、張家山、居延、敦煌等漢簡和長沙走馬樓、東牌樓兩漢、三國吳簡、郴州晉簡都是最好的證明。刀筆吏處理大量文書，如果坐或站著一手執筆，一手持簡，懸肘懸腕，一無依托，就算習慣成自然，時間一久，即易疲勞和不適。如何減輕疲勞和不適，以較省力的姿勢或借助可省力的家具處理文書，恐屬人情之常和必然之事。例如減輕跪坐不適的家具就曾經存在。前文提到的 T 形坐器（作者按：見圖32、33、34）在湖南、山東、四川和湖北等地的西漢墓葬中都曾出土。跪坐時可置 T 形坐器於臀部下，以減少臀部對腳跟的壓力。坐或站著手執筆和簡，一無依托的姿勢實不如置簡、紙或帛於几案之上，俯身就几案或手肘憑於几案而書來得省力舒適。因此，書寫姿勢和所用的家具在戰國到漢代的幾百年裡，很可能悄悄有了變化。

戰國墓出土了大量竹簡和帛書，也曾出土不少几、案。几、案或高或矮，形制不一，功能多樣，其中很多被認為是食案或祭案。過去

大家比較注意案和食器或祭器的關係，是不是也應考慮在現實生活中，案和簡帛書寫可能存在的關係？湖北荊門包山二號楚墓屬楚懷王前期，出土有矮足案和高足案。高足案有四件，其中兩件面板長八十、寬三十九點六至四十、通高四十六公分；據研究，它們是遣策中所記的「一耤棜，一剒棜」。另兩件，面板長一一七點六至一一八，寬四十點八至四十一點二，通高四十九點六公分；據研究，它們或可和遣策所記的「二祈」對應。湖北棗陽九連墩戰國中晚期貴族大墓曾出土兩件漆木案：一件高二十七點四、長六十五點六、寬三十五點二公分（作者按：見圖49），另一件高二十六、長六十五點四、寬三十六公分（作者按：見圖50）。湖北隨縣屬戰國早期的曾侯乙墓，曾出土一件高四十四點五，長一三七點五，寬五十三點八公分的彩繪雕紋漆木案（作者按：見圖51）。以上這些案依據遣策，全是供放置或處理祭品。又據學者考證，遣策所列如「耤棜」、「剒棜」指的是屠割犧牲的棷或几。如以它們高近三十至四十餘、長六十至一百餘、寬三十餘至五十餘公分的大小而論，和前引沂南北寨漢墓畫像中放置文書篋的案，在外形上頗為相近，只有曲或直足之別。這些戰國楚墓中的案如非因置於墓中承放祭品食器，在日常生活中當書案用，放置簡、帛或用於書寫，應也完全合適。包山二號墓中還曾出土一件拱形足几，長八十點六、寬二十二點四、通高三十三點六公分（作者按：見圖52），有趣的是，它和二百二十餘枚司法文書竹簡和銅刻刀同出二號墓北室。不論几或案，這些家具和文書簡、銅質刻刀之間的關係，很值得大家進一步去思索。

適合書寫的高足案在戰國時代已經存在，但並不表示當時的官吏已普遍在几案上書寫。伏几案而書一開始很可能被認為有損威儀，不合禮制。商周以來，統治貴族一言一行，一坐一立，都講究禮。前文說過，站或坐著手持筆簡而書，應是老傳統，也才合於禮。這種有身

分意義的禮極其頑固，為了身分禮制，有時並不那麼考慮實際上的快速、省力、舒適或方便。以書寫而言，西漢即已出現便捷的草書並日趨流行。過了幾百年，東漢的趙壹仍舊抨擊草書是「依正道於邪說，儕雅樂於鄭聲」、「非聖人之業」、「非常儀也」；漢末魏晉桌椅已然出現，但到南北朝，甚至唐代仍有人認為「危坐於牀」才合禮，垂足而坐則慢於禮。由此可知，伏几案而書要由不合禮變成合禮，從異常、不可接受變成見怪不怪或正常，很可能也經歷了一個長達幾百年的過程。果如此，不合禮或異常的書寫姿勢就不易出現在需要表現禮的圖像中。漢代圖像藝術因循傳統，即使描繪曹吏對坐於几案兩側，也要塑造他們合禮恭謹地一手執筆，一手持簡牘，或僅僅端坐的樣子，不容他們因俯身几案而失禮。

關於第二點，先舉一個較明顯的例證。漢代士大夫或君臣之間相見，並不以羔羊或雁為贄禮，但漢代畫像描繪孔子見老子，孔子手中卻捧著雁，老子手上持著杖，這反映的與其說是現實，不如說更多反映了當時所認可，經書裡的古禮。今天能看到的秦漢圖像資料主要來自墓葬陶、漆、銅製明器或墓室和祠堂畫像石刻或壁畫。它們的一項共通特色都在於表現理想中的禮，而不在於寫實或全然呈現現實。也就是說，墓葬和祠堂在古代基本上都是禮制建築，其裝飾往往摻和了理想和禮制，而與現實生活有了一定的距離。巫鴻研究漢代墓葬美術，曾總名之為禮儀美術（ritual art）。這一說法，很有道理。

禮儀美術要求的一個重點是合禮和合乎典型或典範，是不是合乎現實，反在其次。傳為晉代顧愷之所畫的〈女史箴圖〉無關乎墓葬和祠堂，但如大家所知，全圖內容以勸戒為目的，有極強烈的道德禮教意涵。這樣的歷史故事圖明顯較多地反映了被認可的禮教或典範，而不在於反映現實。其中站立執紙筆書寫的女子，右側榜題「女史司箴敢告庶姬」。「敢告」是秦漢以降，平行或上對下級單位行文的禮貌用

語；司箴的女史為示恭敬有禮，才站著為眾姬書寫箴言。這樣的姿態已見於漢畫。誠如馬怡指出，漢代畫像中手持牘和筆的一般不是墓主，而是隨侍的吏。他們拱身站立或跪坐，像是在聽從口授，用筆在簡上作著記錄。依古代君臣之禮，為臣者朝見君王必須手持笏板，凡蒙君命或有所啟奏，都要書寫在笏板上。不論在哪種情況下書寫，只能跪或站著手持笏板和筆。漢代主官與屬吏之間義同君臣，因此畫中哪些墓主身旁唯命唯謹的屬吏或掾史，一般只能站著、端坐或持笏板伏身謁拜，不容如同畫像中的主人翁一樣憑依几案而坐。

　　第三點所謂的「當代化」，和第一點「固守粉本格套」正好相反。當代化和固守粉本格套，都不顧變化，都會造成今古不分的結果。漢代畫像描繪孔子見老子，雖依禮恃杖或執雁，他們兩人的衣著卻如同漢世儒生，一律身穿深衣，頭戴進賢冠。這不能不說是人物衣冠的「當代化」。漢代畫匠石工筆下的古聖先賢和當代人物的外觀幾乎沒有兩樣，不同時代的人物也習慣成自然地同時出現在同一幅畫面上。這種古今無別，無視於時代變化或者說時間凝滯、凍結的情形，確實是漢代視覺或圖像藝術表現的一大特色。魏晉以降，墓葬藝術出現轉變，佛教和其他域外因素加入，但不少漢世以來的傳統仍在延續，禮制和格套依舊是墓葬藝術表現上的主導力量，因此和現實仍難同步。唐代張彥遠就曾批評自漢以降一直到唐代，畫作不能反映衣服、車輿的時代特徵為「畫之一病」。

　　反觀現實，秦漢以降諸曹之吏平日在府寺當值，於几案間處理例行公文，恐怕並不那麼拘禮，輕鬆很多。這正如同漢世依禮制，天子百官無不佩劍在身，但實際上許多文吏坐曹治事，並不佩劍，需要謁見主官奏事，表現恭謹和禮節或應主官要求時，才借他人的劍佩上，擺個樣子。由於傳統史籍偏重「資治」、典型和道德教訓，無意在日常生活上多著墨，因此極少描述日常生活瑣細的常態。偶然提到文吏

日常不佩劍，已屬難能。資料雖少，由此或可推想，憑藉几案處理和書寫公文，應該才是刀筆吏日常的工作景象。圖像中所見，反而是畫工、石匠固守粉本，表現理想上官吏合乎禮或合乎典範的樣子。

漢晉刀筆吏一般說不上是書法家。他們應不會像清流貴族或文人雅士如王羲之之流，那麼講究書法的美和個性，而可能較在意於如何方便、舒適、省力和快速地處理大量文書。三國魏晉的竹木簡文書迄今出土已達十餘萬枚，稍稍審視長沙走馬樓出土的三國吳簡或郴州出土的魏晉簡，就可清楚看見當時的刀筆吏在有限的時間內，需要重複抄寫大量內容相同的文件。這些文件的書法一般談不上美和個性，古人說比篆書、隸書還要快速省事的草書，是秦漢刀筆吏為應付大量文書工作而發展出來的一種簡便的書體，實有其理。這和後世文人雅士所崇尚和要求的，可以說無以相提並論。

在書畫名家之外，刀筆吏作為魏晉以前最常書寫的最大群體，他們的書體和書寫姿勢，以人數言，不能不說是代表著主流，以可考的作品數量言（作者按：出土簡牘為主）遠遠超過傳世名家之作，實不應再被今世論書法者所忽視。他們的日常書寫姿應不會僅限於傳世文獻或出土圖像所見到的，在不同的場合下，很可能多種多樣。馬場基指出日本中世兩種姿勢並存，在古代中國則是或站立、或跪而危坐、或盤坐，或伏身，甚或箕踞、垂足，或置 T 形坐器於臀下，或懸肘，或懸腕，或枕腕，或雙手各持簡帛紙和筆，或置簡帛紙於几案上，多種姿勢共存；有些合於禮，有些不那麼合於禮，有些甚至違禮卻方便舒適，有些倖存於圖或文，有更多的則已淹沒在無情的時間大海裡。

後世書家論書法，絕大多數以傳世的各種「書論」和著名書法家的作品為範本或依據，或推崇古法，或從美學上的美與意境去衡量，或以一己的實踐為參考，強調懸腕、懸肘，一旦像蘇東坡那樣不善懸腕，枕腕而書，就成了取笑的對象。宋代大書家黃庭堅感嘆好筆「無

心散卓」少有人喜歡，一般學書人反而「喜用宣城諸葛筆，著臂就案，倚筆成字」。他的話清楚反映了書法家和常民百姓在喜好與書姿上的不同。常人書寫依托臂肘甚至手腕於桌或案上，這樣倚筆運指而書，少用肘腕，大為省力，字則不免少了某些書法家講究的力與美。如果說蘇東坡不算「常人」，宋代劉松年所作〈攆茶圖〉中的僧人就不能不說是常人著臂就案，倚筆成字的一個例子了（作者按：見圖53）。

　　本文想要強調常人著臂就案，倚筆成字的姿勢不無可能自戰國以來即已存在，並非如某些學者所主張到宋代利用桌椅以後才出現，也非因唐代僧人大量抄經才帶來書寫姿勢上革命性的變化。常民百姓較官吏更不必拘於禮制，書寫但求方便快速舒適，置簡帛或紙於几案或後來的桌上，臂肘憑依桌案而書應是較常見的書姿。奈何這樣的書姿太過平常，不合講究禮儀的圖像格套，或為書畫名家所不肖，因此很難在較早期的文獻和圖畫中留下痕跡。

　　過去大家只根據可考，但與現實有一定距離的圖像，又受著名書家作品，以及以美和品味為標準的各種書法論著的影響，反而沒有考慮刀筆吏、書手和一般百姓最日常的書寫習慣或常態。這並不是說一般平民、書手或刀筆吏就不以書法名家為典範，但他們多半為了討生活，比較不會僅僅為了書法的美、意境和個性，而犧牲日常工作上的方便、快速、舒適或不易疲勞吧。

　　伏几案而書即使是大多數人經常採取的姿勢，也要經歷數百，甚至上千年，到魏晉南北朝這樣一個輕蔑甚至反傳統禮教，吸收域外文化（作者按：例如胡牀、垂足坐等）的時代，才漸漸由不合禮變成可以接受，也才出現了「几案之才」、「几案之吏」這樣寓有褒貶二義的詞語，更要到五代或宋，伏几案或就桌椅而書才較全面地見於圖畫。古代許多詞語或圖像的變化往往落後於現實。我們利用某時代出現的詞語或畫像去論證當世，不能不考慮滯後、格套和時代風氣等等因素。

　　日本中世繪卷上所見的書寫姿勢，也當作如是觀。日本繪卷繪成的時代很晚，最早的不過八世紀，一般多屬十一、二至十四、五世紀，但它們反映的書寫姿勢無疑藏有較早期中國的影子。魏晉至唐代，中日之間有太多直接和間接的文化交往。就在這段期間，日本的文字書寫系統逐漸形成，而日本繪卷卻不像華夏中原那樣受到商周以來禮制和繪畫格套的深重束縛，相對而言，反映出了比較多的生活實態，包括書寫姿勢。因此，既然在唐代和唐以前的華夏中原找不到伏几案而書的踪影，日本繪卷中哪些伏身案前，懸肘、懸腕或枕腕書寫的僧人和女尼（作者按：見圖54、55、56），應該可以在相當程度上幫助我們去想像「著臂就案，倚筆成字」的唐、宋學書人，窗前几上臨帖的辯才，伏寫律令的高君孟，甚至伏几振筆的漢代刀筆吏。是否如此？值得我們好好考慮。

二〇一七年三月二十九日於東吳大學普仁堂

附錄　圖版

▲圖1　　　　　▲圖1-1　　　　　▲圖3

◀圖2

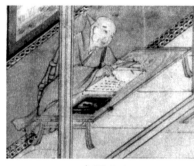

▲圖3-1

圖1　　《石山寺緣起繪卷》廿一紙，取
　　　　自《日本繪卷大成》卷十八
圖1-1　《石山寺緣起繪卷》六紙，取自
　　　　《日本繪卷大成》卷十八
圖2　　〈一遍上人繪傳〉，取自《日本
　　　　繪卷大成》卷二十七
圖3、圖3-1　〈法然上人行狀畫圖〉，
　　　　取自《新修日本繪卷物全
　　　　集》冊十四

▲圖4　　　▲圖5　　　　　▲圖6

▲圖7

圖4　宋十八學士圖局部國立故宮
　　　博物院藏

圖5　居延漢簡306.10

圖6　諸侯律注局部，玉門花海畢
　　　家灘出土，甘肅省文物考古
　　　研究所王輝提供

圖7　玉門官莊子一號墓棺板紙
　　　畫，甘肅省文物考古研究所
　　　王輝提供

圖7-1　玉門官莊子一號墓棺板紙畫
　　　　局部

▲圖7-1

◀圖7-2

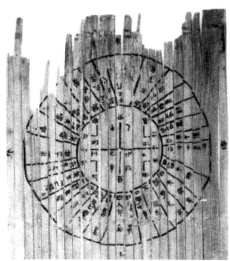

▲圖8-1　　　　　▲圖8-2

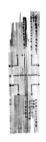

▲圖8　　　　　　▲圖8-3　　▲圖8-4　　▲圖9

▲圖10

圖7-2　玉門官莊子一號墓棺板紙畫，
　　　　作者攝於北京國家博物館
圖8　　周家臺30號秦墓出土日書式
圖8-1　式圖局部
圖8-2　式圖局部
圖8-3　式圖局部
圖8-4　式圖局部
圖9　　雲夢睡虎地秦墓人子圖，經作
　　　　者重排
圖10　隨州孔家坡漢墓日書離日圖，
　　　　經作者重排

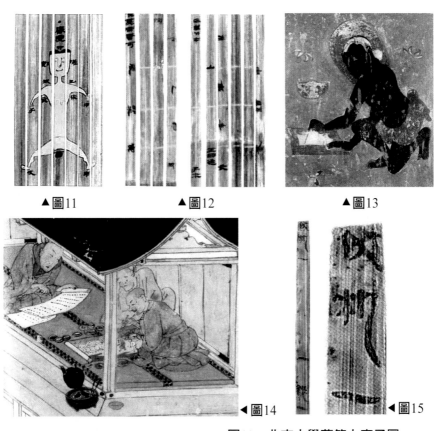

▲圖11　　　　▲圖12　　　　▲圖13

◀圖14　　　　◀圖15

▲圖16

圖11　北京大學藏簡占產子圖
圖12　北京大學藏簡日廷圖
圖13　莫高窟四六五窟東壁南側，取自《敦煌石窟全集》二十三，圖二一九
圖14　《慕歸繪詞》卷第五第二段局部，京都西本願寺藏，取自《法然と親鸞——ゆかりの名寶》，頁一六九、一八八
圖15　遺策簡36，局部及放大
圖16　二〇〇九年施品曲攝於成都四川省博物館

◀圖17

◀圖17-1

▲圖17-2　　　　　　　　　　　　▲圖17-3

圖17　　和林格爾小板申墓壁畫前室南壁甬道門東側壁畫局部
圖17-1　前室南壁甬道門東側壁畫局部
圖17-2　前室東壁甬道門南側壁畫局部
圖17-3　前室東壁甬道門南側壁畫局部放大

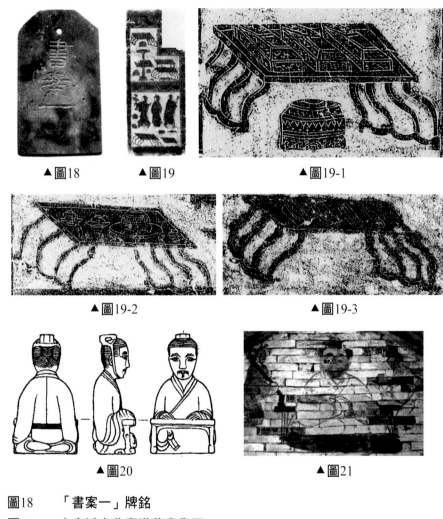

▲圖18　　　▲圖19　　　　　▲圖19-1

▲圖19-2　　　　　　　　▲圖19-3

▲圖20　　　　　　　　　▲圖21

圖18　　　「書案一」牌銘

圖19　　　山東沂南北寨漢墓畫像石

圖19-1　　山東沂南北寨漢墓畫像石局部

圖19-2　　山東沂南北寨漢墓畫像石局部

圖19-3　　山東沂南北寨漢墓畫像石局部

圖20　　　玉人雕像，為河北滿城西漢初劉勝墓所出，取自《滿城漢墓發掘報
　　　　　　告》，頁一四〇，圖九八

圖21　　　洛陽新安鐵塔山東漢墓壁畫墓主像，取自《洛陽漢墓壁畫》

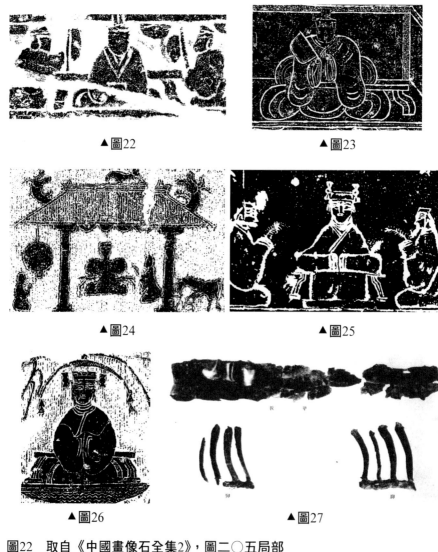

▲圖22　　　　　　　　　　　▲圖23

▲圖24　　　　　　　　　　　▲圖25

▲圖26　　　　　　　　　　　▲圖27

圖22　取自《中國畫像石全集2》，圖二○五局部

圖23　取自《中國畫像石全集3》，圖一四七局部

圖24　取自《中國畫像石全集2》，圖二局部

圖25　取自《中國畫像石全集2》，圖九十四局部

圖26　取自《中國畫像石全集2》，圖九十六局部

圖27　王光墓出土漆几，高二十六、寬十七、長一一四公分

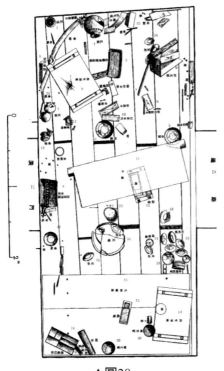

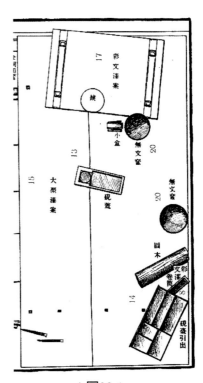

▲圖28　　　　　　　　　　▲圖28-1

▲圖29

圖28　　南井里彩篋塚前室出土物品位置圖

圖28-1　南井里彩篋塚前室出土物品位置圖局部放大

圖29　　南井里彩篋塚大型漆案復原案，高三十六、寬一一三、長二一六
　　　　公分

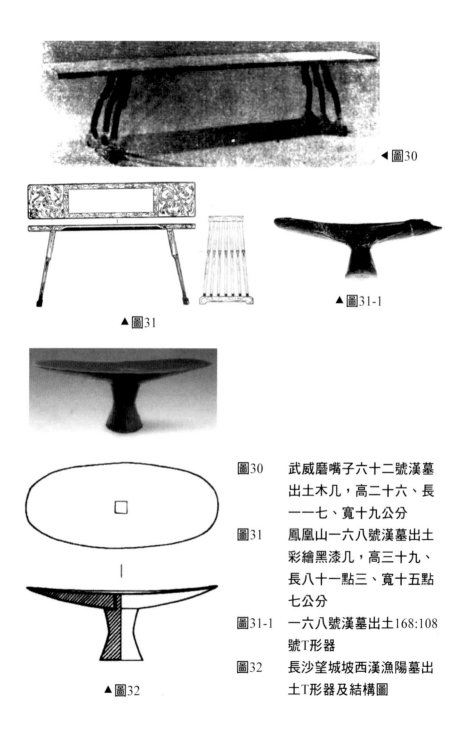

◀圖30

▲圖31

▲圖31-1

▲圖32

圖30　武威磨嘴子六十二號漢墓
　　　出土木几，高二十六、長
　　　一一七、寬十九公分
圖31　鳳凰山一六八號漢墓出土
　　　彩繪黑漆几，高三十九、
　　　長八十一點三、寬十五點
　　　七公分
圖31-1　一六八號漢墓出土168:108
　　　號T形器
圖32　長沙望城坡西漢漁陽墓出
　　　土T形器及結構圖

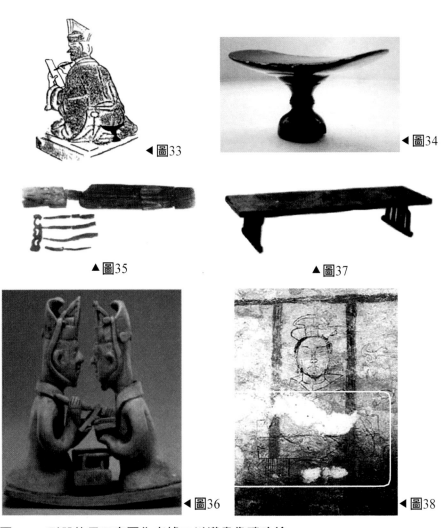

圖33　T形器使用示意圖作者據四川漢畫像磚改繪

圖34　成都老官山漢墓出土T形器馬怡提供

圖35　儀徵胥浦一○一號西漢墓出土殘木几，高三十、長九十五、寬十五
　　　公分

圖36　湖南金盆嶺西晉墓出土陶俑，取自《世界四大文明展：中國文明展》

圖37　南京幕府山東晉墓陶案，取自《文物》一九九○年第八期

圖38　山東濟南馬家莊北齊□道貴墓壁畫，取自《北齊崔芬壁畫墓》

▲圖39　　　　　　　　　　　　▲圖40

▲圖41　　　　　　　　　　　　▲圖42

▲圖43　　　　　　　　　　　　▲圖44

圖39　山東嘉祥隋代徐敏行墓壁畫局部，取自《中國墓室壁畫史》
圖40　湖南岳陽桃花山唐墓出土陶製柵足几陶明器，取自《文物》二○○六年
　　　十一期
圖41　〈傳五代衛賢高士圖〉局部，北京故宮博物院藏
圖42　卅足几日本正倉院藏，取自《正倉院寶物にみる佛具》〈儀式具〉
圖43　榻足几日本正倉院藏，取自《正倉院寶物：中倉》
圖44　利用正倉院藏家具想像復原的聖武天皇書房陳設，二○一二年作者攝於
　　　奈良平城宮跡資料館

▲圖45

▲圖46

▲圖46-1

▲圖47

▲圖48

圖45　日本鎌倉時代〈聖德太子勝
　　　鬘經講讚圖〉局部，東京國
　　　立博物館藏

圖46　作者攝自平城宮跡資料館，
　　　當時正播放著影片

圖46-1　作者攝於秋田縣埋藏文化財
　　　中心

圖47　〈法然上人行狀畫圖〉，馬
　　　場基提供

圖48　《稚兒觀音緣起》，馬場基
　　　提供

▲圖49

▲圖50

▲圖51

圖49　取自《九連墩：長江中游的楚國貴族大墓》，高二十七點四、長六十五點六、寬三十五點二公分

圖50　取自《九連墩：長江中游的楚國貴族大墓》，高二十六、長六十五點四、寬三十六公分

圖51　取自《曾侯乙墓：戰國早期的禮樂文明》，高四十四點五、長一三七點五、寬五十三點八公分

圖52　拱形足几及結構圖，採自《包山楚墓》，圖版三九點五及頁一三一，通高三十三點六、長八十點六、寬二十二點四公分

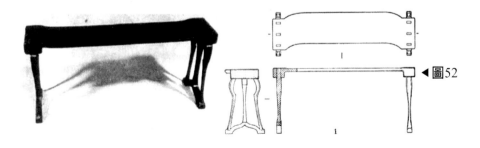

◀圖52

▲圖53　　　　　　　　　　▲圖54

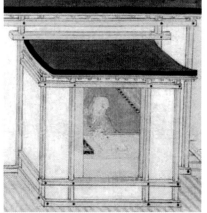

▲圖55　　　　　　　　　　▲圖56

圖53　〔宋〕劉松年《攆茶圖》局部，國立故宮博物院藏

圖54　〈法然上人行狀畫〉，取自《新修日本繪卷物全集》冊十四

圖55　〈當麻曼荼羅緣起〉，取自《日本繪卷大成》冊二十四

圖56　〈法然上人繪傳〉，馬場基提供

第六講
當代西方政治思想史的兩個流派*

王汎森
中央研究院院士

　　我要講的是近代西方政治思想史中的兩個流派，主要宗旨是想擴大思想史的視界。我將介紹這些學派，也將介紹評論這些學派的意見，但並不代表這些批評的意見就可以取代原來的學派。我只是覺得，應該擴大來理解思想史研究的視界與範圍而已。

　　二十世紀的思想史研究，起過作用的相關學科流派很多，我只簡單列幾個。首先就是以阿瑟・拉夫喬伊（Arthur O. Lovejoy）為代表人物的「觀念史」（history of ideas）。他的主要看法是認為討論思想史時，以思想的「單元」（idea unit）作為討論的主題。他的著作《存在的巨鏈》（*The Great Chain of Being*），這部書現在也有中譯本。我發現《存在的巨鏈》英文本在西方幾乎成為時髦，大概人文、社會科學的教授或學生家裡幾乎都有一本，可是很少人真正讀過，因為這本書不容易讀。從柏拉圖以來，大家都圍繞著「存有」（being）這件事情在討論，通貫整個西方思想史。這本書將「存有」作為思想的一個單元來討論，正體現了拉夫喬伊處理思想史一個特殊的辦法，就是以各個「單元」處理「觀念史」問題。

---

*　本文是我在東吳「劉光義教授紀念專題講座」演講後主辦單位的紀錄稿。由於截稿時間倉促，我只能略為瀏覽一遍並稍做修正。因為是演講，所以下語不易精確，請讀者諒察。

　　拉夫喬伊是哲學系教授，不是歷史系教授，他的著作相當豐富。我在寫《古史辨運動的興起》的時候，也參考了他《觀念史論文集》中的文章。他討論古希臘、古羅馬時，基本上也體現了用思想的單元作為觀察歷史的方式。我記憶中，他並不局限於純粹的觀念史就思想本身在討論，不理會歷史的變遷，但他是以「觀念史」出名的。現在回想起來，他單篇論文是非常精彩的。

　　第二個是「心態史」（history of mentality）。我讀書的時候最流行的是心態史，它是伴隨法國年鑑學派而來的思想史作法。年鑑學派深受社會學者艾彌爾‧涂爾幹（Émile Durkheim）的影響，討論事物時總是強調集體的（collective）表現；到了後期，費爾南‧布勞岱爾（Fernand Braudel）又多少受到當時法國流行的結構主義的影響。

　　法國年鑑學派重視的是一般老百姓的生老病死的歷史，不是大思想家的，用一句話形容就是「從凱撒到他的士兵，都共享著思想的心態」。比如說喬治‧杜比（Georges Duby）在《三個等級：封建制的想象》（*The Three Orders: Feudal Society Imagined*）中認為，歐洲從很早就形成三個等級社會秩序的觀點，有些人生來的工作就是為大家祈禱，有些人就是農夫，有些人就是負責打仗。從希臘、羅馬以來的語言學，很早就提出這個觀點，但杜比是從「心態史」的角度來看：中古時代從高等到低等，從精英到普通人，都有一個共有的心態，即相信這種秩序是天生的。就像民國時期，從孫中山到他的司機，都知道「社會」是怎麼回事。但在二十世紀之前，「社會」不是現在的意思，而是迎神賽會等那一類的意思。集體大眾共享的一些想法，即稱之為「心態史」。

　　我們熟悉的年鑑學派的代表人物是馬克‧布洛克（Marc Bloch），事實上還有另外一個關鍵人物呂西安‧費夫賀（Lucian Febvre），他比布洛克成功得多，而且是年鑑學派的第一代的創始人之一。馬克‧

布洛克是個可憐蟲，因為呂西安・費夫賀把所有勝利的果實都拿走了。布洛克每年千里迢迢跑去選法蘭西學院的院士，又不敢得罪呂西安・費夫賀，費夫賀經常給他一張空頭支票：「我很快明年就要把你選進來。」布洛克十多年的時間都浪費在選法蘭西選院士，現在回想起來，布洛克跟呂西安・費夫賀一樣偉大，可是在那個年代呂西安・費夫賀是如此的成功，而布洛克到死都沒有完成心願。

有些人對呂西安・費夫賀有不好的看法，但實際上他在史學上的貢獻卓著，幾部史學著作的影響非常大。如《十六世紀的無信仰的問題──拉伯雷宗教》，講反信仰的問題，他說十六世紀人的共有心態中並沒有「反信仰」這個詞，這是後來才有的。一個時代有沒有這個心態，有沒有此心態的工具，有沒有心靈的工具，這一類的看法在《十六世紀的無信仰問題──拉伯雷的宗教》是有代表性的。法國年鑑學派的喬治・杜比（Georges Duby）的《三個等級》，以及雅克・勒高夫（Jacques Le Goff）的《煉獄的誕生》（*The Birth of Purgatory*），都是精彩的心態史著作。《煉獄的誕生》指出歐洲中古時代原來沒有「煉獄」的想法，直到但丁的《神曲》出來之後，人們開始相信但丁所創造的「煉獄」的存在，心態遂產生重大變化。但是心態史也受到很多批評，主要是裡面沒有個人。

第三個是現在依然很有影響力的「新文化史」。「新文化史」影響思想史的層面很廣。其中有一個觀點認為語言是不透明的，使用語言來表達思想本身就有問題，是使用約定俗成的東西來表達。語言先於人而存在，因此人的存在是被語言所操控的，所以沒辦法將思想表達得很清楚。思想和文化是一個記號學的網絡，不是個人所能操弄。譬如墨子用的語言，是他那個時代的共有語言，他不能任意的使用語言表達思想，因為語言不是透明的。

讓我在這裡再重複一下：第一，語言是記號學的網絡，有其運作

規則，思想是在規則裡使用，按這個規則去表達；第二，語言不是透明的，以前都相信語言是透明的，所以認為思想家在使用語言時，能自由運用語言來表達他的思想。可是二十世紀後半期「語言轉向」之後，發現語言不再是透明的，語言先於人的存在，先於思想家存在，因此思想家是受語言操弄，也就是說，思想家並沒有辦法用語言完全重建思想，實際情況跟意圖本身是有局限的。

我今天集中要談的是「劍橋政治思想史學派」和「德國概念史學派」。

一九六九年昆廷・斯金納（Quentin Skinner）寫了一篇文章叫做〈思想史中的意義和理解〉（"Meaning and Understanding in The Intellectual History"），發表在 History of Theory，這篇文章挑戰了很多當時思想史學派，包括阿瑟・拉夫喬伊和里奧・史特勞斯（Leo Strauss）。當時斯金納才二十多歲，但文章的火藥味極重。斯金納教授曾經告訴我，因為這篇文章批評了許多大家，所以發表的過程並不順利。在文章中，他提出很多新的看法，探討要怎麼去了解意義，怎麼把握思想史的重點，成為他最關鍵的思想史方法論的文章。晚年他也修正了若干主張。

這篇火爆的宣言性文章，如平地一聲雷，接著他到普林斯頓高等研究所訪問，寫了兩冊的《現代政治思想的基礎》（The Foundations of Modern Political），把一九六九年那篇有名的宣言性文章提出的方法落實在思想史的寫作裡。

斯金納顯然受到三種影響，首先是柯靈烏（R. G. Collingwood）的影響。我在大學生時代，受余英時先生影響，把臺大能找到所有柯靈烏的書都生吞活剝的讀了一遍，余先生是第一個在華語世界介紹他的學者。當時臺北要買原文書非常困難，有一家西風書店，居然有柯靈烏的自傳，柯靈烏重要的方法論在這本自傳裡多有交代。他去世得

早，如果不是他最忠誠的學生把他的講稿拿出來整理，那麼他最有名的《歷史的觀念》根本不可能出版。

在自傳裡，柯靈烏反覆提到要了解一個人真正的思想，必須把它放在「脈絡」裡。他二十歲在英國情報局，專門破解美國情報局沒有看出的情報，他每天經過一個非常醜陋的雕像，感覺奇怪，好的藝術家怎麼把雕像雕得這麼醜？他後來明白，要了解這個雕像，如果沒有將它的意義重建，沒有重現它的脈絡，要怎麼理解這件作品？歷史也是一樣，柯靈烏在自傳也講了，每一個概念都要放在歷史脈絡裡去講，它隨著時間不停的演變，歷史脈絡對它的意義發生著改變。雖然他在自傳裡所描述的往往只是吉光片羽，但涉及面很廣。

斯金納非常強調奧斯汀（John Langshaw Austin）的觀點，奧斯汀是當時英國語言分析學派大師，著作非常之少，書也非常之薄。其中有一本書《如何以言行事》（*How to Do Things With Words*），現在有中譯本。《如何以言行事》區分語言有兩種：一種叫「記述話語」（locutianal　language）即「描述性」的語言，用語言來辦事情；一個是「行動性」的語言（illocutional　language）。語言可以同時具有描述性和行動性，比如突然跟一位小孩喊說：「湖上有冰！」你不僅僅是在描述湖上有冰，你還是叫他趕快跑，這一句話既是描述也是行動。

奧斯汀獲得大名之後，各方面的批評、抨擊很多，後來他又修改為三種。第三種，是受到路德維希・維根斯坦（Ludwig Josef Johann Wittgenstein）的影響，認為語言本身也是種約定，這種用法定下的意思，是那個時代的約定俗成。以中國為例，「社會」一詞，在以前是廟會的意思，但到了一九○二年梁啟超所處的時代，「社會」是「有法之群也」，是一種群體，有它一定的法。所以語言是約定成俗的，語言很難去自行規定，光是「社會」一詞就有很大的時代變化。我覺得斯金納深受上述三種思想資源的影響，其中他最強調奧斯丁，認為

其最有哲學性。奧斯丁打仗時也在情報單位，他工作時勢必對語言作很多的區分。

斯金納的老師彼得・拉斯萊特（Peter Laslett），後來是劍橋人口學派的重要人物，早年編過一本洛克《政府論》，這本書深深影響了他的研究。拉斯萊特發現《政府論》的發表不是在光榮革命之後。很多人認為洛克《政府論》是為了證明光榮革命的合法性，可是拉斯萊特在做《洛克政府論》劍橋版本的編輯工作時發現，洛克在一八七○年左右就已經寫成了，可見這部作品是促使「光榮革命」成功的因素之一，而不是成功之後用來合理化「光榮革命」的。這個歷史脈絡的考訂，決定了這個文本的性質。

上述例子說明，政治思想有沒有放在歷史脈絡裡，理解是不一樣的。洛克《政府論》裡反覆批評羅伯特・菲爾默（Robert Filmer），如果那本書是在光榮革命之後才寫成，就沒有任何意義，因為菲爾默是提倡父權主義的，革命都成了，罵菲爾默做什麼？如果在一八七○年之前，革命還沒成功，人們還在攻擊菲爾默為斯圖亞特王朝服務的亞里斯多德學說，我想這書就有意義。所以這本書是劍橋的政治思想學派想把思想放在歷史脈絡當中的非常有利的展示。

斯金納的〈思想史中的意義和理解〉說，當時很多思想史流派都沒有把思想放在歷史脈絡裡，以為思想是超越時空的，每個時代都是一樣的。至於如何做到將政治思想脈絡化，我注意到斯金納的弟子詹姆斯・塔利（James Tully）所編過一本書《筆是一支雄健有力的劍》（*The Pen is a Mighty Sword*），其中歸納了斯金納思想史方法論的幾個步驟：第一，斯金納認為要找出當時思想語言「約定俗成」的部分（convention），以馬基維利《君王論》為例，當時有很多《君王論》之類的小文本，一些名不見經傳的文本，要把《君王論》放在這個文本叢集中比較，找出大家「約定俗成」的部分是什麼、人們大概講的

是些什麼，然後再看《君王論》有什麼地方是超出 convention 之上的。譬如在《君王論》第十六篇有一句話：「君王必須知道在何時不道德」，這跟當時社會的評論不一樣，當時所有著作都在勸說君王要有道德，斯金納卻在《馬基維利》這本小書裡講君王要知道在何時不道德。因為當時美第奇家族（Medici）有一個教皇，有一個當地的領導者，有機會可以統一北義大利，所以「君王必須知道在何時不道德」是在這樣的歷史脈絡中勸告君王，為了完成這件事情，必須知道在什麼時候不道德。將《君王論》擺進歷史脈絡，有什麼樣政治的「up to」。所以在這樣的歷史脈絡中，我們可以知道《君王論》第十六篇的意義為何。

接著要看，這樣的思想跟當時比較廣大的政治權力格局的互動關係。斯金納《現代政治思想的基礎》中有一章講到宗教革命，談到為什麼馬丁路德逃到德意志的小諸侯地區得到保護？他們不一定相信馬丁路德的教義，但他們看到一個可以跟羅馬教皇抗衡的思想武器，所以願意窩藏馬丁路德，使他得到保護，從此也幫忙擴散馬丁路德的思想。這脈絡是要抵抗羅馬教皇。思想跟政治力量的互動，使得他可以得到保護和發展，同時他的思想也得以擴散，這是思想意識形態跟現實權力之間的關係。接著，要看這個思想所樹立的評價性標準。馬丁路德的思想本身有一個評價性，符合這個評價是好的，不符合這個評價是不好的，因此他可以逐漸改變當時政治的實況。

在臺灣過去幾十年中，我也目睹一些這方面的實例。譬如從某個時段環保意識在臺灣開始流行，最初響應的人很少，但接著風氣漸開了，很多地方政客不管懂不懂環保政見，都要在政見裡列上好幾條環保，使得環保這一新的觀念有了當下性，成為改變現實的政策。以後的人研究臺灣環保思想的歷史，也可以參借這樣子的步驟，找出它的脈絡，找出「language convention」，看新的思想在哪裡，還要看它跟

現實政策之間的關係，如何擴散，如何形成評價性框架；接著透過什麼現實的建制使思想延續下來，包括出版公司，民間組織團如何宣揚這個思想，使這個思想能夠擴散、生根。

　　劍橋政治思想史學派有許多重要的方法主張，其中我認為很重要的一點是，要了解思想的歷史時，要了解這個思想要在當時造成些（up to）什麼，才能真正了解它在當時歷史脈絡中的思想含義。比如：在一個文獻裡提到，十四世紀有一個巴托魯斯（Bartolus），他在解釋羅馬法時，曾經宣揚當法律跟事實相違背時，法律必須屈從於事實。在這個宣言之後，形成了羅馬法的注釋學派，如果沒有了解當時的脈絡，事實上是為了切斷羅馬法在當時現實的影響，就不能真正了解其含義。

　　劍橋政治思想史學派流行了幾十年之後，人們慢慢感到不耐煩了。斯金納的學生塔利（James Tully）的批評，主要還是在舊有的範式當中。另外有一種批評指出，斯金納太注重「實」的部分，忽略了「虛」的部分，認為他把脈絡看得太實了，政治思想中還有虛的部分，而且語言是不透明的。另外，即使不受後現代的影響，他也被認為過度被脈絡所控制，認為思想不能從虛空當中生發出來，一定要在政治脈絡裡找。

　　彼得・戈登（Peter Gordon）對斯金納的批評有兩點：第一，思想怎麼是只為一個時代，一個脈絡，一些特定的聽眾講呢？思想可以為很多潛在的、廣大的，乃至未來無限世代的人講，不僅只在一個脈絡裡。他認為，斯金納把一個特定時刻的脈絡看得太實了，而且認為意義多只限在這個脈絡裡，認為意義不能從虛空當中闡述，把特定脈絡中的時刻太過系統化、實體化。第二，斯金納的政治思想方法論，無法處理太大規模的主體。他本來預言要寫到法國革命之後，但他沒法寫跨國的內容，跨國就要離開特定脈絡。舉個例子，陳寅恪在《隋

唐制度淵源論稿》裡講到「府兵制」，是在「關隴集團」與他者的鬥爭當中建立起來的。這個就有一點像奧斯汀的理論，在一個特定的脈絡裡產生的。可是錢穆先生強調這不只是特定的鬥爭之後的產物，而還有更廣泛的制度性考慮在內，就像戈登講的，不僅僅是脈絡的問題。按照斯金納的講法，好像意義只有在最初的時刻才是真的，就像前面所舉馬基維利《君王論》第十六章的例子。戈登認為，斯金納把馬基維利的《君王論》局限於唯一的時刻，但應當還有很多這類的時刻，後者的意義一樣是有價值的。他還說，應該想像還有那種未來尚未落實的潛在的可能的思路。

接下來我要談論「德國概念史學派」，萊因哈特・科塞雷克（Reinhart Koselleck）是德國概念史學派及代表人物，一九六〇年代，他被邀請編輯八卷本的《歷史的基本概念──德國政治和社會語言歷史辭典》（*Basic Concepts in History: A Historical Dictionary of Political and Social Language in Germany*）。二次大戰之後的德國非常艱難，科塞雷克的理論也在摸索階段，居於西方學術界的邊緣。在這期間他提出了著名的「鞍型期」（Saddle Period）的概念，他認為這是決定西方近代政治思想最關鍵的時期，產生了各種政治思想。他受卡爾・施密特（Carl Schmitt）影響很大，施密特是納粹分子，二戰以後，由於煽動性太強，施密特不被允許授課，但很多學生偷偷聽講，科塞雷克就是其中之一。在歐洲越來越多人關注科塞雷克概念史，科塞雷克比斯金納更為複雜、晦澀難懂，不如斯金納有清楚的方法論。科塞雷克的著作凡是被翻成英文的，我幾乎都讀過了，但是被翻譯成英文的只有幾本，所以我的了解可能也只是一部分。

前面提到，科塞雷克認為一七五〇至一八五〇年是歐洲思想的「鞍型期」，有很多新的政治思想與新的左右生活的概念都在這個時候形成，這是一個關鍵時期。科塞雷克編的八大本大辭典，其中有一

部分是關注歐洲思想的鞍型期。鞍型期概念有幾個特色：第一，歷史化，很多概念在概念本身預示某種時間發展的歷程；第二，民主化，鞍型期的概念不再限於貴族精英，通常一般老百姓也有；第三，政治化，產生各種主義；第四，是意識形態化。

科塞雷克在處理概念時，把「時間」考慮得很重要，他說歷史不只發生在時間裡（in time），而是透過時間發生（through time）。通俗的講，在科塞雷克定義的概念之中，概念是一種庫存，是過去、現在、未來具有時間層次的庫存，一個概念同時也是自古以來不同時代對其定義的庫存，而這些都會作用於同一個時候。比如：民主的概念，有從羅馬時代來的層次，有十七、十八世紀來的層次，也有二十世紀二次大戰之後的層次，所有這些都聚合在一個概念裡，而且使用概念時，所有層次都來到同一個點上，成為人們手中可以選用的資源。

在概念中有好幾個時間層次，好像內裡有了一個離合器，可以加速、剎車或倒退。譬如他說，鞍型期過程中產生的概念裡有過去、現在、未來，不但描述一個東西，而且還期望一個東西。所以鞍型期所產生的概念不只是一個概念，不只是描述一個現象，它還有一個期望。鞍型期概念本身好像有一個離合器，概念裡面的未來性跟過去的距離和關係本身就有重要的意義。

如果概念的未來性非常強，它會產生不一樣的影響。他認為法國大革命時期的烏托邦思想，使得很多概念帶有很強的未來性，概念本身跟以前不一樣，受到很多層時間的影響。如果一個概念裡的未來的部分和過去的部分，之間的距離非常長，那麼這概念本身便有很強的衝撞性；如果沒有，像中國古代承平時期過去、現在、未來是非常穩定的，這個概念就不帶有那麼強的期待性和未來的衝撞性等。科塞雷克把時間看得很重，概念的翅膀就是時間。如果未來跟過程在這個概念裡壓縮得很近的話。科塞雷克舉了個例子，納粹就是現在、未來之間的關係非常近。

　　即使西方很早就產生的重要概念，經過一七五〇至一八五〇年的
「鞍型期」之後，就已經發生很大的變化，可是從字面看不出來。在
討論概念時，必須把時間層考慮進去。科塞雷克深受卡爾・施密特的
影響，認為概念本身一直處在競爭或鬥爭的狀態，本身不是一個平靜
的東西，概念是在鬥爭的過程中產生意義。科塞雷克在德國思想界的
地位很高，注意他較多的是歐洲學者。人們從他的著作裡看出時間的
層次（layers of time），時間如何透過不同的關係使一個概念作用完整
等等，從這裡看到縱深。

　　可是，也有人批評他，對於他的批評主要來自兩個方面：第一，
是劍橋政治思想史學派的波考克。波考克善於用一群概念、一群詞
彙、一群政治觀念來討論思想的歷史，尤其討論商業時代之後的變化
等。人們認為他能捕捉到的歷史比斯金納更多，斯金納是以政治思想
史納入脈絡中聞名的，可是人們發現斯金納抓到的都是一些關鍵點，
但歷史是一個大體。

　　波考克對科塞雷克的批評主要是：他不同意「鞍型期」。他認為
在英國，這個鞍型期應該是一五〇〇至一八〇〇年，而科塞雷克確立
鞍型期是以法國為標準。但我想科塞雷克肯定會這麼回答：「可是這
段時間法國大革命最有影響。」其次，波考克還針對科塞雷克概念史
學說有另一方面的見解。科塞雷克有一個重要的觀點，認為概念像是
一個發電機，圍繞它會形成語義學的網絡，在一個時代裡面產生重大
影響。波考克認同這一觀點，但是認為科塞雷克的想像還是過於固定
和孤立。波考克認為，所有的概念都是隨著歷史的前進，不停的重新
塑造著結構和意義，而不是《歷史的基本概念》中所說的，可以截然
劃分確定的時間層次。

　　科塞雷克還有一個更大的批評者漢斯・布魯門伯格（Hans
Blumenberg），他主要研究隱喻學。我原以為他主要研究啟蒙時代和

神話，國內一些學者也注意到他的著作。我也看了一些，把他當成是神話學家，可此後他寫了很多思想著作。

　　就在《概念史大辭典》要編的時候，布魯門伯格正要寫《隱喻學的範式》（*Paradigmenzueiner Metaphorologie*），這本書相當難讀。為什麼說他對科塞雷克有所批評呢？因為他在後期寫了一篇文章〈非概念〉（non-conceptuality），直接是針對概念史的觀點。他認為概念史學派還是過於受到笛卡爾的影響，好像只有經抽象過的概念才是人的思想世界唯一的表達方式。在他看來，另有一種隱喻的世界，如「真理是光」、「世界是一本打開的書」、「人生是一片黑暗而寂靜的森林」、「大自然之書」，或如散文家蒙田講的「世界的面孔」，這些隱喻事實上比概念講得更多。

　　世界上有一些拒絕被抽象的東西，並不通過概念，而是通過它們自身得以顯現。布魯門伯格認為二十世紀思想受到語言學的影響太大，而忽略了隱喻一類的表現，這是一種重大的缺失。他認為，有一部分的東西是不可說的，是概念無法窮盡的，如圖像、如風景、如一些無法把握的模糊化的東西。他認為在認知確定化形成的過程中，已經失去了「詩」的事情。世界上有一些事情不是通過概念來顯示，而是東西本身自我的呈現（manifest）。他提出「非概念化的思想」的存在，而認為概念史學派缺失了這一面的探究。我認為，這種批評有其深刻道理，卻不能認為它可以取代概念史的方法，而是應該擴大思想史的世界，凸顯歷史的不同面向。

　　最後我想回到中國藉著清代中後期方東樹的《漢學商兌》的例子，來映照上述兩種思想史流派的爭論。〈方東樹與晚清學風〉是我《近代思想學術的系譜》一書中的第一篇，有很多人覺得《漢學商兌》一書胡說八道，是無根之談。可是這本書在清代中後期影響非常大，代表宋學派對考證學的重要批評。

　　方東樹說：為什麼討論思想方面的概念時，要像戴震等人認為的，唯有通過訓詁、考證的辦法才能獲得？方東樹認為，除了考證之外，不是還有用義理的方法嗎？古書裡很多思想，清儒的考證不一定比宋儒以通過思想、義理的方式的把握來得深刻。比如《尚書》〈堯典〉裡「欽明文思安安」這個概念，從義理的角度把握就更準確。

　　我必須先強調，清代考證學重建了古代的道德思想，與之前有很大的不同。如阮元對「仁」的考證與宋明理學完全不同。他認為古代的「仁」帶有社群性質，不是個人的內心狀態。考證學是從社群入手，探索道德在社群中的狀態，不像宋明理學，主要是關注個人的內心狀態。上述兩種方法：一方面是阮元、戴震等人認為的，一定要通過名物制度的「實」的研究才能重建古代道德的思想；一方面是方東樹主張的，應該要從「虛」的地方去把握、去了解，通過個人內心的義理世界去把握古代的道德思想。科塞雷克和斯金納傾向探索概念、語言和歷史脈絡之間的確定關聯，而布魯門伯格和戈登則認為，除了語言、脈絡之外，還要從廣泛的，甚至有點「虛」的地方去把握，有一點像清代方東樹所說的，在考證的同時，也要加上人的內心對義理的掌握，這兩個加起來才可以把握思想的真境。

　　清代思想界兩派的對峙與上述西方的思想爭論多少有些可以互相映照之處，值得我們進一步深思。我個人相信「史無定法」，思想史研究也是如此。上述思想史流派所發展出來的，從「觀念史」以降一直到布魯門伯格，其實都有它們的適用之處，端看思想史學者所要處理的問題內容、特質與範圍來決定運用什麼方法論。是問題決定了什麼是用得上的方法，而不是反過來。問題與方法，應該是兩個不斷互動的圈，應該像兩塊糖果很自然地在口中融化在一起。

第七講

從「才女之累」到「才女不寐」

——清代女性小說中的情感與想像

胡曉真

中央研究院中國文哲研究所研究員

　　非常榮幸受邀跟大家分享我的一些研究心得，事實上有關於明清時代女性文學的研究，並不是我的新的研究，或者毋寧說，是我比較早期的研究。我覺得有的時候，舊說到了嶄新的時代，也可以煥發出嶄新的意義。

　　我從事這方面的研究，是從一九九〇年代開始，從一九九〇年代以及我的專書在二〇〇三年發表的這個過程當中，我覺得關於女性文學以及女性問題的接受度，其實遠不如現在大家對於相關問題的關切度那麼的高，所以我想重新把這個題目帶到這裡來，跟大家一起來欣賞，一起來感受，一起來批評，或許仍舊是有新的意義的。

　　今天這個題目，我不知道各位看到題目的時候有什麼想法？「從『才女之累』到『才女不寐』」，才女都已經那麼累了，為什麼還不去睡覺呢？她為什麼不想睡覺？或者是為什麼睡不著呢？

　　事實上，這裡的這個才女之累的「累」字，並不是我們平常說的好累、好睏、好疲勞、好想睡覺的那個累；這個「累」，我是借用了一個美國漢學家的說法，他對宋代著名女文學家李清照的研究。原文叫做 "The Burden of Female Talent"——也就是附加在她身上，她本來不想要的東西。

　　漢學家艾朗諾（Ronald Egan）教授認為，在傳統社會，女性的「文藝之才」是一個重擔。為什麼呢？因為男性的文人、知識分子、學者、官員等等整個的主流社會，對於女性有才，而且把「才」放到文藝創作上面，是不太滿意且有偏見的，他們認為女性不應當從事文藝創作，甚至打壓這樣的行為。而且他們認為比創作這件事情更糟糕的是，女性居然把創作完成的作品流傳出去。對於某些男性來說，女性的創作就好像是她們的一部分，所以一個女性不應該把自己公開在公眾社會面前，接受大家的視線與評論；如果把作品公開在眾人眼前，那就是一種暴露，違反善良風俗。

　　男性認為女性公開自己的文藝作品是不應當的行為，因此受到這種社會制約，女作家不管寫得多好，多麼的有才華，都沒有辦法安心的把自己的作品流傳出去，許多女性作者會選擇把她的作品寫完就燒掉，或者是在死前全部毀棄，這樣才能夠確保她是一個清白的、貞潔的、受人尊敬的精英女性。這樣的想法，跟我們現代人是完全不一樣的。

　　所以宋代並不是沒有女性在寫作，只是她們的作品大都沒有流傳。艾朗諾教授指出，李清照就是在這眾多的女性當中，最特別的一位。因為她不但堅持創作，完全不忌諱，甚至積極的把自己的作品流傳出去，她還努力的把自己塑造成一個跟男性文人平起平坐的地位。到今天為止，李清照都還是中國文學史上幾乎唯一的具有經典地位的女作家。

　　怎麼證明呢？不知道各位有沒有常常看新聞報導？之前，本院的廖院長在立法院接受質詢的時候，有立法委員當場問說：「請問廖院長，您能夠背出幾首古典詩詞呢？」廖院長說：「什麼？」問題雖然突兀，只見院長脫口而出的就是：「尋尋覓覓，冷冷清清，悽悽慘慘戚戚。」這是誰的作品？這就是李清照的〈聲聲慢〉。由此可以證

明，即使在一千多年之後，對於一個學術殿堂的首領來說，李清照的名句仍舊是他心目中極經典的詞句。

李清照這位女性作者在中國文學史上的地位特殊，名聲之大，文字藝術之高，想必大家並不陌生；然而真實生活中的李清照到底是怎麼樣的？一位女性的真實面貌，在男性建構的歷史上很容易就模糊掉了，甚至受到遮蔽以及扭曲。比方說，李清照的第一任丈夫叫做趙明誠，他們是非常知心的一對伴侶，感情非常深厚，但是趙明誠不幸在中年去世，之後李清照無所依靠，所以做了一個決定，就是「改嫁」。李清照再婚了，她不但再婚，且在很短的時間之內發現自己沒有辦法忍受第二任丈夫，所以她就去提告丈夫，說他有種種不法的情事、不端的行為等，最後打贏了官司，得以離婚。

而男性的歷史，是怎麼樣看待這一段人生經歷呢？對於當時的人來說，那是非常不合規範的——第一，改嫁本身就會被污名化；第二，改嫁之後，馬上就打官司要離婚，這在今天可能會上社會新聞版，更不要說是在宋代。所以在很長的一段時間裡，李清照這一段人生經歷，大家都不知道該怎麼去面對它。當然有些人就開始嚴厲批評，說李清照不守婦道，她的作品也不必看了，這是一種看法；另外一種看法是，大家不管李清照的個人私事，只是特別喜愛她的作品，特別是在清朝的時候，一些學者、文人努力的要替李清照開脫，說以前的故事都是假的，李清照根本就沒有改嫁，她始終心裡只愛著趙明誠一個人，李清照是為丈夫守貞守節到最後的，她是以一個清清白白的才女這樣的形象流傳到後世的。不管是前一種，或者是後一種，對於李清照的認識，可能都跟真實的李清照有相當大的距離。

直到二十世紀，我們才有機會把李清照身上被賦予的哪些重重枷鎖慢慢的剝除，看到她真正的面貌。我們現在看到的李清照，是一個真正能夠試圖去衝撞宋代主流社會的女子，她擺脫社會對女性不合理

的期待以及限制，堅持創作，而且努力的去傳布她的作品；而且，她並不是只寫「尋尋覓覓，冷冷清清，悽悽慘慘戚戚」，也不是只寫「昨夜雨疏風驟，濃睡不消殘酒。試問卷簾人，卻道海棠依舊。知否，知否？應是綠肥紅瘦」。這些表達私人情感的作品，雖然動人，但並不能代表李清照的全部。

有位教授特別提出：李清照寫了不少反思歷史的作品，甚至去回應大時代，例如，她有一首詩：「生當作人傑，死亦為鬼雄。至今思項羽，不肯過江東。」她說項羽這個人，活著的時候是人中龍鳳，就算死也是鬼中的英雄。雖然項羽戰敗的時候，有人說，趕快逃走吧！逃到江東，就可以暫時保住一命，但項羽寧可一死，也不肯逃到江東。對照於當時李清照所面對的北宋君臣一路倉皇逃到南方去的情景，我們當然可以想像這首詩作，其實寄託著李清照對於男性所主導的北宋社會以及政治情勢的不滿之意，通過巨大的歷史觀照，以及政治與社會的反思作品，李清照爭取到可以跟男性文人平起平坐的位置。

最近這些年來，不管是中文學界，或者是西方學界，對於宋代李清照有些新的看法。給大家看一段影片，是辜公亮文教基金會新編的京崑大戲，這齣戲叫《清輝朗照——李清照與她的二個男人》，描寫的就是李清照跟前後兩任丈夫的關係。當然，劇中女主角跟第一個丈夫就是鶼鰈情深，跟第二個丈夫就是澈底的一對怨偶。很明顯的，我們可以看到當代戲曲在李清照的兩次婚姻上面去大作文章，脫去傳統的貞節，婦女婦德的沉重包袱。

李清照只是我們今天演講的背景而已。事實上，我今天的主題是明清時期，特別是清代的女作家而且是小說家；而為什麼要以宋代的李清照為背景呢？因為李清照所處的時代——宋代，恰好可以跟我們所要講的明清時期相互映照。有些事情是不會變的，有些事情卻會改變，相較於李清照，這些明清時期的女作家，她們改變了什麼？又延

續了什麼？

明清時期女作家的創作，雖然受到了很多社會規範的限制，但是她們的創作欲望較前人更為發達，作品也流傳得更廣、更遠。而且，男性文人對於女性從事創作這件事情，態度改變了，很多人是非常支持的。還有很重要的一點，就是明清時期的女作家會形成一種群體，不管是家族的群體也好，同一個地域的群體也好，或者有的時候僅僅是通過文字，一個心靈上的群體。

這種現象在明清時期非常強烈，而且是非常重要的。這個時期的女作家，她們有一些會全心全意的投入創作，而且以此為榮；她們會強調自己是怎麼樣的廢寢忘食，當然這就回應到了我的演講題目的後半，才女會為了創作而不睡覺。我們要知道，能夠為了一件喜愛的工作而不睡覺，其實是一種權利，這其實是不累的一件事。我不知道大家是否曾經有過這種感覺──因為喜歡這個工作，所以就不睡覺也不累了。

當然我絕對不是說明清時期的女性已經擺脫了所謂的才女之累；其實相反的，她們更掙扎，更奮鬥。比方說，女性可不可以追求名聲呢？不只是壞的名聲，女性不應該追求；在那個時代，可能好的名聲也不見得應該要追求，因為那個時代期許女性並不應該在公眾領域去發光發熱，所以這些女作家，她們真的要面對女性求名是不是正常的疑問，更不要說得到了名聲之後，它的作用力在女性身上跟在男性身上絕對不同，這點到今天也或許也未曾改變。

在此邀請大家看孟麗君的故事。在二○一七年春天，國光劇團公演過一齣戲叫做《不能說的秘密》，是什麼秘密呢？這齣戲其實就是孟麗君的故事。我們可以看到這一張海報裡面呈現郭小莊的男裝扮相以及女裝扮相。我跟大家簡短的介紹一下孟麗君到底是怎麼一回事。它其實是根據一個叫做《再生緣》的作品改編，說的是孟麗君跟皇甫

少華之間，從小就有婚姻之約，因為孟麗君長得太漂亮，所以有壞人想陷害未婚夫家，這樣就可以娶到孟麗君。之後孟麗君女扮男裝入朝當官，從狀元到宰相，備受皇帝重用。後來皇帝知道孟麗君是女性，想要將她納入後宮，不斷希望她可以恢復女裝，但是孟麗君不肯。在這個過程當中，對皇帝不恭，對父親不從，對丈夫更是不敬。

她的丈夫，在她的手下才考中一個武狀元。我們知道，在傳統時代，師生的名分非常的重大！所以她的未婚夫也必須尊稱她為老師，而且必須要常常對她下跪求情。小說裡對於這些情節敘述得非常詳細，甚至帶有喜感。各劇種都曾經改編這個故事，京劇改過，歌仔戲也改過，我記得是由葉青演的，粵劇也是有的，海外也同樣有。

當代二十一世紀的日本，根據傳統故事改編成漫畫創作，其中選擇的題材之一就是《再生緣》，可見女扮男裝的故事其實具有相當普遍性的吸引力，即使是跨文化也仍舊有其吸引力。

《再生緣》的作者叫做陳端生，她是十八世紀中期出生的一位女性，身處一個非常著名的文學家族，少女時期就跟著祖父、父親、母親學習文藝。在很小的時候，她就有了要寫《再生緣》的想法，並且會跟母親分享創作經驗，在一年半的時間裡面，她密集的寫了六十萬字。後來家族出現變故，母親死了，祖父死了，所以她就沒有興趣再寫下去，創作就中斷了。之後她就結婚，跟丈夫相處得不錯，過上了幸福美滿的人生。

沒想到變故又來了，丈夫被捲入考場作弊案件，在傳統時代這是殺頭的大案，非常嚴重的。雖然丈夫逃過一死，但是被充軍流放，可憐的陳端生帶著兩個小孩，留在家裡過著非常艱難心酸的日子，於是她重拾創作，在心靈的極大痛苦中，以創作作為生命的救贖。從少女時代中斷了十四年之後，陳端生繼續寫下《再生緣》的故事，不過很可惜，她還是沒有寫完，寫到一半就停住且過世了，最後由其他的女

性作家幫她寫完了《再生緣》孟麗君的故事。

《再生緣》停在哪裡？孟麗君的身分快要暴露了，爸爸、未婚夫甚至皇帝都因為不同的原因壓迫她，要她趕快承認自己是女性。在這關鍵點上，可以想像女性生命的困境，但作者要怎麼收束這個故事呢？為她寫完這個作品的女作家，寫了一個大團圓的結局。

陳端生雖然沒有親自寫完，可是作品在江南地區的流傳卻十分廣泛，是以手抄本、寫本、稿本的形式流傳，影響非常大。之後仍有許許多多的女作家，以不同的方式去回應她的作品。陳端生的創作形式究竟是什麼？如果說她寫的是小說的話，為什麼我們以前都不清楚原來清代的女性也寫小說呢？其實是因為，陳端生所創作的小說有一個特別的形式，這種表演的說唱形式轉化而成的作品叫做「彈詞」。

進一步來看，「彈詞」是什麼呢？簡單的說，就是流行於太湖流域的說唱藝術，特別是蘇州或上海一帶。這種說唱藝術，韻散交雜，就是用韻文來唱，但是也會用一些散文講述故事。這些作品往往會以稿本、抄本的形式流傳。傳統時代能到舞臺上去表演彈詞的，一定是男性。彈詞的演出，具有戲劇張力，我們不能以現在的眼光來想像，要以十八世紀或十九世紀身處深閨中的女性來看，這種表演很容易觸動她們的心。

當我們把小說概念固定在白話章回小說的時候，彈詞小說就沒有它的位置了，這也是我們從小到大所受的文學概念。沒有人告訴我們，原來清代女性在創作一種小說，叫做「彈詞小說」。至於有沒有女性寫白話章回小說呢？其實也不是沒有。至少我們知道在十九世紀的後半期，有一位貴族女性叫做顧太清，她真的就寫過一部《紅樓夢》的敘述，叫做《紅樓夢影》。不過這是一個很特殊的例子。

女性寫作章回小說，可以說是絕無僅有，《紅樓夢影》大概是極少的一個例子。相對的，彈詞小說由女性來創作的卻相當多，隨便一

數都可以數出十幾二十種以上。那麼我們就要問了，為什麼女性不寫白話章回小說，而選擇彈詞的形式來寫小說呢？當然，這是沒有標準答案的，我只能夠提出一些猜測。

首先就是我們剛才說的，彈詞表演具有吸引力；其次另外一個原因是彈詞是一種民間娛樂，當時是不登大雅之堂的，男性文人對於女性用這種形式來寫東西是根本不屑一顧的，也就是說根本不會去讀，不會去看的。那麼，這是好事，還是壞事？很難說對不對？是壞事，這樣的話就沒有無法得到更多人的注意；但也是好事，因為就給這些女性留下了非常大的跑野馬的空間。

無論如何，不管是宋代的李清照或者是明清時期的女作家，寫作對她們來說都是一種創造的活動，是一種為自己去追求一個不朽的可能性的方式。

《再生緣》作品結構完整，情節與人物設計都非常有魅力之外，還有一些議題是許多女性都會感到興趣的，後代讀者可以看到女性敘事、女性小說的發展軌跡，這軌跡內有幾個重點：一、女性要走出閨門，進入公領域；二、要建立個人的公眾事業、個人的功業；三、探索女性的感情，甚至情欲的多重可能性；四、追求人類終極的生命意義。這幾個重點會在許多作品裡不斷被重複而且演繹著。當然了，這些都是清朝的作品，有其時代限制，女作家不會以女性的身分去做這些事情，她們一定都要像孟麗君扮成男性，戴上男性的面具，才能走出閨門，建立功業，也才能追求情欲。明清時期的女性，她們也透過對文本的回應來營造社群感。

目前能夠追溯到最早的頭緒，叫做《大金錢》與《小金錢》兩部作品。我們已經不太知道它們究竟是什麼時候的作品；作者是否真的是女性，我也還不敢完全確認；不過在這個之後，有一部叫做《玉釧緣》的作品，我就非常確定是女性的創作了。

另一部《榴花夢》，有很多特別的地方。第一個，它不是江浙一帶女性所創作。作者叫李桂玉，生活在福州。她創作的《榴花夢》共有三百六十回，大概五百萬字，這是目前我們知道篇幅最長的一部。根據紀錄，《榴花夢》在福州地區是非常有名且受歡迎的著作，其實作者沒有把作品寫完，大概寫到了三百五十七回就過世了。後來到了二十世紀，才有現代的兩位女作家幫她寫完。與《再生緣》不同的是，《再生緣》的作者陳端生寫到關鍵地方就停了，而《榴花夢》的作者李桂玉寫到三百五十七回，情節大局已近抵定。

《榴花夢》同樣有女扮男裝的故事，第一女主角叫做桂碧芳，男裝的時候叫桂恆魁。她女扮男裝之後，不管是文字也好，武功也好，都震古鑠今，太厲害了！皇帝賜給她封土，成為藩王。然而有趣的是，她的性別身分還是會暴露，一旦暴露以後就被迫要放棄藩王的身分。此外，《榴花夢》正面寫女性欲望，內容論及同志文學或者同性感情，一部一八四一年左右的作品就能夠以這樣的強度，這麼直接的熱度去寫同性之間的感情，在女扮男裝的框架之下，這部作品受到了許多的關注。

小說中女扮男性又回復成女性的情節設計，變換著多種的可能性。例如：扮成男性的女性一定要結婚，如果不結婚的話，就沒有辦法掩飾女性的身分，所以重點就在要怎麼設計跟女人結婚的女人去接受這個婚姻？每個作者會有不一樣的想像。在彈詞小說《金魚緣》裡面的設定，女主角錢淑容和有共同志向的女性結婚，這位女性叫做李玉娥，她跟錢淑容的想法差不多，都覺得跟男人結婚沒什麼意思，反而兩個閨中密友攜手度過一生很好，於是她們以一男一女的形象優游自在過了一輩子。

錢淑容和李玉娥感情好到什麼樣的程度呢？好到甚至超越了夫妻關係的親密。例如：錢淑容女扮男裝出差去了，留下心愛的「夫人」

在家裡，李玉娥就說：「我躺在我的鴛鴦枕上好想她，忍不住掉淚了。一整個晚上都在想錢淑容，就好像失去了伴侶的孤寂之人沒有辦法睡著。」錢淑容都沒有來信，李玉娥思念到身形都瘦了。而錢淑容很會用花言巧語來哄李玉娥高興，有時李玉娥就會罵：「妳女扮男裝才不過一年，就覺得迴盪著這風流氣。妳這樣嘻嘻哈哈的胡鬧，都忘記自己本來的面目嗎？」什麼叫做本來的面目？就是「女性」身分。

在這故事中，如果錢淑容要成功，也就是能夠以男性的身分順利當完官、退休且拿到退休俸，然後跟她的夫人優游自在的過癮一輩子，就必須要忘卻她的本來面目。作家在寫作的時候，有一個必要條件即是要能夠模擬男女之間的關係，因此有許多情緒想像和表達；也就是說，女扮男裝這件事情，絕對不是走出家門後才去做的。例如：孟麗君要女扮男裝，總不能夠在家裡面還穿著裙子且擦上口紅，出門的時候才匆匆忙忙換上男裝穿上靴子。不行！那不會是一個成功的扮裝，她必須要徹頭徹尾的把自己重新改造成一個男性。從裝扮到行為，甚至到情欲都必須要變成男性，這個扮裝才會成功──但我們也反思，如果徹底變成男性的話，這還是扮裝嗎？由此，就可以看到女扮男裝的想像，得有多少複雜的層面，關係到人性、性別、認同性別的本質和情愛的關係等等，這是我們直到今天恐怕都纏繞不清的複雜問題。

太平天國以後的作品《子虛記》，作品名稱給我們一種子虛烏有的感受，標榜的就是全部是想像，不要當真這樣的意思。這個小說，同樣堅決展現女作家的寫作特色，內容是女性不回肯回頭。故事外有一個相當動人的故事，女作家汪藕裳寫完《子虛記》之後，稿本由她女兒繼承，女兒繼承之後帶到夫家，然後由她的女兒的女兒繼承，完全由女性繼承，所以小說完全是一個女性繼承物，它跟其他家族產業都是由男性繼承不一樣。令人感動的是，這小說從一八六〇年代就一

直通過時間的考驗，一直到一九六五年文化大革命期間，作者的後代無不冒著生命的危險保護《子虛記》。大家想像這樣的一篇作品，如果在當時被發現的話，可能給家人帶來多麼大的災難。後代這麼努力的將《子虛記》稿本保存下來，在前幾年才捐出來給當地的政府。

小說一開始，《子虛記》女主角趙湘仙就說，我要揚眉吐氣做男子，而且絕對不會恢復女性身分。最後女身的真相暴露，她拒絕接受婚配，甚至絕食，以死明志。我們大概可以看到《子虛記》和《金魚緣》的寫作時代差不多，都顯現出一種新的決絕的意志，一種衝破社會規範的意志。可是結果卻不太一樣，《金魚緣》的作者比較樂觀，她想像的是一生成功的裝扮；《子虛記》想像的是女性追求生命想望的悲劇，到最後雖然沒有辦法抵抗體制，但是必須知道要用生命抗衡。

我對於女性以彈詞小說這個形式創作的一些理解，第一就是女性談起小說，有非常高的自傳性。這些女作家都是懷抱著不肯讓自己隨著肉體幻滅而消失的創作自覺，希望自己可以達到不朽，這種創作自覺會讓她們不斷的在文本裡面展現真實的自己。

第二個就是這些小說，雖然是想像了很多千奇百怪的故事，但是它同樣書寫了很多跟女性相關的日常生活，比方說吃飯、送禮、生產等等，很多女性獨有的經驗。

第三個就如同李清照，不是只寫個人情感，也寫家國大事一樣，這些女性作者不是只寫私密感情，而會把小說放在一個大的歷史框架裡面。她們很喜歡把自己寫成小說，當作對歷史反思的實踐。

我們看到《榴花夢》裡面，女性作家利用彈詞小說這種比較有彈性的文類去表達強烈的情感，這是在詩詞文體內沒有辦法表達的，例如同性之愛。從許許多多的作品裡面，我們真的可以好好的探索這些女作家的作品，她們跟社會規範，即所謂的體制之間的關係。她們當然有抗拒的態度，與社會規範抗衡，但是她們往往也必須要屈從於主

流價值。在二十世紀與二十一世紀，我們重看這些小說的時候，千萬不能夠單純的以這是不是女性主義或者是不是一種性別革命，這樣單一的想法來檢視這些作品。

尤其在當時候，女扮男裝就是顛倒陰陽，可是欺君大罪，她的罪還不僅於此，同時因為她錯亂了天地秩序，所以確實是重罪。也正因為如此，小說裡面的女主角才會面臨非常大的壓力。孟麗君的故事裡面，為什麼皇帝可以壓迫她？因為知情的皇帝招住了孟麗君的喉嚨，只要不屈從皇帝就會被揭發，就會被判上死罪。

而對於性別認同，有些關係是比較曖昧不清的。我們可以從《金魚緣》看到描寫同性婚姻生活，所謂的「夫人」過著很好的婚姻生活，在小說裡面也不會感受到非常強烈的欲望，尤其是情欲肉體的欲望少之又少。但是《榴花夢》就不一樣了，作品裡面所傳達出來的同性情感，其深度是不可忽視的，也就是說，我們沒有辦法單純指稱這是女子之間的「手帕之交」，我們閱讀的時候就必須誠實的面對文本，清楚知道這個是「同性」或是「同性戀」，然而這並不表示她們有性別認同的問題。「同性戀」並不表示她的性別認同不一樣，我認為這是兩碼子的事情，是要分開來討論的。

今天從「才女不寐」的角度介紹了清代女性彈詞小說的意義，希望各位喜歡，也希望今後有更多研究者投入清代女性文學的研究。

二〇一八年十月三日東吳大學普仁堂

第八講
戲曲藝術之本質

曾永義

中央研究院院士

　　戲曲為中國所獨有，論其「藝術特質或特徵」者頗多，但所謂「特質或特徵」必經比較乃能顯現，就中國戲曲而言，自然要與西方戲劇、印度梵劇等相提並論，乃能切實掌握。而論者多未能做此功夫，所以所見至多只能說是「戲曲之性質或本質」。筆者亦未能「學貫中西」，因之但敢以「中國戲曲之本質」為題論一己之所見。而由於戲曲藝術之本質與戲曲構成之要素有極為密切的關係，可以說戲曲藝術之本質是由戲曲構成要素所產生出來的。那麼什麼是戲曲，其構成要素又是如何呢？

　　戲曲與戲劇有別，戲劇一詞始見唐代，原指滑稽詼諧之小戲，如唐代參軍戲；今用指舉凡演員搬演故事者均是，如話劇、舞劇、歌劇、默劇、偶戲、戲曲、電影、電視劇等。戲曲一詞始見於南宋，原是戲文的別稱，現在用來作為中國古典戲劇的總稱，有小戲、大戲之別。

　　小戲舉凡「演員合歌舞以代言演故事」皆是，含演員、歌唱、舞蹈、代言、故事、表演、劇場、觀眾等八個要素。若就歷代劇目劇種而言，即是《九歌》、《東海黃公》、《踏謠娘》、唐參軍戲、宋雜劇、金院本、明過錦戲和秧歌戲、花鼓戲、花燈戲、採茶戲等近代地方小戲。

　　大戲，我所下的定義是：搬演曲折引人入勝的故事，以詩歌為本質，密切融合音樂和舞蹈，加上雜技，而以說唱文學的敘述方式，通

過演員妝扮，運用代言體，在狹隘的劇場上所表現出來供觀眾欣賞的綜合文學和藝術。包括宋元南戲、金元北劇、明清傳奇、明清南雜劇、清代亂彈、皮黃等地方戲曲。

　　如果將小戲看作戲曲的雛型，那麼大戲就是戲曲藝術的完成。若比較大小戲構成的要素，大戲與小戲重複者，其藝術層面與內涵，自然要比小戲提升和擴大許多。而雜技一項，其實也是小戲源生的主要核心元素之一；器樂也必終於被小戲運用以襯托歌舞；所以大小戲就構成元素多寡而論，只有說唱文學之注入及其敘述方式之有無而已。當然，它必屬大型說唱有如諸宮調和覆賺，而非小型的曲藝。小型曲藝近代也是小戲源生的主要核心元素之一。另外，大戲以歌舞樂為藝術主要基礎，達到三者完全融合的境地，也不是小戲所能望其項背的。

　　小戲情節極為簡單，藝術形式粗俗，若就民間小戲而言，內容不過鄉土瑣事，表現庶民生活和鄉土情懷。其一人單演者為「獨腳戲」，小旦、小丑合演者為「二小戲」，加上小生或另一小旦或另一小丑者為「三小戲」，劇種初起鄉土時女腳多由男扮；皆土服土裝而踏謠；又因是除地為場，故稱「落地掃」或「落地索」，其基本情味是滑稽笑鬧。

　　無論大戲小戲，其構成是由多元藝術因素綜合而成，所以戲曲的基本特質是「綜合藝術」；再由於大戲的內容，可以運用歷代各種文體，不拘雅俗，所以發展完成的戲曲也是「綜合文學」，也因此大戲是「綜合的藝術和文學」。

　　而若欲舉發展完成的戲曲藝術本質，也就是大戲的藝術本質，則由於其美學基礎是歌舞樂，又在狹隘的劇場上演出，所以產生了「虛擬、象徵、程式」的表演藝術基本原理，虛擬以抽象見於身段動作，象徵以具象見於服飾道具，程式則對虛擬、象徵形成規範並予以制約，並從而衍生為歌舞性、節奏性、寫意性與誇張性、疏離且投入性

的藝術本質。更由於戲曲受到其他構成因素的影響，而呈現了一些較特殊的現象，諸如敘述性、娛樂性、教化性等。

　　然而前輩時賢對於戲曲特質或本質的看法又是如何呢？在我未抒發己見之前，請先鳥瞰一番。對此，相關著作很多，謹就個人涉獵所及舉其要者，簡介如下：

一、張贛生《中國戲曲藝術》第二章〈戲曲藝術原理〉舉出：觀眾中心論，坦白承認是在演戲，表現形式的程式化、戲是生活的虛擬。

二、阿甲〈談平劇藝術的基本特點及其相互關係〉指出以下幾點：程式和生活關係的問題，程式藝術的綜合性和獨立性的問題，行當的共性和個性的關係問題，行當程式時代感問題，唱做念打和空間處理時間處理的問題；用什麼樣的表現方法和觀眾打交道的問題。

三、張庚〈漫談戲曲的表演體系問題〉認為「戲曲藝術的特點」是「不能是現實主義」，表現在戲曲的音樂性、節奏性、舞蹈性和程式之上。

四、黃克保〈戲曲舞臺風格〉指出：虛擬手法是戲曲舞臺結構的核心，戲曲時空觀念的超脫帶來藝術表現的自由，戲曲本質上是排斥寫實布景的。

五、祝肇年《古典戲曲編劇六論》，其一論〈戲曲藝術特徵〉，約為寫意和程式，並論及程式的形成及其與寫意的關係。

六、韓幼德《戲曲表演美學探索》，認為戲曲舞臺藝術美學是現實主義的泛美創作表演體系，具有語音美、詩美、劇詩美、吟誦美、音樂美、舞蹈美、雕塑美、繪畫美與工藝美，整體美。

七、張庚、郭漢城主編《中國戲曲通論》，其第三章沈達人所撰

〈戲曲的藝術形式〉指出：（一）詩樂舞的融合；（二）節奏性；（三）虛擬性；（四）程式性，四者構成了「戲曲的藝術形式」。

八、曹其敏《戲劇美學》指出「中國戲曲的藝術特徵」是：綜合藝術、虛擬性、程式。

九、吳毓華《古代戲曲美學史》認為「古代戲曲美學的基本特徵」是：審美的基本原則是真善美的統一、基本的審美境界是情景合一，基本的創作表現論是意象論，重技藝貴神奇的審美追求。

十、周育德《中國戲曲文化》論及虛擬動作的程式，誇張變形的程式，臉譜化妝的程式。

十一、沈達人《戲曲的美學品格》謂戲曲的藝術方法有兩個美學源頭，即《周易》〈繫辭傳〉所云「立象盡意」和「觀物取象」。「立象盡意」要求藝術創作把客體物象與主體情志融為一體，形成獨特的藝術意象。「觀物取象」即摹象，就是要求藝術創作再現客體物象的形和神，而且要求藝術家盡量隱蔽自己的主體情志，只能在客觀描寫中讓主體情志自然流露出來。

十二、陳多《戲曲美學》認為由歌舞詩為主要物質媒介而形成的戲曲藝術具有特殊的矛盾，而舞容歌聲、動人以情、意主形從、美形取勝是構成戲曲美的四種特徵。其舞容歌聲的實質在「無聲不歌，無動不舞」，其動人以情在傳事之情而無意中感動人心，同時傳達時空自由的「蒙太奇」情境。其意主形從，即是寫意，它是中國藝術的基調。其美形取勝，指以音樂舞蹈而構成的美的形式和以豐富的外在的美的形式取勝，是戲曲必備的藝術特徵。

十三、路應昆《戲曲藝術論》認為聲之歌化、動之舞化、戲不離技是戲曲藝術的基礎，而離形得似與虛虛實實之「寫意」及其「程式體系」是戲曲藝術的特徵。

十四、呂效平《戲曲本質論》認為戲曲本質上是抒情詩，但也與史詩並立。

十五、董健、馬俊山《戲劇十五講》謂戲劇藝術的特徵是「演」與「觀」的交流而產生的，有四：其一，任何藝術都是藝術創造者的一種「言說」，從言說的方式來看，戲劇是史詩的客觀敘事性與抒情詩的主觀抒情性這二者的統一；其二，從藝術的構成方式來看，戲劇是一種集眾多藝術於一體的綜合性藝術；其三，從藝術運作的流程來看，戲劇是包括編劇、導演、演員、作曲、舞臺美術、劇場、觀眾在內的多方面藝術人才的集體性創造，這種集體性正是戲劇藝術綜合性的另一表現，也可以說是它的補充和延伸。其四，從藝術的傳播方式來看，戲劇藝術是具有現場直觀性、雙向交流性與不可完全重複的一次性藝術。

十六、劉文峰《中國戲曲文化史》以虛實綜合的表演，心弦共鳴的音樂，誇張寫意的舞臺美術為戲曲的特質。

從以上所舉的十六家來觀察，可見諸家所見有相同也有差異，其論及戲曲「程式性」的有八家之多，「寫意性」的有六家，「虛擬性」的有五家，「綜合性」的有五家，其他「疏離性」、「節奏性」、「誇張性」都止一、二家提及。而吳毓華從審美的角度論述，李健、馬俊山從整個戲劇面加以觀察，各能自圓其說。而呂效平但從抒情詩的層面剖析戲曲，未免褊狹；韓幼德認為戲曲是現實主義的泛美創作，堪稱別樹一幟。而若謂其中論述較為周延者，當推沈達人與陳多，沈氏合其專

文專書觀之，共舉出詩樂舞的融合、節奏性、虛擬性、程式性、疏離性等五方面以論戲曲的特質；陳氏亦能以歌舞詩為主體，緣此以論戲曲之本質，故亦能自建縝密之體系。

　　然而我以為，以上諸家均未能首先分辨戲劇、戲曲之分，戲曲又有大戲、小戲之別，論述時每每混淆一同，因之未必是純粹的戲曲之大戲本質。又戲曲之本質實源生於其構成之因素，因素之主從，又影響其本質之顯晦；倘不由此切入，恐難建立彰明較著之統緒，難免落入摸象之偏失或敘述之雜亂；而諸家多不能經意於此。

　　為此，我乃敢在諸家之基礎上，從不同的觀點切入，建立不同的論述方法，希望對戲曲的本質作周延而系統性的論述。得失如何，尚祈讀者鑑之。

　　以下分四節，首先說明戲曲的美學基礎歌舞樂與劇場之內涵，其次論述由戲曲美學基礎所產生之戲曲表演的基本原理虛擬、象徵與程式之命義及其呈現之狀況，其三論述戲曲藝術呈現的重要本質為歌舞性、節奏性、寫意性、誇張性、疏離且投入性，其四論述構成戲曲之其他因素所產生的戲曲較次要之本質，亦即其他本然現象。

一　戲曲的美學基礎歌舞樂與劇場

　　戲曲的美學基礎歌舞樂與劇場，歌指的是唱詞形式；舞是肢體語言，即身段動作；樂是曲調唱腔和伴奏的樂器，劇場即戲曲的表演場所。

　　大體說來，戲曲的歌舞樂是密切的結合，演員唱出歌詞來，就要同時用唱腔和身段來詮釋歌詞的意義情境，而它們一齊展現在狹隘的劇場之上。

（一）戲曲唱詞

戲曲唱詞和說唱唱詞一樣，都可以分作詩讚系和詞曲系。

詩讚系之詩為七言，音節形式以四、三為主三、四為輔；讚為十言，音節形式以三三四為主，三四三為輔；屬於齊言體。其平仄無定法，但求順口；其協韻大抵出句仄韻，對句平韻；句間止上下結構。

詞曲系用長短句的詞牌和曲牌。每一詞牌、曲牌的內涵，大約有以下六個因素：

一、字數：一個調子本格正字的總數。

二、句數：一個調子本格所具有的句數。

三、句式：一個調子本格所具有的句子，其每句之字數和音節形式，音節形式有單雙二式，如三言作二一，四言作一三，五言作二三，六言作三三，七言作四三，皆為單式；如三言作一二，四言作二二，五言作三二，六言作二二二，七言作三四，皆為雙式。單式音節「健捷激裊」，雙式音節「平穩舒徐」。

四、平仄：就是每個句子的平仄格式，平聲中有時別陰陽，仄聲中有時分上去。

五、韻協：就是何處要押韻，何處可押可不押，何處不可押韻，甚至於何句必須藏韻。

六、對偶：曲中往往逢雙對偶，所謂「逢雙」就是相鄰的兩句、三句或數句的字數和句式相同，往往就會對偶，但這不是必然的現象。

這六個因素也就是構成譜律的基礎，由此而曲調的主腔韻味、板式疏密、音調高低，乃有一定的準則。

可見詩讚系唱詞規律簡單，形式固定，歌者因之可騰挪變化，自由運轉的空間就相當的大，也因此容易趨向於俚俗；反之詞曲系規律謹嚴，形式長短變動，歌者因之較難自我發揮，也因此容易趨向於優雅。

戲曲唱詞無不能運用的語言，但求恰如其分，適應腳色聲口之情境。

（二）戲曲音樂

戲曲音樂是以宮調、曲牌、腔調、板眼、演唱者音色，演唱者唱腔、伴奏樂器為構成元素，伴奏樂器為襯托附加，唱腔與音色因人而異，所以真正的戲曲音樂基礎，是指前四者而言。

宮調用以制約調高、調式、調性，曲牌指元明以來的南北曲和民歌小調。每一宮調包含若干曲牌。曲牌如上所云各有一定的字數、句數、句式、平仄聲調律、協韻律、對偶律，「性格」相當分明，產生各種不同的曲境，因之詞情必須與聲情相得益彰方可。據金元人芝菴〈唱論〉，宮調各具聲情，如元人常用的五宮四調：仙呂宮「清新綿邈」、南呂宮「感嘆傷悲」、中呂宮「高下閃賺」、黃鐘宮「富貴纏綿」、正宮「惆悵雄壯」、大石調「風流醞藉」、雙調「健捷激裊」、商調「悽愴怨慕」、越調「陶寫冷笑」。

板眼用來決定曲子的節奏快慢，如一板三眼於現代音樂為4/4，一板一眼為2/4。腔調是方言的語言旋律，使之逐次音樂化的載體是號子、山歌、小調、曲牌，使之得以呈現的是歌者的唱腔，它可以透過唱腔改良，可以隨流播變化。

因為曲牌必有所屬的宮調，和用來承載的腔調，以及用來節奏的板眼，所以四者俱備的叫做「曲牌系」；而其但有腔調、板眼的，則謂之「板腔系」。板腔系則作為詩讚系說唱和戲曲的音樂，曲牌系則

作為詞曲系說唱和戲曲的音樂。詩讚系、板腔系說唱如宋代的陶真、涯詞、元明詞話和清代的鼓詞與彈詞；其戲曲如清代皮黃腔系、梆子腔系戲曲。詞曲系、曲牌系說唱如宋金諸宮調、宋代覆賺、鼓子詞、清代牌子曲；其戲曲如宋元南戲、金元北劇、明清傳奇、明清雜劇。

戲曲與器樂的配合，大抵循著這樣的線索，首先只用打擊樂，如有發展，再依次加入管樂、弦樂、最後是「絲竹更相和」，乃至於「八音會奏」。緣故是，如古人所云：「絲不如竹，竹不如肉。」因為人聲最美，管樂近人聲，所以在弦樂之先。以秦腔戲曲為例：起於鄉土時，但以梆子為節奏，其聲桄桄然，故稱梆子腔或「桄桄子」；其後，其加入管樂者稱「吹腔」，加入弦樂者稱「胡琴腔」，終於兼具文武場管弦樂打擊樂合奏。

戲曲所採用的音樂並非鍾磬琴瑟之屬所演奏出來的所謂「雅樂」，因為那種音樂太沈悶高雅，尤其已經被儒者披上道德的外衣，所以只好進入廟堂之中。戲曲所採用的音樂，倒是哪些外傳的胡樂和「鄭衛之音」的時新小曲。也因此，中國戲曲無論哪一劇種，其所用的曲調都是多源的。吳自牧《夢粱錄》卷二十「伎樂」條云：

> 凡唱賺最難，兼慢曲、曲破、大曲、嘌唱、耍令、番曲、叫聲，接諸家腔譜也。

南諸宮調「覆賺」的前身「賺曲」已經要「接諸家腔譜」；傳奇的前身「南戲」，也從里巷歌謠逐漸吸收大曲、詞和諸宮調、賺詞、佛曲、舞鮑老的曲調，從而按宮分調，使各曲牌俱有歸依，才形成了現在的面目；元雜劇據王國維《宋元戲曲考》的分析，其曲調的淵源，可考的有大曲、唐宋詞和諸宮調，其他顯然也有胡樂的成分，如忽都白、呆骨朵、者剌古、阿納忽等即是。皮黃中的唱腔，雖然大別為西

皮和二黃兩大類，但還吸收了梆子、四平、慢二六、南鑼、銀紐絲、大釭調等地方戲小調，以及屬於崑曲範圍的各種曲調吹腔。像這樣，中國戲曲的音樂，其「調質」與「聲情」真可謂紛披雜陳，若再加上節奏粗細快慢的變化，而以之施於描摹人物的思想情感，無疑的，可以應付自如，取之不盡、用之不竭了。

可是音樂的道理究竟很精微。中國戲曲的音樂，起初應該都相當活潑，劇作家所遵守的只是「曲理」而非「曲律」。慢慢的，曲理已為人們所不解；劇作家對於音樂，便只知「墨守成規」，所謂「曲家三尺」既立，則斤斤然不敢稍存逾越之心了。戲曲音樂一旦到了這地步，那便注定非沒落不可的命運。

元雜劇成立的時候，不止形式刻板，連音樂也到了規律森然的程度。譬如每折宮調大致一定，各宮調也有固定的首曲和尾曲，套數的組織相當嚴密，哪些曲牌該在前，哪些曲牌該在後，哪些必須連用，哪些可以互相借宮，都有一定規矩。傳奇對於宮調、曲牌的運用，比起雜劇來要自由得多，但是時日一久，也產生了許多規矩。譬如引子的使用就有因場合、腳色不同而有全引、半引之別，套數的組織必是細慢之曲在前、粗快之曲在後；於是宮調、曲牌以變化不重複為佳，哪些套數宜於歡情，哪些套數宜於悲感；哪些適合行動，哪些適合低訴；都有了成法。名作家如清代的洪昉思，以其能自度新聲為集曲，對音樂的造詣極深，而其《長生殿》五十出中，竟有三十五出之聯套排場承襲或模仿前人。深明「曲理」的臨川湯顯祖，因為大膽的逾越吳江沈璟所揭櫫的「曲家三尺」，他的《牡丹亭》乃活生生的被竄改得面目全非，難怪他要憤懣的說：「彼惡知曲意哉！予意所至，不妨拗折天下人嗓子！」時至今日，《臨川四夢》出出可以施之歌場，而《屬玉堂傳奇》十七種只存得七種，更幾不見於紅氍毹之上。可知「律嚴而曲亡」，正是中國戲曲消長的通則。

　　戲曲的「唱」早在元代已經十分注重，有芝菴《唱論》一書專門探討唱曲的各種要訣，對於歌唱的節奏掌握、情感表現、咬字吐音，都有非常精細的分析，可見元代的歌唱非常講究，已經到了純藝術化的境地。當時著名的演員，在夏伯和《青樓集》中也每每獲得「鳳吟鸞鳴」、「聲遏行雲」等美譽，顯示當時人對戲曲演唱的重視。隨著戲曲藝術的提升，對於歌唱的要求也愈益嚴格。清代李漁《閒情偶寄》一書，是中國第一部有嚴謹系統的戲曲理論專著，書中對於唱曲的方法有明確的指示。首先須了解唱詞的含義，揣摩劇中人物的性情心理，才能唱出曲子的真味。其次要注意字的音調、字音清晰，以及伴奏適切等技巧問題。戲曲的歌唱要使觀眾入耳即曉，所以特別重視咬字吐音，而音樂旋律也必須和字音聲調融合無間，才能完全呈現戲曲歌唱的美感。

　　在歌唱的腳色方面，元雜劇只由正末或正旦一人獨唱，這種體製雖然可以使主唱腳色的歌唱技藝得到很大的發展，但是也對舞臺藝術的表現產生了許多限制，非主唱腳色的表演分量不足，一來不利於表演技藝的提升，二來演出時缺乏勢均力敵的對手戲，情節的張力、人物的刻畫都將顯得力道不足；再者，缺少變化的歌唱形式也難免令人覺得單調。而在南戲、傳奇、京戲中，各門腳色都可以任唱，歌唱的形式大約有獨唱、接唱、同唱、合唱、接合唱、輪唱等幾種型態，還有幫腔的形式，比起元雜劇豐富靈活得多，也更具有引人入勝的娛樂效果。傳奇中各門腳色有一定的唱腔特色，所用的曲子也有區隔，換言之，對於腳色技藝的專精程度要求得更為嚴格。到了京戲，同一腳色則因唱腔運轉的特點發展出不同的流派，如旦腳中有梅派（梅蘭芳）、張派（張君秋）；老生中有馬派（馬連良）、余派（余叔岩）等，顯示了歌唱技藝的精益求精。

　　與歌唱相對應且具有歌唱意味的是「賓白」。因為戲曲「無聲不

歌」，所以除了丑腳可用方言口語外，其他腳色的賓白都帶有音樂的成分，也因此賓白和歌唱在戲曲中交互使用，容易配搭和映襯。凡是人物上場自報家門、交代情節、敘述事件、評論是非，都用賓白表現。由於唱詞具有濃厚的抒情性，主要用來描寫人物的心理活動；因此，推動情節和刻畫人物個性便主要依靠賓白來表現。有句話說：「千斤話白四兩唱」，就是強調賓白的重要。而由於戲曲的劇場環境是開放式的，觀眾出入自由，為了讓晚到或暫時離席的觀眾也可以了解劇情的前因後果，所以賓白常有前後重複的現象。

　　元雜劇的表演以歌唱最為突出，相較之下，賓白的重要性便為人所忽視，在南戲、傳奇、京戲中，賓白的作用才得以充分發揮；往往在唱詞之間加入賓白，造成問答的激盪效果，使劇情更為生動。

　　根據賓白押韻與否，可以區分為接近白話口語的散白和有押韻節奏的韻白兩大類。散白包括獨白、對白、帶白（主唱者在歌唱中帶入說白）、插白（主唱者歌唱，其他腳色插入說白）、打背躬（對話時，一人欲表白心事，不讓對方知道，但向著觀眾說，使觀眾了解）、內白（前台演員與後臺演員對話）、外呈答（劇外人物與劇中人物對答，通常是表示評論或譏嘲）。韻白包括上場詩、下場詩、數板、順口溜等。散白用來對話或人物自我表白，韻白除了演員上下場時所念的詩對之外，多用在需要長篇敘述的情節段落，或是淨丑等花面腳色乾板數唱，插科打諢。

（三）戲曲舞蹈

　　戲曲的舞蹈呈現在身段、動作之中。戲曲的身段、動作、表情一般稱為「科介」，須和音樂、唱詞、賓白配合。中國戲曲對演員動作的訓練有所謂「手眼身法步」，意思是手如何舉止，眼如何觀看，身軀如何擺設，步履如何行走，都有使之美感的法式。而這種美感的法

式，無不有舞蹈的韻味，因之就有「無動不舞」的話語。

在宋金大戲尚未成立以前，歷代許多戲劇和小戲劇目，以舞蹈為其主要構成因素，如先秦天子為酬謝與農事有關的八位神靈而舉行的「蠟」祭，和方相氏頭戴面具，手執戈盾斧劍等兵器，作驅逐撲打鬼怪之狀的「儺祭」。周初歌頌周朝之統治如何有秩序，如何使天下安和樂利的「韶舞」與象徵武王伐紂、周召分陝而治的「大武」之樂，春秋楚優孟的化妝歌舞，屈原《九歌》的小戲群；西漢「角觝戲」中的《東海黃公》、《巴俞舞》，東漢《鄭叔晉婦》，三國《遼東妖婦》和《慈潛訟閱》、曹魏《遼東妖婦》，晉代《文康樂》，蕭梁《上雲樂》，唐代參軍戲、《蘭陵王》、《蘇幕遮》、《撥頭》、《樊噲排君難》、《西京伎》、《鳳歸雲》、《義陽主》等等都是如此。可見戲曲之歌與舞早就結合而為戲曲的基礎。因此，戲曲所以「無動不舞」，也因其來有自；戲曲之重視「科介」便也很自然。

科介的表演關係著演員刻畫人物的成敗，成功的演員莫不盡心演練。例如明代有位顏容，曾經扮演《趙氏孤兒》中的公孫杵臼，演出時見舞臺下的觀眾毫無悲戚之感，於是回家閉門苦練，以手抖鬚，把兩頰打得通紅，站在穿衣鏡前，抱著木雕的小兒，說一番、哭一番，直到孤苦悲愴，難以自己。過幾天，再演出同樣的戲，果然讓千百位觀眾痛哭失聲。又有一位馬伶，曾與李伶打對臺，演出相國嚴嵩，因為技不如人，憤而離開戲班，不惜花費三年時間，到當時宰相顧秉謙家中做守門的小卒，以模仿顧相國的言行舉止神情，三年後再度競技，終於洗雪前恥。這些演員刻苦求工的認真態度，反映出明代在戲曲作表藝術的追求上，已經有相當的進步。

清代以後，戲曲藝術更加精進，齊如山《國劇藝術彙考》對於京戲的身段有詳細的說明，如上場方式有十種、步法有五十三種，可以看出戲曲在身段動作上的要求越來越趨向精工。

　　戲曲科介中從雜技武術舞蹈化而來的，就是其舞臺藝術中的「打」。從漢代的角觝戲開始，如〈東海黃公〉為戲曲小戲，雜於歌舞和雜技演出；唐代參軍戲也在宴會中隨同歌舞和雜技演出；宋代雜劇則夾於隊舞雜技中表演，金代院本亦可夾入諸宮調雜技，也就是說，在戲曲的發展過程中，演戲的部分始終和武打、雜技等非戲劇的成分同場演出，而在長期的交流影響下，劇中穿插武打、雜技便成為戲曲的獨特表演形式。

　　北曲雜劇雖然有四折，但演出時並不是一氣呵成，而在折與折之間穿插了雜耍、歌舞等其他技藝的表演，一直到明代萬曆以前，演出北雜劇時仍然保持同樣的形式。雜技從穿插式的演出進一步融入劇情之中，而發展為某一類人物的作表，自然免不了有許多武技的表演。有些劇作也寫入擂臺競賽的情節，表演各種雜耍。到了明代，也有許多劇作把雜技武術加入戲曲之中，如跳竹馬、舞梨花槍、跳獅子、跳舞龍燈等在民間流行的雜技便在作家的刻意安排下與戲曲相結合，使戲曲表演的內容更加活潑趣味。京戲中的「打」，地位更提升到與「唱、作、念」並重，發展出複雜嚴謹的程式，並藉此刻畫人物的性格，描摹特定的情況，許多戲碼、尤其是散齣的折子戲，更完全以武打技藝為內容，表現戲曲的另一種美感。

（四）戲曲劇場

　　所謂「劇場」是指戲曲演出的場所，包括演員表演的「舞臺」和觀眾觀賞的「看席」。戲曲最早的劇場形式是在平地上的廣場，如葛天氏之樂，漢代角觝戲、唐代《踏謠娘》都是在「場」上演出，表演者在場中央，觀眾或是在四周站立圍觀，或是在觀臺上居高臨下觀看。或如「宛丘」，四面高、中間低。漢文帝時始有「露臺」，北魏有寺廟劇場。

　　而神廟劇場起步於北宋，普及於金元，明中葉以後著手改革，發展到清代更趨完善。

　　北宋天禧四年（1020）〈河中府萬泉縣新建后土聖母廟記〉有「修舞亭都維那頭李廷訓等」，元豐三年（1080）〈威勝軍新建蜀蕩寇將□□□□關侯廟記〉有「舞樓一座」，建中靖國元年（1101）〈潞州潞城縣三池東聖母仙鄉之碑〉有「創起舞樓」，標誌中國神廟劇場最遲在十一世紀已經形成。

　　古代神廟裡的舞亭、舞樓、樂亭、樂樓、歌樓等，均為戲臺之稱。李廷訓可謂文獻上創建神廟的第一人。露臺和舞樓、獻殿都是神廟祭祀演藝之所。

　　而漸次淘汰露臺普建舞樓，是元朝後期到明代前期的事。現存金元戲臺都在山西，有臨汾魏村牛王廟戲臺等十一座。金元戲臺大都遵循宋代建築法典《營造法式》刻意建造。

　　明代前期，各地神廟一般繼續使用金元舞樓而不斷加以修葺。中葉以後隨戲曲發展而有變革：一是新樂樓與樓閣合一，再在樂樓之下復建戲樓，形成高低兩戲臺的新格局。如榆次城隍廟嘉靖十四年（1535）〈增修榆次縣城隍顯祐伯祠記〉所述。二是創建新型過路戲臺，並與神殿連體，以擴大表演區域和後臺面積，如晉中介休市后土廟明正德十四年（1519）〈創建獻樓之記〉所述。三是創建山門舞樓，而把戲房附建於舞臺之後。二者連體形成複合頂制。如介休市洪山鎮源神廟萬曆十九年（1591）〈新建源神廟記〉所述。四是舞樓左右附建二層戲房，戲房底層則是山門。如陽城縣下交村湯王廟嘉靖十五年（1536）〈重修樂樓之記〉所述。五是山門舞樓既附建戲房又帶看樓，這是古代中神廟最完善也是最流行的劇場形式。如高平王何村五龍廟舞樓，其山門額石刻橫帔「古慶雲」，可稱之為「慶雲樓」，時為天啟五年六月。

　　到了宋元時代的劇場，始於唐代的「樂棚」，這就是北宋仁宗以後的「瓦舍勾欄」。「瓦舍」，是固定的商業演出場所，表演雜劇百戲。瓦舍中有「勾欄」，是演員表演的舞臺，下有臺基，以柱子支撐頂棚，並且有板壁隔開前後臺。每座瓦舍中有十來座到數十座不等的勾欄。正戲開始之前，女伶坐在「樂床」，打板念詩，吸引觀眾；後臺叫做「戲房」，是演員化妝、休息的地方；「鬼門道」是演員表演時上下場的出入口。勾欄三面對著觀眾，已經有看席的設置，但觀眾席和舞臺不相連。頭等座叫做「神樓」，正對戲臺；次等座叫做「腰棚」，比「神樓」低，位置也比較偏。觀眾也可以站在舞臺周圍的三面空地上看戲。這種劇場形式一直到清朝都沒有太大的變化，至於現代劇場中所見三面欄隔，只有一面對著觀眾的西式「鏡框式舞臺」，直到清末上海「二十世紀大舞臺」才開始採用。

　　一般沒有固定演出場所，而在鄉鎮間巡迴演出的戲班子，仍然多在熱鬧寬闊的廣場上演出，叫做「打野呵」。不過也有臨時搭建的舞臺，觀眾站立在舞臺四周，有如今天的「野臺戲」。這樣開放的劇場，自然可以容納成千上萬的觀眾，有時甚至把十幾畝的田地都踏光了。

　　不論野臺、勾欄、廟臺，都是大眾性的舞臺，另外也有私人的演出場合。如元代的歌妓有「應官身」的義務，也就是當官府中有宴會時，必須前往表演歌舞戲曲。這種「應官身」的表演，只在筵席中鋪上紅氍，適合小規模的演出。明代以後，貴族豪門、文士大夫等上層社會遇到喜慶宴會時，多半在家宅中安排戲曲表演。在家中搭建戲臺的情形比較少見，多是在廳堂中央畫出一塊區域，鋪上紅色地毯，當作舞臺面，作「紅氍毹」式的演出。伴奏樂隊位在氍毹一旁的後方；廳堂兩旁的廂房充當後臺，演員在這裡化妝、休息，也由廂房房門上下場；觀眾在氍毹兩旁或前方飲酒看戲，女眷則垂簾相隔。

　　最豪華的私人舞臺莫過於宮廷，宮廷也設有劇場，以便舉行宴會

或祝賀節慶時演戲助興。宮廷劇場的舞臺形制自然遠比民間或士大夫之家講究得多。特別值得一提的是，清代乾隆時建築的熱河行宮舞臺，共有三層，下層舞臺的地板和天花板安有機關，可以升降演員，演出神怪故事時，可以藉此表演下凡、升天的動作。還有施放火彩、巨魚噴水等舞臺特技，相當進步。

家宅或宮廷演劇是為少數觀眾表演，酒樓茶肆中的客人召伶人前來表演，也是一種小眾娛樂，這種表演也是「紅氍毹」式的演出，直到清代才出現設有舞臺的酒館、茶園，當時人也稱為「戲園」或「戲館」。

因應不同的演出場合，劇場的形式也有區別。但整體來看，除了家宅、宮廷的演出，偶爾會為了逞奇鬥巧而在機關布景上大費心力之外，戲曲舞臺上的裝置一向非常簡單，不設布景，通常用一桌數椅就足以代表不同的表演場面，可說是一種狹隘的經濟劇場，與西方寫實的布景道具、精心巧構的舞臺設計大不相同。

如上所述，戲曲既以詩歌、音樂、舞蹈為美學基礎，則其所憑藉的文字、聲音、動作如何能具體的寫實；又其拘限在狹隘的空間上演出，卻要表現自由的時空流轉，將如何能夠設置寫實的布景來呈現宇宙間的萬事萬物；所以戲曲只能走非寫實的道路，只能透過虛擬象徵的藝術手法，來展現寫意的境界，而虛擬象徵也就成了其表演藝術的基本原理。

二　戲曲表演藝術的基本原理為虛擬、象徵與程式

戲曲既然是以歌舞樂為其構成之主要因素而為其美學基礎，且一般在狹隘的劇場上搬演，從而產生了虛擬象徵與程式的藝術基本原理，那麼什麼是虛擬、象徵與程式呢？

　　大抵說來，虛擬是以虛擬實，將日常生活之種種舉止模擬美化，表現在戲曲演出的身段動作之中；象徵是用具體的事物呈現由此引發的特殊意涵，將人生百態經過藝術化的簡約妝點，表現在戲曲演出中的腳色、妝扮、道具之上。所以象徵也可以說是以實喻虛，虛擬與象徵在本質上都不是寫實而是寫意。

　　虛擬與象徵既不是寫實而是寫意，如果沒有經過提煉而形成規律或模範予以制約，演員便很難有所遵循有所發揮，觀眾也難於有所溝通有所欣賞。也因此作為虛擬和象徵的規律或模範，在寫意的表演藝術中是有其必要的。

（一）程式的先聲：格範、開呵、穿關

　　而這種虛擬和象徵的規律或模範，早在宋元戲曲中就已存在，那就是「格範」、「開呵」和「穿關」。也就是說，「格範」、「開呵」、「穿關」是今日所謂「程式」的先聲。對此，我已有〈從格範、開呵、穿關說到程式〉一文詳論其事。其大意為：

1　格範（科範、科汎〔泛〕、科犯、科）

　　由「教坊格範」、「京師格範」、「風流醞藉的格範」、「按格範打諢發科」諸宋元語言觀察，「格範」顯然就是有例可循的「格式規範」。後來「格範」之作為「科範」或「科汎」、「科犯」者，乃因「格」之於「科」為音近訛變；「範」之於「汎」、「犯」，則為音同訛變，而「汎」、「泛」為一字異體。再由「杜光庭之科範」觀之，蓋指道場之儀式；由「科範從頭講」，以其與「關目」對舉，可知有戲曲身段模式之意；而《西廂記》所云「《雙鬥醫》科範」，明顯是指按照院本《雙鬥醫》的演出模式。至於院本中，副淨教坊色劉所擅長的「科汎」，則更明顯的指出其身段動作的法式，至元代尚為樂人所宗。

　　「科範」或「科犯」、「科汎（泛）」，進一步又省作「科」，此於《全本水滸傳》「按格範打諢發科」已首見其例，既用本始之「格範」，又用形近訛變之「科」，可見二者並行；只是此處之「科」已為表演時身段動作之模式矣。元雜劇中習見，不遑舉例。誠如明徐渭《南詞敘錄》所云：

> 科，相見、作揖、進拜、舞蹈、坐跪之類，身之所行皆謂之科。今人不知，以諢為科，非也。

可見「科」在元雜劇已成為戲曲表演中身段動作之符號，自有法式規範在其中。但「科」若與「諢」並舉，就成為詞結，如「科諢」或「插科打諢」，則單指滑稽詼諧之動作，有如唐參軍戲、宋雜劇、金院本科諢之傳承者然。王驥德《曲律》有論「科諢」者，李漁《閒情偶寄》中〈科諢第五〉更與結構、詞采、音律、賓白並列。凡此之「科」，皆已受「諢」字類化矣。

2　開呵（開喝、開阿、開和、开、介）

　　其次「開呵」，徐渭《南詞敘錄》〈開場〉所云：

> 宋人凡句欄未出，一老者先出，夸說大意，以求償，謂之開呵。今戲文首一出，謂之「開場」，亦遺意也。

徐氏所云，正與《全本水滸傳》第五十一回〈插翅虎枷打白秀英〉所敘白秀英作場，正好相合。按之其他文獻，「呵」又作「喝」，為一字別體；又作「阿」、「和」，皆為音同或音近訛變之例。

　　「開呵」後來又省文為「開」，習見於《元刊雜劇》、明周憲王

《誠齋雜劇》、明息機子《元人雜劇選》，用以示腳色登場。孫楷第《也是園古今雜劇考》〈附錄〉〈開〉謂「開」於元明雜劇，皆有「開始」之意，由此而引申，則有指所念之詩者，有指通姓名述本末之白，有指贊導者。鄙意以為「開」最先當指通姓名述本末之白，此與「開呵」之本義最為相近；而念詩與贊導既為其引申之義，則可見「開」字或有逐漸變化為符號性意義之可能。由此不禁使我想起南戲傳奇之「介」字。徐渭《南詞敘錄》〈介〉：

今戲文於科處皆作「介」，蓋書坊省文，以科字作介，非科、介有異也。

「科」字可省文作「介」，文長未知何所據而云然。錢南揚《永樂大典戲文三種校注》〈張協狀元〉第一出注五十四，亦以省文之說為誤；而如《小孫屠》之「作聽科介」、「扣門科介」甚且「科介」連文，可知其非省文。錢氏以為北劇習用「科」、南戲習用「介」，乃方言之不同。但由上文之考釋，已知「科」實由「格範」一詞演化而來，終成符號性之詞；則「介」字或亦有可能同為符號性之詞。鄙意以為，「介」之源頭應是「開」字，由「開」省作「开」，今大陸正以「开」作「開」之簡體；「开」字再因形近而訛變為「介」，似亦自然。對此有待進一步考證，非敢遽謂鄙說可信。

　　最後說到「穿關」。「穿關」見脈望館鈔明內府本元明雜劇共十五種。劇末附有戲中腳色人物所穿著服裝和所攜帶器物之指示，謂之「穿關」。如關漢卿《狀元堂陳母教子》雜劇劇末附錄各折之穿關，其中〈楔子〉之穿關如下：

寇萊公：兔兒角幞頭、補子圓領、帶、蒼白髯。

祗從：攢頂、項帕、圓領、裋褙。

正旦馮氏：塌頭手帕、眉額、襖兒、裙兒、布襪、鞋、拄杖。

大末：一字巾、圓領縧兒、三髭髯。

二末：一字巾、圓領縧兒、三髭髯。

三末：儒巾、襴衫、縧兒。

旦兒：花箍、襖兒、裙兒、布襪、鞋。

雜當：紗包頭、青衣、裋褙。

劇末既然要附錄「穿關」，注明劇中腳色人物的服飾和所用的器物，則此服飾與器物之所謂「穿關」，必有逐漸「制式化」之傾向，那麼何以謂之「穿關」呢？對此，我在〈論說「五花爨弄」〉一文中，有這樣的話語：

「爨」字之於文獻中「打攛」的「攛」字、「拽串」的「串」字，乃至於和「穿關」的「穿」字，都應當是音同或音近的訛變。「打攛」見《水滸全傳》「搬演雜劇，裝孤打攛」，即搬演院本的意思，「攛」在這裡很明顯是借為「爨」，為戲曲之體類。「拽串」見孟元老《東京夢華錄》卷九「宰執親王宗室百官入內上壽」條：「是時教坊雜劇色鼈膨劉喬、侯伯朝、孟景初、王顏喜而下，皆使副也。內殿雜戲，為有使人預宴，不敢深作諧謔，惟用群隊裝其似像，市語謂之『拽串』。」由字裡行間可見，有外國使臣在場的「內殿雜戲」，已經變異以「諧謔」為主的「正雜劇」演出，只用隊舞來應付，所以市井口語說那是「拽串」，意思當指其為扭曲不正的「爨體」。而由於「弄參軍」、「弄假婦人」、「弄婆羅門」等唐戲語言之「弄」字皆作動詞為「搬演」之意，於是「爨弄」之「爨」省作「串」

字後，亦漸有動詞的意味。「拽串」已是如此，至今所云之「客串」、「串演」尤為明顯。又《孤本元明雜劇》中有十五種於卷末詳列劇中人物之裝飾及所用各物，名之曰「穿關」。「穿關」當是「串演關目」之義，即謂「搬演戲曲」，因將搬演時所用之服飾道具稱作「穿關」。其「穿」字亦當由「爨」、「串」之音近一訛再變而來。

由以上所考述的「格範」、「科汎」、「科」，「開呵」、「開」、「开」、「介」，以及「穿關」，可見在金元雜劇與宋元戲文中的演出身段動作和服飾道具已自有其法式規範，也就是說，今之所謂「程式」是其來有自的。

（二）今之所謂「程式」

那麼今之所謂「程式」的來龍去脈，又是如何呢？對此，黃克保在《中國大百科全書》〈戲曲曲藝卷〉中有這樣經典式的解釋和說明：

> 表演程式：戲曲中運用歌舞手段表現生活的一種獨特的表演技術格式。戲曲表現手段的四個組成部分──唱念作打皆有程式，是戲曲塑造舞臺形象的藝術語彙。
> 程式的本意是法式、規程。立一定之準式以為法，謂之程式。二十世紀二十～三十年代，一些研究戲劇的學者如趙太侔、余上沅等用「程式化」來概括戲曲演劇方法的特點，同寫實派話劇的演劇方法相對照，其後為戲曲界沿用並不斷給予新的解釋，遂成為戲曲的常用術語。戲曲表演藝術的程式有自己的含義，主要包含兩層意思：其一，指它的格律性。在戲曲表演中，一切生活的自然型態，都要按照美的原則予以提煉概括，

使之成為節奏鮮明、格律嚴整的技術格式：唱腔中的曲牌、板式，念白中的散白、韻白，作派中的身段、工架，武打中的各種套子，喜怒哀樂等感情的表現形式等等，無一不是生活中的語言聲調和心理、形體表現的格律化。其二，指它的規範性。每一種表演技術格式都是在創造具體形象的過程中形成的，當它形成以後，又可作為旁人效法和進行形象再創造的出發點，並逐漸成為可以泛用於同類劇目或同類人物的規範。

可見黃氏之所謂「程式」，重在表演之唱念作打之上；而其實「程式」應涵括了戲曲表演的各個層面，例如就腳色的技藝來說，各門腳色的唱腔、念白、身段各有自成系統的表演形式；就人物的妝扮來說，按照劇中人物身分、性情的類型化特徵，不論化妝、服飾皆有一定的規製；就科介的表現來說，各種動作都有一套固定的順序和模式，並且表現特定的情感；就音樂的運用來說，鑼鼓點的節奏、配合特定情節的吹打曲牌，都有一定的規矩。「程式性」使戲曲成為一種規範化的表演藝術，也透過這種規範使得戲曲種種虛擬性的表演具有確定的象徵意義；因此，當演員舞弄水袖、甩動髯口，觀眾可以領悟他所傳達的激烈情緒；當舞臺上畫著水紋的旗幟翻飛，觀眾可以想像巨浪滔天的壯闊。表演程式使演員與觀眾之間形成約定俗成的默契，戲曲的象徵特質也因此成為一種既高妙而又人人皆可理解欣賞的藝術形式。

　　程式雖然具有規範的意義，但並不是僵硬刻板、一成不變的定律。程式的形成原本來自生活，經過誇張、美化，以及長時間的琢磨改進，才逐漸成為一套固定的表演方式。例如武將所戴的翎子，源於歷代武將的服飾，戲曲採取了這種裝飾，但是把翎子刻意加長，不僅具有美觀與襯托人物英舞氣概的作用，更在演員不斷的嘗試之下，逐

步發展出一套「翎子功」，藉由舞動翎子的各種技巧，表現人物喜、怒、驚、懼等強烈的情緒。又如〈起霸〉原本是明傳奇《千金記》裡的一齣戲，演出霸王穿戴盔甲、披掛整裝的過程，起初只是某一齣戲裡的特別身段，但是因為受觀眾喜愛，於是被普遍採用，成為武將作戰之前整裝待發的程式化動作。

可見戲曲的程式，是不斷累積演出經驗而創造出來的，一方面成為表演的範式，一方面也具有改良發展的空間。優秀的演員可以在程式的基本規範下表現人物的性格，例如同樣是以雉尾生扮演的年輕武將，演周瑜，要表現他的驕傲，演呂布，要表現他的狂妄；更可以大膽跳脫原有程式的限制，創造不同的表演方式，如果效果良好，為其他演員所沿用，便形成新的程式。倘若能靈活的運用，戲曲的程式性非但不會成為表演的窠臼、包袱，反而是從傳統中創新、提升的有力基礎。

（三）虛擬象徵的運用和呈現

以上所云程式性對於戲曲表演藝術的基本原理虛擬象徵既有制約性的規範，那麼虛擬象徵的基本原理，又如何較具體的運用而呈現在戲曲藝術中呢，以下再進一步從腳色、服飾、道具、音樂、賓白、科介等六方面來說明：

1 腳色

戲曲腳色門類的劃分，原本是把社會中的各種人物加以類型化，再配合演員的資質和技藝，經過分析、歸納所得的結果，因此，「腳色」本身即具有象徵人物類型的意義。例如，老生所扮演的是中年以上、正直剛毅的男性人物，小生扮演儒雅倜儻的年輕男子，而淨腳所扮演的人物，不論正、邪，都具有粗獷豪邁的性情特質。又因為戲曲

的目的，主要是寓教化於娛樂，對劇中人物也要求善惡分明，生、旦所扮演的人物必然忠正善良、知書達禮，淨、丑扮演的人物大多奸險狡獪、滑稽突梯，由此看來，腳色也寓含了褒貶評價的象徵意義。所以如果以生來扮演曹操，以淨來扮演劉備，便難免令人覺得不倫不類了。

　　隨著戲曲的發展，情節內容所反映的生活層面愈趨複雜，劇中人物的類型也越來越多，各門腳色勢必再加以分化，才能應付自如。譬如閨門旦必定扮演端莊嫻雅的未婚女子；青衣多半扮演穩重的中年婦人；花旦則扮演活潑美麗的女子。而這三種腳色在元雜劇、傳奇中卻可能都由旦腳飾演。從腳色的分化，可以看出腳色所象徵的人物類型日趨精細。此外，腳色也有象徵演員在劇團中的地位，以及其所具備藝術涵養的符號性意義。

2　化妝

　　戲曲的臉部化妝具有強烈、鮮明的特色，並採用圖案化的手法。例如京戲中生腳如果扮演英武之人，就從眉心到腦門畫出一道淡紅色的槍尖；如果扮演年少風流的才子，就畫一道弧形的紅暈。以圖案區別文武，這也顯示了臉部化妝的象徵作用。至於淨、丑所用的臉譜，象徵的意義就更顯著了；如紅色代表忠義、白色代表陰險、黑色代表剛毅、青色代表凶狠，但是人物的性情往往並不單純，臉譜色彩的運用也由單一趨向複雜，而有所謂「花臉」。有時也將某一人物的代表性標誌畫上，如李天王的戟、張天師的卦等。或是在眼窩、眉毛、嘴巴等處加以誇張，突顯人物的性格特質，例如京戲《霸王別姬》中的項羽，用亂眉、低眼、哭鼻刻畫了末路英雄的蒼涼；魯智深的眉毛上畫了一對舉臂相向的螳螂，代表他路見不平、拔刀相助的粗豪性情。由此，透過色彩、線條、圖案，臉譜表現了人物的類型特徵，也寄託

了對人物的褒貶評價。

　　戲曲的臉部裝飾還有所謂「髯口」，也具有相當謹嚴的規矩。例如活潑伶俐的人不宜掛髯，深沈靜穆的或瀟灑幽雅的人宜掛三綹髯，氣度恢宏或莊重肅穆的人宜掛滿髯，粗魯莽撞或不拘小節的人宜掛虬髯，滑稽突梯或行為不檢的人宜掛丑三髯。這些規矩也表示了象徵人物身分與性情的意義。

3　服飾

　　戲曲的服飾是綜合了歷代的服飾，經過誇張、美化，配合表演技藝的需求而設計。各門腳色按照所扮演人物的身分、性格，皆有一定的穿戴規矩，只要人物一上場，觀眾就能根據他的裝束初步掌握人物的類型特徵。例如就服飾的樣式來說，文官所戴的紗帽各有不同：生所扮演的清官戴方翅紗帽；淨所扮演的奸臣戴尖翅紗帽；丑所扮演的貪官戴圓翅紗帽。就服飾的色彩來說，有時代表地位的等級，如黃色是帝王專用、紅色代表尊貴、黑色代表卑微；有時用來強化人物的氣質，如小旦所扮演的年輕女子，服飾鮮豔明亮，而青衣所扮演的中年女子則淡雅樸素。就服飾的花紋來說，武將多用虎、獅等獸紋，表示威猛；文人用梅、蘭、竹、菊，表示高雅；謀士用太極圖、八卦，表示謀略道術。總之，戲曲服飾的象徵意味是很明顯的。

　　劇中人物的服飾通常是從說唱文學描述的形象而來，經過誇張渲染之後，有時不免違背事實。例如孔明本是一位重法尚儒的政治家，但是在通俗小說中卻具有道家的神通，仗著七星寶劍，呼風喚雨，於是戲曲中的孔明就成了穿道袍、拿羽扇的道士形象。而在赤壁之戰時，孔明年齡不過二十八，卻讓他在戲中戴起三髭髯，當時三十四歲的周瑜，反而是雉尾生的年輕扮相。看起來雖然荒唐，但是因為周瑜英年早逝，留在人們心中的便是他英姿勃發的年輕模樣，而孔明活了

五十四歲，在民間又被塑造成仙風道骨的形象，只好以老生扮相出場。如此看來，在荒唐之中，也自有象徵的意義。

4　道具

戲曲中所使用的道具大多不是寫實的，即使一些真實的細小物品，一般也是徒具其形不具其用：例如燭臺在大多數場合裡是不點亮的，酒杯中通常是不裝酒的，燈籠只罩上一塊紅布表示亮光等等。戲曲的舞臺空間有限，舉凡屋舍城牆或是車馬船轎，都不允許以真物上臺，也因此發展出象徵性的道具。譬如一塊布畫上城牆，便是城池；畫上輪子，便是車輦；畫上風，即為滾滾煙塵；畫上水，化成洶湧波濤。以鞭代馬、以槳代船、以帳代樓，利用以簡御繁的方式，使數尺見方的舞臺，可以轉化為無限的時空，容納萬事萬物而揮灑自如。

5　音樂

音樂是構成戲曲的重要成分，以音樂旋律密切配合詩歌的意境，渲染氣氛、烘托情調，使劇中情境更加動人，而這種效果的達成，自然還是透過象徵的手法。就曲牌系的音樂而言，每一種宮調都有獨特的音樂情調，如南呂宮感嘆悲傷、正宮惆悵雄壯；每種宮調之下所屬的曲牌，粗細快慢不一，也具有不同的韻味。就板腔系的音樂而言，各種腔調聲情不同，如二黃宜於莊重、反二黃宜於悲痛、西皮瀟灑快樂；各種板式節奏有別，如慢板、快板、流水板、散板等，也表現了不同的情味。戲曲的音樂成分既然如此豐富，也就可以因應情節內容的各種變化適當搭配。

而依照腳色的特質和技藝，所使用的音樂也有所區別，所謂「生旦有生旦之曲，淨丑有淨丑之腔」；唱腔也各有特色，如老生剛勁淳厚、淨腳粗壯宏亮。如此，腳色一上臺演唱，便傳達了他所扮演的人

物身分與性情，以及內在的心理情緒。另外，一些純粹音樂演奏的吹打曲牌也具有象徵的作用，如出征用【五馬江兒水】、【風入松】，帝王上朝用【朝天子】，久別重逢用【哭相思】、黑夜探路用【小桃紅】等，只要音樂一響起，觀眾自然能感受到所代表的特殊意義。

6　賓白

戲曲的賓白不同於日常口語，必須有旋律、有節奏，以特殊的腔調，藉著抑揚頓挫、長短強弱表現出不同的情感和韻致。此外，所有的賓白都要和鑼鼓配合，有時還利用賓白叫起鑼鼓、停止鑼鼓、等候鑼鼓、交代鑼鼓，可見得賓白也具有象徵的意義。

賓白的表現方式也和腳色的性質相結合，例如京戲中旦腳的念白一般是用吟詠的旋律節奏，而花旦則可用口語的「京白」，丑腳更可以用方言、數乾板，表現滑稽的效果。如此一來，更強化了賓白的象徵作用，各門腳色念白的技藝能力也更形重要。歌唱尚可以藉由音樂伴奏和約束，即使稍有誤差也容易遮掩過去，但是賓白完全靠演員自我表現，沒有陪襯、沒有約束，一字長短高低不對，聽來便覺刺耳。因此，對於演員賓白的訓練一向十分嚴格。

7　科介

戲曲的舞臺不設布景，但卻在演員的表演之中呈現了自由流轉的無限時空。例如元雜劇《西廂記》中張君瑞初遊普救寺時唱道：「隨喜了上方佛殿，早來到下方僧院。行過廚房近西，法堂北，鐘樓前面。遊了洞房，登了寶塔，將迴廊繞遍。數了羅漢，參了菩薩，拜了聖賢。」短短一支曲子中，劇中場景不斷改變，如果其身段動作不以象徵性的表演方式，如何應付得來？在戲曲中尋常可見的開門、關門、上樓、下樓等動作，完全依靠演員虛擬象徵的科介完成，而非使

用寫實性的道具。演員也必須運用虛擬象徵的表演動作，才能共同創造劇中的情境。如搖動船槳，再配合演員臺步身段，便構成大江航行的情景；舞動風旗，加上演員的快速繞場，儼然風起雲湧的景象。

　　戲曲中的動作不同於日常舉止，而含有舞蹈的意味，運用優美的手式和身段來抒情、敘事，並表現種種情緒。對於每個動作都要求圓轉靈活，一個「看」的動作，必須右肩高、左肩低、扭身慢慢往左上方看去；表示失意或悔恨，必須先把右手提至胸前，在左手上方，再把右手往外繞至左手外邊，再往下往裡繞上來拍擊左手。這種曲線的動作形式不僅美觀，更可以配合音樂節奏，強化舞蹈的美感。

　　了解了戲曲表演虛擬象徵化的本質，就可以知道戲曲表演十足具有超現實的寫意情味。腳色一上場，觀眾便可以從他的化妝、服飾、聲口、動作，知道所代表的人物類型，以及所傳達的情感性質，並且在狹小簡單的舞臺空間裡，呈現無限的時空意識，演出各種各樣的動作與事件。這樣的精緻高妙的藝術形式在世界劇壇中可謂獨樹一幟。

　　舞臺上的一切虛擬象徵化了，相對而言，觀眾也要有相對的想像與理解，方能融入其中，得其真味；否則但覺其動作、歌聲、服飾、臉譜無一不美，卻不能了解其規範形式中的真意，豈不可惜。只要能了解其程式融入其中，則戲曲的境界是無限開闊而繽紛呈的，絕對能激起觀眾的共鳴，令人沉醉。

三　戲曲藝術本質之歌舞性、節奏性、寫意性、誇張性與疏離且投入性

（一）歌舞性

　　在虛擬象徵程式的表演原理之下，戲曲所呈現的藝術特質，最明

顯的莫過於以其美學基礎歌舞樂融合而形成的歌舞性。

　　在先秦文獻中，若論歌舞樂的逐次結合，則首先是歌舞、歌樂的結合，然後是歌舞樂的結合。《呂氏春秋》卷五〈仲夏記〉〈古樂〉云：

　　　昔葛天氏之樂：三人操牛尾，投足以歌八闋。

這是初民狩獵之歌舞，亦即後世所謂之「踏謠」，可以想像土風舞與原始歌謠結合的樣子：眾人因獵獲野牛割取其尾而執之，踏步歡呼，反覆歌舞。

　　又《周禮》〈春官宗伯下〉〈大司樂〉有「以樂舞教國子舞〈雲門〉、〈大卷〉、〈大咸〉、〈大磬〉、〈大夏〉、〈大濩〉、〈大武〉。」可見其「樂舞」合用。又云：「乃奏黃鍾歌大呂舞雲門以祀天神；乃奏大簇歌應鍾舞咸池以祭地示；乃奏姑洗歌南呂舞大磬以祀四望，乃奏蕤賓歌函鍾舞大夏以祭山川，乃奏夷則歌小呂舞大濩以享先妣，乃奏無射歌夾鍾舞大武以享先祖。凡六樂者，文之以五聲，播之以八音。」由「其奏」可見其八音之器樂，由「其歌」可見其五聲之歌唱，由「其舞」可見其舞蹈之容止。所以《周禮》用以祭享天神、地示、田望、山川、先妣、先祖的所謂「六樂」是合歌舞樂而用之的。

　　到了戲曲中的歌舞樂的「融合」，是演員以其歌聲來詮釋歌詞的意趣情境而流露其思想情感於眉宇之中，並且運用其肢體語言亦即身段動作來虛擬歌詞中之意趣情境，二者又皆呼應於管絃之襯托與鑼鼓之節奏，終於使歌舞樂三者同時交融渾然而為一體。

　　如《北西廂》第四本第三折正宮【端正好】：

　　　碧雲天，黃葉地。西風緊，北雁南飛。曉來誰染霜林醉，總是離人淚。

在〈長亭餞別〉這一折裡，旦腳崔鶯鶯一開頭唱了這支曲子。我們姑不論其作表的整個「科泛」，單就她的「眼神」來說：當她唱「碧雲天」時，眼神必然由近而遠，終於窮極碧藍的雲天，使人感受到此去天涯，可望不可及的惆悵。唱到「黃葉地」時，眼神就應當由極遠慢慢由上而下回到自己的足下，使人感受到黃葉鋪滿大地，暮秋萬物凋零，增加離情的悲涼。由是而轉入「西風緊，北雁南飛」，如果演員面向西，則要顯示眼目不禁酸風淒楚，而唱「北雁南飛」之時，眼神則要由右而左。到了「曉來誰染霜林醉」之時，眼神忽地有「驚豔」之舉，繼而有「沈醉」之態，終於有「呆滯」之望，使人感受到離情甚苦，而唱至「總是離人淚」時，則苦之已極而血淚欲滴矣，但不可真正滴下來，否則就寫實而非寫意了。

眼神為靈魂之窗，表演時自然一點馬虎不得，其他的肢體語言也應當配搭得體，方能描摩虛擬曲詞的情境。而如上文所舉乾隆間宮中演《長生殿》〈驚變〉之例，以及明代顏容、馬伶的藝術修為，也都可以用來說明戲曲歌舞性在表演藝術上的特色和重要，以及其修為的艱難。

（二）節奏性

然而戲曲的歌舞，如果沒有器樂的節奏，是無法融而為一的。所以鮮明、強烈的節奏性也成為戲曲藝術本質之一。

在戲曲舞臺上，戲曲唱腔和戲曲打擊樂的節奏以曲牌、板式、鑼鼓點等形式出現，並且成為相對穩定的程式。音樂的節奏是由強弱音和長短音交替出現的有規律運動組成的。戲曲唱腔，無論板式變化體或者曲牌聯套體，都把這種節奏變化以一定的形式固定下來，形成不同的板式和曲牌，而且分為三種類型：一類是慢拍子的曲調，包括慢二拍子、四拍子、八拍子等節拍形式。這類曲調詞情少聲情多，長於

抒發劇中人的思想感情。一類是快拍子的曲調，包括快二拍子、一拍子、緊打慢唱等節拍形式。這類曲調詞情多聲情少，常用於對事件的交代和敘述，或用於劇中人的相互問答。再一類是節拍自由的散板，節奏有很大的靈活性，多用於表現劇中人處於激動狀態時的心情。戲曲打擊樂的節奏形式，以京劇鑼鼓來說，由於對大鑼、小鑼、鐃鈸的強弱節拍上交替出現的不同處理，以及小鑼切分節奏的特殊處理，基本上可以分為衝頭類型、長錘類型、閃錘類型、紐絲類型。在這四種類型鑼鼓點的基礎上，根據表現人物情緒、點染戲劇色彩、烘托舞臺氣氛的需要，組合成多節奏型的複雜的京劇鑼鼓。這些節奏形式，把戲曲舞臺上唱念作打的節奏，用音樂的形式聽覺化、形象化，對戲曲演出的鮮明、強烈節奏感的形成，起著十分重要的作用。而且，它們與戲劇人物情感活動和心理活動的節奏是有機結合、相輔相成的。

　　在戲曲音樂的發展過程中，曲牌聯套體與腔板變化體互相影響、變化與組合，使戲曲音樂豐富而多彩，取之不盡、用之不竭。戲曲音樂結構中，不同的情感節奏要用不同的曲牌和腔板節拍來表現，情感節奏的變化也體現為曲牌與腔板節拍的變化，戲劇性與節奏性是緊密相關的。茲舉腔板為例：京劇《鳳還巢》中程雪娥唱的一段「本應當隨母親鎬京避難」的【西皮原板】，一板一眼，曲調具有一定的抒情性，演出也在這樣的節拍形式中，很好地刻畫了程雪娥厭惡行為不端的姊夫，又難以在母親面前啟齒的情感狀態。京劇《捉放曹》中陳宮唱的一段「一輪明月照窗下」的【二黃慢板】，一板三眼，曲調的抒情性很強，這種節拍形式的曲調，就非常適宜用來表現陳宮後悔不已、自我掙扎十分激烈的內心世界。同樣是抒情，由於劇中人的情感活動的程度有差距，就選用節拍不同的曲調加以揭示，在具體曲調的處理上，戲劇性與節奏性是渾然一體的。京劇《三堂會審》說明了另一種情況：由於堂上三個官員的不同態度，引起蘇三在受審過程中的

複雜內心活動，戲劇衝突的內容十分豐富，因此在蘇三唱腔的安排上用了【散板】、【慢板】、【原板】、【流水】、【二六】、【流水】、【散板】等多種形式，通過節拍形式的變化，表現了蘇三內心活動的發展層次，也反映了整個戲劇衝突的起伏變化，戲劇性與節奏性也是相輔相成的。這些曲調都以一定的節拍形式出現，又在節拍形式的有機組合中求變化，用來揭示劇中人的不同內心活動，以及劇中人內心活動的發展層次，顯示出十分鮮明的節奏感。

戲曲念白也受到具有節奏形式的戲曲唱腔的影響，而音樂化、節奏化了。戲曲念白按音樂化的程度，一般分為散白、韻白、引子、數板四種。散白與日常言語比較接近；韻白與日常言語距離較遠，接近歌唱；引子採取半念、半唱的形式，更接近歌唱；數板則把口語納入一定的節拍形式，特別強調語言的節奏感。它們雖有不同的特點和性能，但經過不同程度的音樂化的加工，都具有鮮明的節奏感和韻律感。以戲曲舞臺上常用的韻白來說，它與用韻文寫成的唱詞不同，是用散文寫成的，不過，念誦起來仍然要求鏗鏘動聽。

在戲曲藝術中，唱和念是音樂化了的藝術語言，做和打是舞蹈化了的藝術語言。然而，這種舞蹈化了的做和打往往不孤立地呈現在舞臺上，而是在打擊樂的節制下，以及嗩吶、胡琴、板胡牌子的烘托中，訴之於觀眾的視覺和聽覺的。這就把兩種藝術語言結合起來，充分發揮舞蹈化和音樂化的作用，表現出鮮明而強烈的節奏感。實際上，戲曲中豐富多變的做和打，是依靠打擊樂的配合，才掌握住自己的節奏型態的。周信芳在《烏龍院》中，就把手、眼、身、步、髯口、水袖等形體動作與【四擊頭】、【亂錘】、【絲鞭】等鑼鼓點組織在一起，令人難忘地表現了宋江回憶丟失招文袋的過程。這一段戲沒有唱，沒有念，近似啞劇，可是，宋江的四處尋覓，呆呆思忖，回憶取袋、挾袋、搭衣、拉門、失袋的連續動作，擔心袋子被閻惜姣拾去的

神色，仍然是在打擊樂的調節、控制和烘托、渲染中表演出來的。有了具有節奏形式的打擊樂的調節和控制，這一套做的表演藝術才很好地被組織起來；有了具有節奏形式的打擊樂的烘托和渲染，這一系列動作也才以鮮明而強烈的節奏型態表現出來。戲曲中的各種武打，無論長把子、短把子、徒手把子，無論單對兒、四股檔、八股檔，也是在與打擊樂緊密結合的條件下，捕捉住自己的節奏型態，給予觀眾以具體的節奏感受的。總之，戲曲舞臺上的唱、念、作、打，都是借助於戲曲音樂的節奏形式，才在舞臺節奏的處理上得到多方面的表現，並以鮮明、強烈的節奏感與其他戲劇形式有了明顯的區別。

（三）寫意性

虛擬象徵程式的原理都不用來寫實，戲曲藝術自然也形成寫意性。所謂寫意，就是以抽象和具象來傳達意中的情趣。對此上文論虛擬象徵之運用而呈現在戲曲藝術中已有所說明，這裡再舉舞臺上演出的三個實例：

其一，周信芳演出《打漁殺家》，就處處不忘強調蕭恩的英雄本色。即使公堂被責以後，對蕭恩的形象也有十分恰當的處理。場面起【亂錘】，蕭恩踉踉蹌蹌地走到舞臺正中，摔搶背，膝行到下場門臺口。然後，如阿甲形容的：「只看到周信芳兩個肩頭隨著鑼鼓的節拍像反擰螺旋那樣向上伸拔。既然起來了，稍稍頓歇，隨即一鼓作氣，邁開大步走回家去，再不是狼狽的樣兒了。」可見，演員在真實地表現蕭恩的劇烈創痛和無比仇恨交織在一起的心理活動時，是注意到以精選的豪邁、蒼勁的身段動作，來傳達人物的英雄氣概的。所以，阿甲又評論說：「這些動作，如書法中的逆筆，筆力遒勁，氣勢磅礴。這便使我們對人物產生了肅然起敬的心情。」這反映了藝術家在人物的創造中，從內心體驗到形體表現是貫穿著頌揚態度的。而其由內心

體驗到形體表現的頌揚,正是寫意的整體過程。

其二,川劇《贈綈袍》的「館驛贈袍」一場戲,用多次移動椅子的舞臺調度,表現了魏國大夫須賈的反覆無常。比如范雎和須賈兩人談到返回魏國的問題,一直把范雎當作昔日門客來對待的須賈,這時把椅子移近范雎,以示親近和求助。而在范雎表示自己見不了張祿丞相時,須賈把椅子移開,態度馬上變得很冷淡。等到范雎敘及張祿丞相要請自己進府理事,須賈邊聽邊把椅子移到范雎身邊,又是一副阿諛、奉承的面孔。椅子的調度,表現了須賈思想、情緒的變化,又勾畫了這個市儈小人勢利淺薄、兩面三刀的嘴臉,批判的態度也是很明確的。

其三,川劇《問病逼官》中的楊廣,開始用小生的表演來表現他的外表正派。可是,這個外表正派的人,內心十分醜惡和殘暴,他調戲了父妃、戕害了生母。藝術家於是把小生變為花臉,用花臉的表演來揭露他的醜惡和殘暴。最後,楊廣奪到玉璽,準備作皇帝。藝術家又把花臉變成小丑,用小丑的表演來嘲諷他的沐猴而冠的醜態。行當的變化,適應了人物的心理變化層次,也表現了藝術家對人物的批判和否定。

由《打漁殺家》和《贈綈袍》可見演員皆以科介寫意,而《問病逼宮》更以腳色行當寫意而見其對人物的批判。

(四)誇張性

戲曲的誇張性,可以說是虛擬象徵程式原理之下的必然結果。譬如一場很有氣勢的沙場大戰,卻表現在一區小小的舞臺之上,便是虛擬象徵程式產生出來的誇張性效果。它的打法是以緊密取勝,是緊密中有奔放,實中見巧,虛中見真,突出大將的雄偉氣概,不渲染死傷殘酷,因而殺人從不見血。這也算寫意筆法,和電影中打鬥片的打鬥

是不同的。武戲大場面的十二股檔，不過是十二人的群體表演，看起來彷彿滿臺風雲，氣勢浩大，這裡便看出以小見大、以少勝多、虛實相生的藝術魅力。一般說，以小見大、以少寓多、以簡見繁，是戲曲舞臺實踐中總結出來的審美經驗。為什麼八個龍套就算十萬軍馬，幾個圓場就能轉戰千里，這種離奇的虛擬誇張正是產生在實際舞臺的限制中。在幾方丈的舞臺平面上，劉備的大將趙雲獨自一人將曹營數十員大將打落在馬下（八個扎靠的曹營大將接連地摔著「搶背」），如果調度不緊密，穿插無條理，這小小的舞臺必將摩肩擦背，擁擠一團。但是相反，觀眾所看到的是主將東蕩西殺，人馬輾轉奔馳，顯出強烈的戰爭氣氛，舞臺調度卻是既謹嚴又十分自由，因而解決了虛擬戰場的誇張性和實際舞臺收縮性對立統一的矛盾。戲曲舞臺上的虛與實是相輔相成的，它的空間和時間，從收縮方面來講，是縮千里於萬丈、集多時於一瞬。

　　再就人物造形來觀察，譬如為了表現關雲長的忠義和威嚴，於是他的臉色便妝飾得那麼火紅，他的五綹長髯也就長到腰帶以下；又如上文所敘及的諸葛孔明和鐵面無私的包龍圖，其妝扮也都很誇張；臉譜的運用，更是誇張之極。造型如此，各種腳色的舉止和聲口也是如此。他們各有各的舉止和聲口，無非也是用來誇張和強化人物的類型。

（五）疏離且投入性

　　演員在扮飾劇中人物時，大抵有兩種情況：一是重在呈現所扮飾的人物，將自我融入人物之中，表演時所流露的都是人物的思想情感；一是重在演員本身，以理性的態度對待所扮飾的人物，演員的自我，作為人物的見證人，將人物解析而在表演中呈現對人物的態度。

　　戲劇理論家中主張前者的代表人物是蘇聯時代的斯坦尼斯拉夫斯基（1865-1938），他在一九二九年建立「莫斯科藝術劇院」，實驗他

的藝術主張，他要求演員將所扮飾人物的思想情感，鍛鍊成為自己的第二天性，而將第一自我消失在第二自我之中。斯氏的理論可以說是在歐洲戲劇「模仿」說指導下的一次大總結。

主張後者的代表人物是德國布萊希特（1898-1956），他強調演員的自主性，去理解所扮飾人物的思想行為的意義，並將之呈現給觀眾，他認為演員不可能完全成為人物，其間永遠有一個距離，藝術的作用即在保持這個距離，讓觀眾清楚地意識到自己是在「看戲」，因而能運用理智，保持自身的批判能力。

以上兩派，就戲曲而言，以虛擬象徵程式為原理的藝術，便不得不保持距離，也就是「疏離性」。因為程式來自生活，經過藝術的誇張之後，必然變形而和生活產生距離，所以無論唱作念打，雖無一不和生活有關，但絕不完全相同。但戲曲卻也不完全像布萊希特那樣排斥共鳴。理性要和情感完全對立，是不太可能的，不被感動的，怎能算是藝術？譬如女演員在舞臺上演悲情，當她沈浸在悲情人物的命運中，她和所扮飾的人物產生了共鳴，但當她發現到臺下有人為之哭泣時，她又為自己表演的成功感到高興。二○○四年十二月二十四日至二十六日臺北國光劇團演出由我編劇的崑劇《梁山伯與祝英台》，末場〈哭墳化蝶〉，魏海敏飾祝英台，賺得觀眾許多眼淚，她也為之欣然滿意，可以印證這種現象；而演員同時具有這雙重的感情，便是其間的疏離性和投入性起了作用。所以演員在舞臺上表演，疏離與投入其實是同時存在的，強調任何一面，有如斯氏與布氏，都是不合乎審美的心理規律。

然而中國戲曲的確也有其疏離性的一面，那就是戲曲的目的，不是讓觀眾的感情思想同一，而是讓觀眾游離出來，要他們感到戲就是戲。因為中國戲曲起自民間，劇場極為雜亂，觀眾來去自由，只是為了娛樂；加上元代那樣的社會使得人心頹廢，人一頹廢了，就把真偽

是非都不當回事，胡天胡地，信口雌黃。這種毛病在戲曲方面最多，其關目結構的不合情理，時代地理官爵人物的顛倒錯亂，到處都是。觀眾看戲既然只是為了娛樂，作者編劇更不當作正經事。於是在戲曲的表現中，往往莊嚴的羼入滑稽的，悲劇中羼入喜劇成分。譬如明代王驥德《男王后》雜劇，演陳子高美容儀，宛如女子，為臨川王陳蒨所獲，令為女妝，立為王后，專斷袖寵事。劇中對於無行的文人頗具諷刺意味。可是劇本最後，卻由扮臨川王的淨腳，說了這樣的話：「我看那做劇戲的，也不過借我和你（指臨川王和陳子高）這件事發揮他些才情，寄寓他些嘲諷。今日座中君子，卻認不得真哩！」像這樣連劇本的作者和臺上的演員，都「以戲為戲」，在那裡囑咐觀眾千萬認不得真，觀眾縱使已到了「忘此身之有我」的境界，豈有不馬上醒悟，而自戲曲中游離出來之理？中國古典戲曲淨丑的「插科打諢」都可以造成這種疏離的效果。由於觀眾的思想情感被疏離在戲曲之外，因而對於舞臺上所表現的種種象徵藝術，自然有餘裕加以品會和欣賞。

四　其他因素產生的戲曲特殊現象

除了以上所敘，戲曲尚因其他構成因素而產生一些現象，敘述如下：

（一）演出場合和劇場、劇團不同所引起的現象

因為演出場合和觀賞對象的不同，擔任演出的劇團性質也有差別，其劇團大致可以分作三類：民間職業戲班、宮廷承應的戲班和貴族豪門私人的「家樂」。職業戲班以營利為目的，元代的職業戲班是以家庭成員為基礎組成的，明代以後，打破了這種家庭式的規模，成

為由社會成員組成的職業團體，有的招收貧苦人家的子弟加以訓練，有的吸收各地的職業演員組成，也有從私人家樂轉入的。職業戲班有的固定在某地演出，也有的跑碼頭巡迴各地表演，視演出的場合和性質來決定戲碼。時間短，可以演片斷的散齣和折子戲；時間長，可以演連本戲；像廟會那般的大場面，就演出熱鬧通俗的戲。

宮廷戲班由於資源豐富，演員、服裝、道具都十分充足，主要演出人物眾多、排場豪華的戲，以配合宮廷宴會慶賞的富貴氣象。演員本由樂戶優伶或宮廷太監擔任，後來也引進民間藝人，使宮廷戲曲和民間戲曲能有交流的機會。宮廷戲曲的品味原本是比較守舊的，透過民間藝人，把最符合大眾流行的新戲帶入宮廷，如果能獲得帝王的喜愛，更能推動民間戲曲的蓬勃發展。另一方面，宮廷戲班對服裝、道具的考究，也因為這種交流傳入民間，帶動戲曲藝術的進步。

私人家樂演唱戲曲，始於宋、興於元，到了明代以後，蔚為風氣。家樂的設置有的是豪門貴族為了爭強鬥勝，也有的是主人熱愛戲曲，以此自娛娛人。家樂的成員或是府中原有的家僮丫鬟，或是招收職業戲班的演員，也有買來的貧寒子弟。演員的訓練有的是聘請教師，如果主人精通此道，也會親手調教。由於家樂演出多是飲宴時藉以添酒助興，所以適合小規模的演出，講求精緻典雅，並且注重演員技藝的精湛。

劇團的組織除了演戲的演員之外，還有負責伴奏的司樂人，以及掌管分派腳色、決定戲碼、準備戲箱、內外照料等雜務的管理人。從宋元以下，劇團的規模都不大。宋雜劇的劇團單位叫做「甲」，一甲多是五人。金、元時雜劇的演出每場通常是五、六人，如果加上司樂和管理雜務的人，一個劇團只要十幾個人就足以應付演出所需了。傳奇的劇團只要一、二十人，清代主要的戲班，一團差不多是二、三十人。

劇團中的演員有男有女，可以同臺合演。宋雜劇、金院本有男扮

女妝的記載。到了元代，北雜劇的演員主要是女性，她們擔任各腳
色，不僅飾演女性，也可以女扮男裝，飾演男性。到了明代，早期仍
以女性演員為主，但在宣宗宣德三年（1428），顧佐上奏，因為朝臣
以歌妓佐筵，沈溺酒色，使得綱紀不振，而要求禁用官伎。歌伎本是
戲劇演出的主要演員，受到禁令的影響，造成以變童妝旦演戲的風
氣。清代在同治、光緒以前一再禁止女戲，男扮女妝的風氣更加盛
行。民國以來，梅蘭芳、程硯秋、尚小雲、荀慧生號稱四大名旦，無
不是以男扮女，可以說是這種風氣的延續。清代既然禁止女戲，女演
員自然式微。直到同治、光緒年間，上海才有女班成立，叫做「毛兒
戲班」，全部都由女演員演出，遇到劇中有男性人物，當然必須反
串。今日戲曲劇團雖是男女合班，不過男扮女妝、女扮男妝的情形還
是尋常可見。

（二）說唱文學所引起的現象

　　戲曲受到說唱文學的影響很強，雜劇和傳奇的的曲辭，可以說就
是詞曲系講唱文學的進一步發展；而皮黃和多數的地方戲曲曲辭，則
顯然是採用詩讚系講唱文學的形式，而其曲白交互使用的三種形式：
相生、相疊、相輔，也和講唱文學韻散結構的方法相同。說唱文學就
唱詞而言，無論詞曲系或詩讚系都是韻文形式，可以「詩」概括之，
則一變而為戲曲，就文學而言，也就可以稱之為「詩劇」了。又由於
說唱文學提供戲曲大量的故事和豐富的音樂，所以其敘述特質也使得
戲曲腳色一出場，便自述姓名、履歷、懷抱，有時還由主要腳色介紹
其他次要腳色，尤其更說出自己的所作所為。這種方式可以說只是將
講唱文學的第三人稱改作第一人稱，以符合所謂「代言體」而已。如
此一來，劇作家固然容易編寫，觀眾對於人物也易於把握，但是劇中
的人物，也因此，大抵只有類型而鮮有個性可言。也許因為戲曲旨在

道德教化，所以人物形象必須「善惡分明」，而觀眾的反應，自然也是「愛憎判然」了。如果以敘述和動作來作為中國戲曲的兩種表現方式，那麼元雜劇是敘述重於動作，明清傳奇是敘述和動作並重，而清皮黃則動作重於敘述。所以元雜劇以劇作家為主，明清傳奇劇作家雖仍為主要，但演員的表演技藝也逐漸被重視，而清代京劇但知有演員而不知有劇作家。也就是說，舞臺的主宰者慢慢由劇作者轉移到演員身上。因此發展到皮黃的演員必須「唱念作打」樣樣俱佳，才算技藝精湛。誠如俞大綱先生在〈西方人的國劇觀〉中所說的：「他（國劇演員）必須做到圓熟的掌握肢體運作，控制自如的嗓音，來表達感情思想，使他所扮演的人物成為視覺中的真實人物。因此，一個中國舞臺成功的演員，應當是舞蹈家、歌唱家、戲劇家三者合體的藝術家。」

說唱文學的敘述，對於戲曲關目結構也產生刻板和冗煩的影響。清代李漁《笠翁劇論》，強調戲曲的結構先於音律和詞采；認為每個劇本應以一人一事為主腦，頭緒要少，最好要能一線到底，並無旁見側出之情，而且針線要細密，須有埋伏照應，如此才算佳構。可是中國戲曲，能達到這個標準的卻不多。論雜劇則往往失之於刻板，論傳奇亦每每見譏於冗煩，而皮黃又頗有破碎片段之嘆。若究其緣故，則除了劇作者不甚措意於此外，戲曲謹嚴之體製規律，和採取說唱文學的敘述方式，實有以致之。

而無論雜劇、傳奇或皮黃，都是以詩歌為本質，其表現的基本原理又是虛擬象徵性的，所以著重抒情和意念的表達，關目的推動，憑藉於敘述；推動的方式，僅止於延展而沒有逆轉與懸宕。因此西洋戲劇所講求的時空條件，其嚴格的「三一律」，在中國戲曲中從不被重視與論及。也就是說，它對於時空的流轉極為自由，但也因為如此，中國戲曲便時常顯得動作遲緩、結構鬆散，內容有時也不受節制而令人感到荒唐了。

（三）故事題材所引起的現象

　　中國戲曲的取材，始終跳不出歷史故事和傳說故事的範圍，作者很少專為戲曲而憑空結撰、獨運機杼。甚至於同一故事，作而又作，不惜重翻舊案，蹈襲前人。如「趙氏孤兒報冤事」，宋元南戲有《趙氏孤兒報冤記》，元雜劇有紀君祥《趙氏孤兒報冤》，明傳奇有徐元《八義記》，清皮黃有《八義圖》，共有四種之多；又「司馬相如卓文君」事，宋雜劇有《相如文君》，南戲有《司馬相如題橋記》及《卓文君》兩種，元雜劇有關漢卿《昇仙橋相如題柱》、孫仲章《卓文君白頭吟》、范居中等之《鶼鶼裘》，明雜劇有朱權《卓文君私奔相如》，明傳奇有孫柚《琴心記》、楊柔勝《綠綺記》、澹慧居士《鳳求凰》、陸濟之《題橋記》等，清雜劇有袁晉《鶼鶼裘》、椿軒居士《鳳凰琴》、黃兆魁《才人福》、舒位《卓女當爐》、黃燮清《茂陵絃》、皮黃有《卓文君》，共十七種之多。又「柳毅傳書」事，宋雜劇有《柳毅大聖樂》，南戲有《柳毅洞庭龍女》，元雜劇有尚仲賢《洞庭湖柳毅傳書》，明傳奇有黃惟揖《龍綃記》、許自昌《橘浦記》，清傳奇有李漁《蜃中樓》、何墉《乘龍佳話》，清皮黃有《乘龍會》、《龍女牧羊》，共有九種之多。至於其他同一題材而作兩三種形式之戲曲者，更數見不鮮。像這樣，宋元南戲沿襲宋雜劇、元雜劇沿襲宋元南戲、明傳奇復取材南戲北劇、清代皮黃更從元雜劇、明傳奇而改編。其間雖因襲之外，仍有創新，但究竟不易脫略前人窠臼，尤其缺乏時代意義。戲曲題材之拘限於歷史和傳說故事，以及因襲改編前人劇作的緣故，大概基於下列幾點原因：

　　第一，因為中國戲曲的美學基礎是詩歌、音樂和舞蹈，作者所最關心的是文辭的精湛，而演員則講求歌聲的動聽和身段的美妙，觀眾更由此而獲得賞心樂事的目的。如果觀眾對於劇中的情節早就了然，

就可以把注意力集中在歌舞樂的聆賞上；反之，如果對於故事情節毫無所知，或者事件太新奇，那麼注意力便花費在情節的探索，因而對於歌舞樂的聆賞，自然鬆懈，如此便不能掌握中國戲曲所要表現的真諦。所以歷來劇作家都取材於膾炙人口的故事，這些故事都是代代相傳，尤其是透過說話人的口一再渲染講述的，在人們的心目中已經是熟之又熟的了。因此所謂「歷史和傳說故事」，並不是直接取自史傳或載記，而是大都從說話人的「話本」剪裁來的。

第二，中國戲曲既然不重視故事的創新，那麼改編前人劇本，在關目的布置和排場的處理上，以其有所憑藉，自然可以省下許多精力，便於專意文辭的表現。倘能再稍用心思，尤易於邁越前人。此等故事既已騰播於說話人之口，又歷久相傳於歌場之中，則新劇一出，庶民觀眾亦容易於接受，其感染力自然也較深。

第三，取材歷史和傳說故事，可以逃避現實。就中國戲曲來觀察，元人雜劇的內容算是豐富的。根據羅錦堂《現存元人雜劇本事考》的分類，計得八類十六目。這八類中以社會類中的公案劇和戀愛類中的良賤間之戀愛劇以及仕隱類中的隱居樂道劇最能反映當時人們的遭遇和讀書人的心理。可是劇作者究竟不敢將人民的痛苦呼號和人心的憤恨不平，直截了當的表現出來，因此只好朦朧其事，借古鑑今。他們對於政治社會的不滿，只是希企當代出現像包拯和錢可那樣的清官出來代他們申訴，替他們主持正道，但那到底是望梅止渴而已；於是等而下之的，便寄望於綠林好漢出來替他們誅惡鋤奸，甚至於只好以冥冥中的鬼神來報應了。文人在當代所受的壓迫更是曠古未有的，因此憤懣之情也最為激越，其中以馬致遠的《薦福碑》為最典型的代表。但是他還是不敢直斥當代，不敢以當代的現實事件來編撰。元代的文網尚不繁密，雜劇雖有意反映現實社會，而仍不得不藉歷史和傳說故事以掩人耳目，塞人口實，更何況文字獄頻頻興起的明

清兩朝呢！因此，明代以後，戲曲的內容更加狹隘，從顧起元《客座贅語》的「國初榜文」，以及此榜文的律令為大清律例所因襲，我們知道中國戲曲正式被宣判為傳播道德教化的工具，元人雜劇的豐富生命力幾乎被剝落淨盡，戲劇功能減弱，而在這種嚴刑峻法之下，六百年來的中國戲曲，焉能不從歷史和傳說故事中取材？

　　就因為喜慶娛樂之外，又加上了道德教化的宗旨，所以中國戲曲所要表現的，大抵不過是一些傳統的宗教信仰和儒家思想。我們如果要從中發掘時代的意義和企圖尋覓人生內在外在的各種層面，假若不涉牽強附會的話，恐怕是往往要教人失望的。也因此西洋人的許多悲劇和喜劇理論，拿到中國戲曲裡來，就每每教人感到扞格不適了。

　　而西洋所謂悲劇、喜劇的分野，中國的戲曲則幾乎都是悲喜劇；其所謂悲，只是指好人遭遇磨難，或含屈而歿，未得現世好報；所謂喜，無非是否極泰來、功成名就、骨肉夫妻團圓的喜悅。因為中國戲曲演出的場合多在喜慶筵會，又旨在獎善懲惡；所以在關目結構上又產生了一條不成文法，那就是到頭來必以「大團圓」結局，甚至於連曲子的「尾聲」，也都改作「慶餘」或「十二紅」，以取其吉利。這種好人必得好報的思想觀念既然根深柢固，所以中國戲曲中，便又產生了一些所謂翻案補恨的作品。譬如《竇娥冤》，到了明代葉憲祖的《金鎖記》傳奇，變成了使竇娥和她的丈夫鎖兒當場團圓，而張驢兒為雷擊斃的結局；皮黃的《六月雪》也演竇娥赴斬降雪，因而洗刷冤屈，更還清白。孔尚任作《桃花扇》，他的朋友顧采也作了《南桃花扇》，必欲使「天下有情的都成了眷屬」。像這樣的「補恨」，或可稱一時快意，但情趣實在有點低俗了。

結語

　　總結以上的論述，可見，戲曲大戲的基本本質是綜合文學和藝術。而論大戲的本質，其觀照點應當從大戲的構成因素著眼，從中又要分清哪些因素是構成美學的基礎，最為主要；而每個因素的內涵與足以引發戲曲本質或產生某些現象的關鍵尤其要能掌握；然後對於「戲曲本質」的探討才能周延而條貫，否則難免「摸象」與「雜亂」之病。

　　而我們知道，歌舞樂是戲曲的美學基礎，本身皆不適宜寫實，如此加上狹隘的劇場作為表演空間，自然產生「虛擬、象徵」非寫實而為寫意性表演的藝術原理。而為了使虛擬、象徵達到優美的藝術化，使演員的唱作念打有所遵循的規範，使觀眾便於溝通聆賞的媒介，就逐漸形成了宋元間的所謂「格範」或「科汎」和「科介」，這也就是今日取義模式規範的所謂「程式」；用此「程式」對「虛擬、象徵」有所制約，然後戲曲表演的藝術原理才算完成，並從中衍生了歌舞性、節奏性、寫意性、誇張性與疏離且投入性的本質。

　　而由於演出場合不同，劇場、劇團也跟著有所差異。此所以廣場廟會、勾欄營利、宮廷慶賀、堂會清賞，其所演出的內容和形式也自然各具特色；而由於說唱文學對戲曲產生強力的影響，使戲曲成為一種詩劇，使戲曲有「自報家門」的尷尬，有濃厚的敘述性質，從而促使戲曲的關目結構只有展延性而缺乏逆轉與懸宕，終究不免刻板與冗煩的弊病；而由於故事題材不出歷史與傳說範圍，且層層相因蹈襲，加上明清兩朝律令嚴酷，使得戲曲在功能上止於娛樂性、教化性兼具的「寓教於樂」一途，而其在獎善懲惡之餘，必使得觀眾對劇中人物愛憎判然，戲曲乃因此而很少能反映現實和寄寓深刻不俗的旨趣。

　　然而戲曲源遠流長，其間盡多變化而一脈相承，其舞臺藝術畢竟

極為高妙而完整，其文學價值亦可與詩詞並觀，是我國貴重的文化資產，無容置疑。尤其其虛擬、象徵與程式的表演藝術原理，所產生的歌舞、節奏、寫意、誇張、疏離且投入的藝術特質，更為舉世所罕見而珍惜；所以代表中國戲曲文學藝術最優雅和最精緻結合的崑劇，已被聯合國視為人類共同的文化資產，我們焉能不更加努力的予以維護和發揚。

　　也因此近數十年以來，兩岸面對急遽變遷的政治社會和文化潮流，如何使戲曲藝術特質去蕪存菁，結合現代劇場理念，使之重新融入現代群眾生活之中，可以說是兩岸「戲曲現代化」的共識。

　　對此，大陸方面一九九○年李紫貴《戲曲表導演藝術論集》〈京劇藝術批判的繼承與革新〉中已主張戲曲要「推陳出新」，不僅是藝術形式、技術技功上的改進，更主要的是思想內容上的革新，他認為像京劇《白蛇傳》、《將相和》、崑劇《十五貫》、評劇《秦香蓮》等是最好的範例。他在〈演好現代戲首先要解決生活問題〉中認為新編的現代戲，要能藝術的表現現代生活，在具體的藝術處理上，他嘗試的方法是：

一、盡可能選用可以運用的傳統藝術技巧以表現現代生活。
二、改造比較接近能夠借用的傳統藝術技巧，以適應新的內容。
三、吸收其他藝術形式，加以融化，成為新的戲曲表現手段。
四、在現代生活的基礎上，創造新形式，但必須合乎戲曲的內在規律，才不會脫離傳統。

可見李氏「推陳出新」的方法，主要是扎根傳統，再吸收不違背傳統內在規律的新理念和新手段來使戲曲能夠表現現代生活。

　　到了二○○二年五月王蘊明在《當代戲劇審美論集》〈戲曲藝術

審美特徵的發展趨向〉中，首先舉出五點「傳統戲曲與社會主義新時代已經出現了不協調的情況」，繼而指出中國戲曲將發生變化的三種可能性，最後王氏特別強調新一代戲曲的審美特徵，應當是：一、民族性將得到承續和發揚，將保持其最深廣的民間性，仍然是綜合藝術。二、程式性將發生大的變異：傳統的程式有的將被揚棄，有的被改造，並將從現實中提鍊熔鑄新的程式；從整體上看，新一代戲曲的程式性將趨向淡化，其規範性將變得較為寬鬆自由；對程式性的規範將隨著劇種的差異而不同，有的仍將較重程式，有的劇種或劇目，程式可能消失，而只有與音樂相統一的節奏。傳統的板式、曲牌將發生較大的變革，音樂唱腔的流動性將加大，可能出現唱腔通俗化、念白口語化、動作自由化、舞蹈現代化的情況。舞臺美術將充分發揮現代聲光技術的優勢、創造虛實結合、絢麗多彩的典型環境，並為演員的表演，提供廣闊的天地。三、流派將發生根本性的變化，將逐漸產生建立在現代文化和審美意識基礎之上的風格迥異的新流派，而一旦新流派紛呈，便是新一代戲曲黃金時代的到來。

王氏曾任北京崑劇院院長，現任中國戲劇家協會黨總副書記、秘書長，以他的經歷看他的論點，可以說是極具代表性的將大陸戲曲的現代處境，戲曲工作者的努力情況和戲曲的未來發展作了中其肯綮的說明。總結起來說，他還是要扎根戲曲傳統的優秀美質，運用現代劇場、現代理念，創出能融入現代社會的新戲曲，而這「扎根傳統的創新」，也正是筆者長年在臺灣倡導的理念。

我曾於一九九七年六月十日在中央研究院中國文哲研究所所舉辦的「明清戲曲國際研討會」上作了一場專題講演，題目是〈從戲曲論說「中國現代歌劇」〉，該文舉「毛桃接水蜜桃」和「文化輸血論」，說明藝術文化應如何「扎根傳統以創新」，並調適古今中外，其結論是：

　　「中國現代歌劇」自然是新文化重要的一環，其為綜合文學與藝術猶然今古相承，因此就要有許多隻「妙手」從傳統中創新，共同創作，共同完成。而這樣的許多隻「妙手」，也必須要有一隻掌控其舵的「總妙手」，也就是「導演」來加以整合，才能真正切實的呈現「中國現代歌劇」作為綜合文學和藝術的特質。如此的「總妙手」不是發號施令的要人依循一己的理念和做法，而是能發人之潛、集人之長的藝術大師。若此，倘使能夠以「語言」為首要，無論編劇家、作曲家、歌唱家，乃至於導演，均可掌握中國語言和語言旋律的構成要素，明其對旋律的作用原理，無論作詞、譜曲、唱曲，都能務求語言旋律與音樂旋律的融合無間，那麼起碼就會有民族的特色，就不會在「西洋歌劇」的陰影下難見天日。而如果進一步調適詞情、聲情、舞容三者間的關係，使之可觀可賞，同時作為一個演員如果能從戲曲腳色中學習其可資運用的修為以融入現代表演技法，骨肉均勻、鬚眉畢張的塑造人物，而作為一個編劇家如果能夠擇取動人的故事為題材，剪裁布置為緊湊的情節，寄託深刻嚴肅的主題思想，而作為一個導演如果能夠擅於掌握「排場」自由流轉的原理，充分發揮現代劇場的功能，使之虛實相得益彰；總此五者冶於一爐，那麼鄙意以為，「中國現代歌劇」庶幾可以宣布成立了。

在這篇文章中，我雖然就戲曲觀點在論說「中國現代歌劇」，但「中國現代歌劇」其實指的就是現代化的戲曲。可見對於現代化的戲曲，都是兩岸共同在追求而希冀達成的；而如果我們能夠清楚的了解戲曲的特質，知何者為其美學基礎，產生何等樣的藝術原理，衍生哪些特殊的性格；又從其構成因素中呈現哪些特殊的現象，然後審時度勢結

合同志者，必能審知何者為優何者為劣，何者適宜現代，何者已為過時糟粕，那麼對戲曲的現代化必然有極大的幫助，而且相信也必然有完成的一天。

二〇一九年三月二十七日於東吳大學國際會議廳

東吳中文系
「劉光義教授紀念專題講座」
專題演講

戲曲藝術之本質

主講人：曾永義院士
（中央研究院）
主持人：羅麗容教授
（東吳中文系）

27 MAR

時間：108年3月27日（三）
13:00-15:00
地點：國際會議廳

曾永義院士專題講座宣傳海報一影

曾永義院士演講丰采

羅麗容教授主持講座丰采

第九講
曹雪芹《廢藝齋集稿》的證真

黃一農
臺灣清華大學歷史研究所兼中央研究院院士

　　曹雪芹除了《紅樓夢》及《種芹人曹霑畫冊》之外，其實還有另一套著述《廢藝齋集稿》曾於七十多年前短暫出世，後又驟然消失在眾人眼前。本章即透過殘存的材料和訊息，嘗試論證在此書第二卷《南鷂北鳶考工誌》內所提及的「□舅鈕公」即國舅鈕祜祿氏伊松阿，「惠老四」為宗室敦敏的族弟惠敏，「過子龢」應是董邦達認識的過秉鈞。這些新發現不僅與前書中各當事人的種種訊息若合符契，且其人脈網絡所出現的許多前所未知的鏈結中，還包含不少紅學界熟悉的人物（如阿濟格、永忠、李煦、陳浩、黃克顯等），此研究應可強有力地支撐《廢藝齋集稿》一書的真實性，並讓我們看到曹雪芹在小說家之外另一個陌生卻又令人悸動的面向：一位實踐派的人道主義者。

一　《廢藝齋集稿》的出世與消失

　　一九四四年對中國風箏藝術十分癡迷的日人高見嘉十（1897-1974），從日本古董商人金田氏（或非真名）得見一套相關古籍，此即曹雪芹的《廢藝齋集稿》鈔本。

　　高見嘉十當時獲允請關廣志（？-1958）、趙雨山（？-1968）、金鍾年、金福忠（1889-1978）和楊歡谷（1878-1967）等專家，一同對書稿進行品鑑與抄摹（因金田氏不允許拍照），年輕的孔祥澤作為其

私下所收學生，亦獲邀參預其事。孔氏等人抄下該書第二卷主要關涉風箏之《南鷂北鳶考工誌》的部分內容，然而，金田氏在二十幾天後即將書取回並寄回日本，從此《廢藝齋集稿》便杳無音訊。

一九七三年，紅學家吳恩裕（1909-1979）在孔祥澤的協助下發表了〈曹雪芹的佚著和傳記材料的發現〉一文，首次公開介紹《廢藝齋集稿》這套世人未知的曹雪芹作品，他也訪問當年參加摹抄工作的趙雨山和金福忠，倆人同證此事確真。該書凡八卷，講述金石雕刻、風箏製作、編織工藝、脫胎手藝、織補、印染、園林布置和烹調技藝等內容，充分演示曹雪芹「於學無所不窺」的特質。惟因當時金田氏不允許拍照，在僅存部分抄件及幾行雙鉤字的情形下（見圖一），疑者恆不信。由於兩造皆無法再進一步舉出強且新的論據或反證，此一長達數十年的爭議終究流於各說各話，甚至成為乏人聞問或不敢觸碰的公案。

專論風箏的《南鷂北鳶考工誌》是當時抄摹的重點，其內容包括紮糊、烤架、脫胎、薄盔、彩繪、計紙論力、選竹刮削、烤形去性等細節，還附有大量墨線圖、彩圖以及歌訣，書首可見乾隆二十四年正月董邦達的序及二十二年清明前三日曹雪芹的自序，書末另見敦敏記二十三年臘月二十四日聚會的〈瓶湖懋齋記盛〉長文。據孔祥澤回憶，他們當時抄摹的文字尚不足此卷的十分之七，彩圖不足六分之十，墨線圖不足五分之十，但涉及各類風箏紮糊法的四十三首歌訣則全抄齊，而〈瓶湖懋齋記盛〉一文則未及抄錄。

很幸運地，《南鷂北鳶考工誌》的部分內容，自清中葉以來即或多或少在北京風箏圈內流傳。一九七〇年孔祥澤因在金福忠的家藏本中再見到〈瓶湖懋齋記盛〉，遂將之抄錄，但現僅存最前面的約三千字。此文或為求詳記懋齋之會的過程，故寫得不僅鉅細靡遺，甚至還顯得有些冗長。而情理上若是造假，應儘量不講求細節，因既費事且還易露出破綻，尤其，部分敘事（如敦敏以逾五百字記其兩度至白家疃拜訪曹雪芹的過程）對造假者應無特別意義！

玩物喪志先哲斯語非僅警世之意也夫人為物慾所蔽大則失其操守小則喪其廉恥豈有志進取之士所屑為者玩物中微且賤矣比之書畫無其雅方之器物無其用業此者實深有所觸使然也曩歲斯篇之今乃嘵喋不休開太半人皆鄙之將居臘鼓頻催故人于景廉迂道來訪立談之間泫然涕下自稱家中不舉爨者三

意 二三一	哉	其	歲	斯
〈晉·王羲之·遊目帖〉	〈明·董其昌·書古人詩〉	〈元·趙孟頫·絕交書〉	〈明·張瑞圖·後赤壁賦〉	〈元·趙孟頫·六體千字文〉
舉	脯	臘	孺	歲
〈元·趙孟頫·與孫行可帖〉	〈元·趙孟頫·急就章〉	〈明·韓道亨·草訣百韻歌〉	〈元·趙孟頫·急就章〉	〈元·趙孟頫·夏熱帖〉

圖一　曹雪芹《南鷂北鳶考工誌》原序殘存之雙鉤複印件

　　一九七一年冬孔祥澤根據他尚鮮明的記憶以及北京風箏界歷來口耳相傳的訊息，寫成一篇白話文的〈懋齋記盛的故事〉，這是吳恩裕發表〈曹雪芹的佚著和傳記材料的發現〉時的重要參考。我們不排除孔氏為了能有較細膩鮮活的對話與情節，而以歷史小說的筆法加進了一些原先未見於〈瓶湖懋齋記盛〉的內容。

　　《南鷂北鳶考工誌》的表述異於傳統古籍，而較近乎今之工藝手冊，前半以圖式為主，後半則轉錄敦敏的〈瓶湖懋齋記盛〉。曹雪芹自稱其編輯態度是「意必旁搜遠紹，以集前人之成」，知《廢藝齋集稿》主要是相關圖文的匯整，但體例不一，董邦達的序也點出該書「不曰譜，而曰誌，曰考工，明其不欲攘他人之功，其自謙抑也，可

謂至矣」。此書原本應也未考慮刊傳，因其內大量的彩色精細圖畫並非傳統的套色印刷所能呈現，無怪《南鷂北鳶考工誌》的許多內容，在之後的一兩百年間確是透過抄寫的方式在北京風箏界遞傳。

曹雪芹《南鷂北鳶考工誌》自序的全文凡六一二字（見圖二），此很可能是他除了《紅樓夢》之外，已知存世的最長一篇完整文章。其

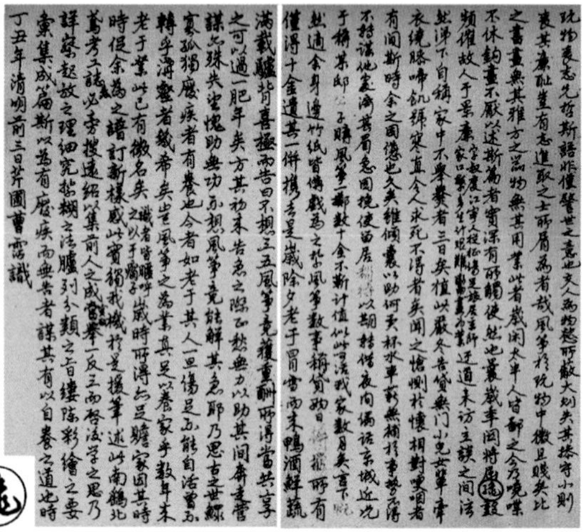

「玩物喪志」，先哲斯語，非僅警世之意也。夫人為物慾所蔽，大則失其操守，小則喪其廉恥。豈有志進取之士，所屑為者哉！風箏於玩物中微且賤矣，比之書畫無其雅，方之器物無其用。業此者歲閑太半，人皆鄙之。今乃嘵嘵不休，鈎畫不厭，以述斯篇者，實深有所觸使然也。曩歲季關將居，臘鼓頻催，故人于景廉（字叔度，江寧人，從征傷足，旅居京師，家口繁多，生計艱難，鬻畫為業。）迂道來訪。立談之間，泫然涕下，自稱：「家中不舉爨者三日矣，值此嚴冬，告貸無門，小兒女輩，牽衣繞膝，啼饑號寒，直令人求死不得者矣！」聞之愴惻於懷，相對哽咽者有間。斯時，余之困憊也久矣，雖傾囊以助，何異杯水車薪，無補於事，勢不得不轉謀他處，濟其眉急，因挽使留居稍待，以期轉借。夜間偶話京城近況，于稱：「某邸公子購風箏，一擲數十金，不靳計值，似此可活我家數月矣。」言下慨然。適余身邊竹紙皆備，戲為之紮風箏數事，稱貸兩日，摒擋所有，僅得十金，遺其一併攜去。是歲除夕，老于冒雪而來，鴨酒鮮蔬，滿載驢背，喜極而告曰：「不想三五風箏，竟獲重酬，所得當共享之，可以過一肥年矣。」方其初來告急之際，正愁無力以助；其間奔走營謀，亦殊失望；愧助無功，不想風箏竟能解其急耶！乃思古之世，鰥寡孤獨廢疾者有養也，今者如老于其人，一旦傷足，不能自活，曾不轉乎溝壑者幾希矣！豈風箏之為業，真足以養家乎？數年來老于業此已有微名矣。（識者皆暱呼之以于瘸子）歲時所得，亦足贍家，因其時時促余為之譜訂新樣。感此實觸我機，於是援筆述此《南鷂北鳶考工誌》，意必旁搜遠紹，以集前人之成；實欲舉一反三，而啟後學之思。乃詳察起放之理，細究紮糊之法，臚列分類之旨，縷陳彩繪之要；彙集成篇，斯以為有廢疾而無告者，謀其有以自養之道也。時

丁丑清明前三日，芹圃曹霑識

圖二　孔祥澤抄出的曹雪芹《南鷂北鳶考工誌》自序。

其文字與吳恩裕整理文不同之處已被標出

中「風箏於玩物中微且賤矣，比之書畫無其雅，方之器物無其用」、「乃詳察起放之理，細究紮糊之法，臚列分類之旨，縷陳彩繪之要；彙集成篇，斯以為有廢疾而無告者，謀其有以自養之道也」等表述，所蘊藏的高水平文筆或理念，恐非一般人可以創出。

當于景廉告曹雪芹稱己家已三日無能舉炊，「小兒女輩，牽衣繞膝，啼饑號寒」，雪芹在序中（見圖二之孔氏錄文）慨嘆：

> 聞之愴惻於懷，相對哽咽者<u>有間</u>。斯時，余之困憊<u>也</u>久矣，雖傾囊以助，何異杯水車薪，無補於事，勢不得不轉謀他處，濟其眉急。因挽<u>使</u>留居稍待，以期<u>轉借</u>。

但吳恩裕的整理文中卻出現小異，作：

> 聞之愴惻於懷，相對哽咽者<u>久之</u>。〔<u>適值</u>〕斯時，余之困憊久矣，雖傾囊以助，何異杯水車薪，無補於事，〔勢〕不得不轉謀〔他〕處，濟其眉急。因挽〔其〕留居〔稍待〕，以期〔<u>謀一脫其困境之術</u>〕。

吳氏將校補的字句用〔　〕號表示。在此，由於「間」字可為更迭、交替之意，「有間」應指此起彼落，而「因挽使留居稍待，以期轉借」句，則謂雪芹請于景廉暫且留住一、兩天，以便代其向人借貸。吳氏因未能掌握「有間」或「轉借」之文意，遂加以改訂校補。

孔祥澤當時將其所擁有的抄件全給了吳恩裕，惟因其中並無原本或照片，吳氏在公布時或欲幫助大家讀懂，且擔心孔氏早先抄寫時因過於匆忙而出現訛誤，故將少數他認為有疑義之處，校補成「較順」的文句。然而，孔氏原抄出的文句（見圖二）其實比吳氏整理後的還

要簡練典雅，對語助詞或副詞的掌握亦十分到位。知原抄件可能更接近本來的樣貌。又因吳、孔二人先後不僅一次進行「潤改」，正常情形下，造偽者絕無可能自找麻煩，留下較易啟人疑竇的「把柄」。

　　由於在敦敏的〈瓶湖懋齋記盛〉（或〈懋齋記盛的故事〉）一文中，曾提及敦誠（1734-1791）、曹雪芹（芹圃，約1716-1763）、董邦達（字孚存，1699-1769）、過三爺（字號為子龢，其名不詳）、□舅鈕公、于景廉（字叔度）、惠敏（惠哥、惠老四）、端雋（號穎夫，端七爺）等人，故能否在其他獨立史料裡找出與後五人（皆為學界所全然陌生）相符的真實歷史人物，就成為論辯《廢藝齋集稿》真偽的重要切入點。

二　「惠老四」指宗室敦敏的族弟惠敏

　　據〈瓶湖懋齋記盛〉和〈懋齋記盛的故事〉，敦敏在乾隆二十三年邀董邦達、過子龢、曹雪芹等人至其宅懋齋筵宴時，因腿瘸的于景廉提及曹雪芹傳授的製作風箏技藝讓他得以擺脫了經濟窘困，過子龢認為此亦可幫助敦敏的族弟惠敏。惠敏從小傷了腿，雖曾學畫，且被認為有些天分，但因學習過程出現狀況而未能持續。

　　在董邦達、敦敏的幫腔之下，曹雪芹和于景廉遂表明願教惠敏紮製高級風箏。前述諸人對惠敏的情形似乎皆有相當認識，如過子龢稱惠敏為「惠老四」，並謂他是宗室敦敏（「永」字輩）的「堂兄弟」，曹雪芹則稱其為「惠四弟」（由於敦敏稱雪芹為「余友曹子芹圃」，此應隨敦敏稱呼）。

　　查考故事中的惠敏既然是清代皇族，我們就應能從一九三七年最近一次出版的《愛新覺羅宗譜》（清代每十年續修一次）中查得其人其事才對，這本皇族僅有的宗譜，理應可提供此論爭一重磅證據！本節即先從惠敏切入，以探究〈瓶湖懋齋記盛〉的真偽。

（一）玉牒中的惠敏

　　陳毓羆（1930-2010）與劉世德（1932-　）先前在考證〈瓶湖懋齋記盛〉所提及人物的真實性時，查閱了《愛新覺羅宗譜》以及清內務府抄本《近支、遠支宗室名冊》，在敦敏的堂兄弟行輩中發現一位與敦惠同音的「敦慧」，便逕自認定「惠哥」即指的是敦惠。該敦慧為敦敏三叔額爾赫宜（字墨香）的長子，然因其生於乾隆三十年，故應與乾隆二十三年舉行的懋齋之會無涉。且敦慧曾於乾隆五十六年出任三等侍衛，亦知其不太可能是瘸子。陳、劉二人遂推論稱「惠哥」實屬子虛烏有。

　　胡文彬（1939-　）與周雷（1937-　）則認為「中國封建社會的宗族關係和裙帶關係，是極為複雜的」，故主張並不能從而斷定〈瓶湖懋齋記盛〉是偽作。惟因其說欠缺具體論據，並不能改變反對者的態度。其實，孔祥澤自風箏界老一輩聞知的人名原本是惠敏，卻遭許多人擅認成敦惠或敦慧而以訛傳訛。

　　然因前人追索惠哥時只局限於敦敏的近支，以致在發現敦敏堂弟敦慧的生平與惠哥不合後，便指斥《廢藝齋集稿》是一個大騙局。其實，在一九九八年學苑出版社重印的《愛新覺羅宗譜》中，末附有兩冊依拼音排列的人名索引，故不難逐一查出所有滿文名字之對音近於「惠敏」的宗室（如會民、惠民、慧敏、惠明等），而當中生活於乾隆朝者，只有「永」字輩的惠敏與慧敏二人（見圖三）。

　　惠敏是額爾登額（或作額爾登格）的第四子（「惠老四」），且與敦敏同為努爾哈赤曾祖福滿的第九世孫（符合廣義的「堂兄弟」關係），乾隆二十年兩歲時過繼給前一年去世的堂房伯父武爾圖，而武爾圖所生四子於乾隆十三年時已全數夭折（「孤兒寡母」；另一位慧敏不曾出繼且其弟仍在）。又，雖乾隆二十三年懋齋之會時，惠敏年僅五歲，然以當時

的社會狀況，如此年幼就被送去學藝並非不合理，如明人程策（1580-？）「五歲習書，又習數法」，清人夏之蓉（1697-1784）、倪模（1750-1825）在四歲時就已入家塾讀書。此外，文獻中亦有女子「五歲學紡織」、「五歲學鍼黹」、「五歲習女紅」的經歷。

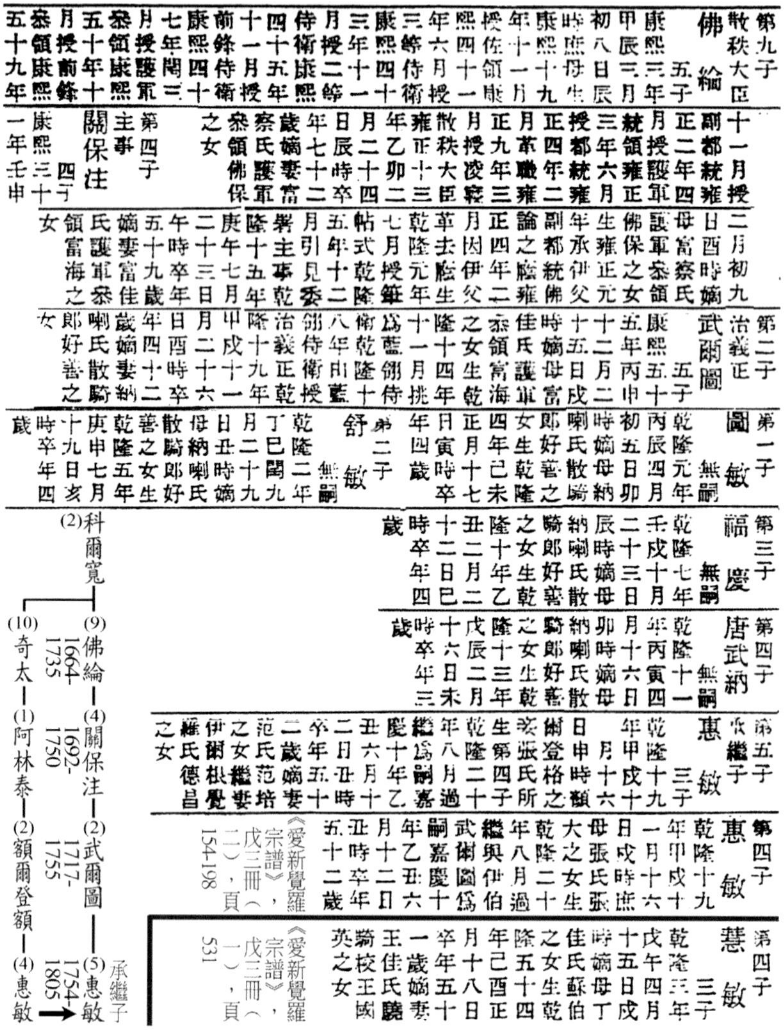

圖三　《愛新覺羅宗譜》中的惠敏

上述種種情形皆符合〈懋齋記盛的故事〉中對惠敏的描述，此應非近人蓄意編造的結果，因四十多年來孔祥澤所提有關《廢藝齋集稿》的說法備受質疑，前述這些重要證據，不太可能隱藏多年而不外洩。

（二）懋齋之會中的風箏

由於〈懋齋記盛的故事〉的重頭戲是曹雪芹紮繪和施放的風箏，而《紅樓夢》中亦有大篇幅涉及風箏的內容，故下文將從兩者所涉及的特殊風箏術語出發，試探兩者之間可能的關聯。

《紅樓夢》第七十回記大夥放風箏時，提及大蝴蝶、軟翅子大鳳凰、大魚、大螃蟹、大紅蝙蝠、七隻大雁、沙雁兒以及大如門扇且帶響鞭的玲瓏喜字等各式風箏。所謂「帶響鞭的」乃指能發出類似響鞭聲音者，它或指的是一種被稱作「弓子」的放風箏附件。

至於小說中稱丫頭們在聽到要放風箏時，「有搬高凳去的，也有捆剪子股的，也有撥籰（音「越」）子的……」，其中「搬高凳」是為了站在上面好兩手把風箏高高舉起；「捆剪子股」則是在長竹竿上，斜著捆一個成剪子張開狀的小木棍（所謂「剪子股」），以便在風來時高高挑起風箏放飛；「籰子」則形如小紡車，其輪用木或竹製，中有鐵軸，插於木柄內，操作時右手持柄，以食指撥動齒輪，就可迅速繞線，撒線時則以食指調節鬆線的速度。

從前述「捆剪子股」、「撥籰子」、「帶響鞭的」、「軟翅」等風箏術語，知《紅樓夢》的作者對風箏絕不陌生，甚至應屬行家。而〈懋齋記盛的故事〉中除了記曹雪芹曾製作縛有鑼鼓的風箏、南方特有的軟翅風箏外，亦提及惟妙惟肖、排成「人」字形的大雁風箏（《紅樓夢》中描述的是七隻連在一塊的大雁）。

此外，在董邦達為《南鷂北鳶考工志》所撰之序中，也稱：

　　　　觀其以天為紙，書畫琳瑯於青箋；將雲擬水，魚蟹游行於碧
　　　　波。傳鉦鼓絲竹之聲於天外，效花雨、紅燈之趣於空中。其運
　　　　智巧也，可謂神矣。

這些形制與技法皆與小說中的相關記事相互呼應，此或亦可間接印證
〈瓶湖懋齋記盛〉的真實性，以及該文中所描述曹雪芹作為風箏達人
的角色。

三　「□舅鈕公」指國舅鈕祜祿氏伊松阿

　　乾隆二十三年春，曹雪芹曾入北京城，欲通知好友敦敏自己即將
徙居白家疃（tuǎn）一事，然因敦敏當時恰「赴通州迓過公」，故兩
人未能晤面。是年秋七月，自閩返京的「□舅鈕公」過壽，親友多往
祝賀，他亦私下邀敦敏欣賞他自福建帶回的一批字畫，並告訴敦敏願
將其中較好者相贈。鈕公於十月獲賜宅第時，還託敦敏向過子龢索
題。由於「□舅鈕公」其人其事所包含的訊息較多，就成為在論辯
〈瓶湖懋齋記盛〉真偽時，筆者期盼能重點突破的目標，此人且得與
敦敏有較深的親誼。

　　查滿人常以漢名的首字為漢姓，如成德友人在交往時往往稱其為
「成君」、「成公」、「成容若」或「成侍中」，而不用其氏族之姓納
蘭，而時人亦有稱成德之父明珠為「明相國」、弟揆敘（字愷功）為
「揆愷功」者！另，也有人以滿洲氏族名之首字為漢姓，如乾隆朝著
名醫家黃元御尊稱伊爾根覺羅氏福增格為「伊公」。也就是說，前述
「鈕」字應為滿人漢名或其氏族名的首字。

　　至於「□舅」後加「○公」的表述，遍搜《漢語大詞典》以及各
種資料庫後，共可發現有兩大類：一、與當事人有姻親關係，如母

舅、妻舅等；二、指稱皇帝嫡母或生母之兄弟的國舅或皇舅（為避免
行文繁冗，下文將僅用「國舅」統稱之，而官方文獻有時也會稱作「舅舅」），
如毛奇齡曾替佟國維（康熙帝生母孝康章皇后之兄）撰〈一等公皇太舅
佟公六十壽序〉和〈佟國舅一等公周易註序〉，後文內還稱其為「皇
舅佟公」，《懷柔縣新志》亦記該縣西三里處有「國舅佟公別業」。
又，《紅樓夢》第十六回記鳳姐見賈璉遠路歸來，便笑道：「國舅老爺
大喜！國舅老爺一路風塵辛苦！」由於小說中賈璉之姊元春為當朝貴
妃，知此一用語並非正式稱謂，而應屬帶有祝願性質的打趣。

　　經耙梳《愛新覺羅宗譜》中的敦敏家族小傳後，發現其姻親當
中，除敦誠的妻族鈕祜祿氏外，應無近支有可能被他稱作「□舅鈕
公」。接著，我們可從鈕公獲賜宅第一事，進行下一步篩選。此因賜
第乃皇帝所給予的極特殊恩寵，如發生在皇子成年分府或某些皇女出
嫁之時。此外，亦有極少數表現突出的漢閣臣獲賜第內城。

　　又，《順天府志》在記佟府夾道的地名源由時，稱「順治時孝康
章皇后之弟安北將軍佟國綱、康熙時孝懿仁皇后之父內大臣佟國維，
皆封一等承恩公，後并襲，其賜第在此，故名」，乾隆《宸垣識略》
亦指出在安定門街紅廟前、西四牌樓羊肉胡同等處皆有承恩公第。而
慈禧太后之大弟照祥亦於咸豐十一年十二月封三等承恩公，賜第在東
皇城根小草廠；二弟桂祥於光緒十四年十月因其女被聘為后，亦封三
等承恩公，賜第在東城的方家園。知承恩公依例或均獲賜宅第。

　　查敦誠岳父和紳額有二子：長和順生於雍正三年七月，由侍衛處
筆帖式於乾隆十八年補授直隸張家口理事同知，至二十七年丁憂回
京，其間並未歷官其他職位；次仁和生於乾隆二年五月，少襲堂叔特
通額所襲之一等子，在本旗印房行走，旋授印務章京兼公中佐領，二
十七年題陞鑲藍旗蒙古參領。此二人為敦誠的妻舅，但以其擔任中
階官員的身分，似無強烈理由需於乾隆二十三年因公遠赴福建，且

亦很難因私事請長假至閩，尤其，以他們的身分地位均不可能獲得賜第。

綜前所論，敦敏所稱之「□舅」鈕公只能是國舅。雍正九年定爵位之名時，以外戚封承恩公，並可世襲罔替，知國舅必封承恩公，但承恩公卻不見得有「國舅」的稱號。如乾隆朝孝賢皇后之父李榮保雖於二年十二月被追封為一等承恩公，但他並非乾隆帝的母舅。而查乾隆二十三年共有六位承恩公同時在世，分別為佟佳氏的那穆圖、鈕祜祿氏的伊松阿、富察氏的明瑞、赫舍里氏的法爾薩、烏雅氏的柏永、納喇氏的德祿，其中只有伊松阿是皇帝的母舅，也只有他因族名而可能被稱作「鈕公」，知「□舅鈕公」應就是崇慶皇太后鈕祜祿氏之弟伊松阿。

敦敏之所以在〈瓶湖懋齋記盛〉文中稱呼伊松阿為「鈕公」，應非只是尋常對尊長的敬稱，其被繫於「國舅」之後，應是為了突顯其「（承恩）公」的爵位，佟國維被稱作「國舅佟公」亦然。伊松阿與敦誠的岳父和綳額均為鈕祜祿氏，但前者較後者小一歲，兩人上推六世後同祖，故敦誠妻應稱伊松阿為族叔，而通常敦誠可依循其妻的稱謂（見圖四）。惟無論敦誠或其兄敦敏，均無可能稱呼伊松阿及其兄弟為姻舅或家舅。

雍正十三年十一月，甫登基的乾隆帝加封原任四品典儀官的外祖父凌住為一等承恩公，並敕封其大舅伊通阿為「國舅」。乾隆十二年十二月伊通阿襲爵；十八年十二月二舅伊松阿襲，並以二等侍衛擢散秩大臣，在乾清門行走；四十一年十二月以觀音保（伊松阿本生子，後出繼伊通阿）襲，四十三年降為三等公。而在崇慶皇太后的四位弟弟當中，大弟承恩公伊通阿於乾隆二十三年時已卒，三弟伊三泰以及四弟伊申泰因未封爵，應無賜第的資格，亦即，只有二弟承恩公伊松阿最符合「□舅鈕公」的情形。由於伊松阿自乾隆十八年襲一等承恩公

後，就成為家族中名位最尊崇者，也或許為與同為皇帝母舅的弟弟伊三泰及伊申泰區隔，故時人乃以族名的首字尊稱伊松阿為「鈕公」。

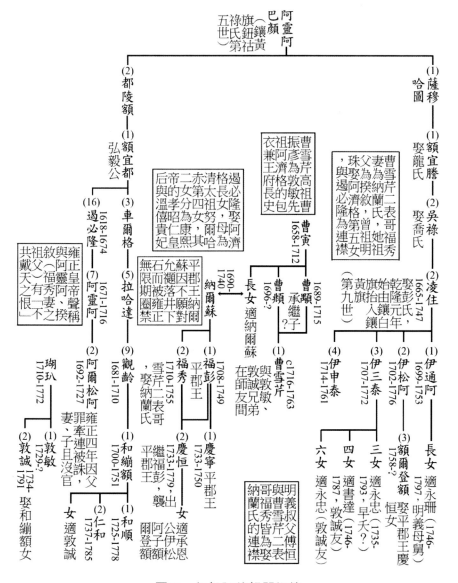

圖四　伊松阿的親朋網絡

　　雖伊松阿曾否獲得賜第的記載尚未得見，然其家依例應在凌住初授承恩公時獲賜。只要無大罪，承恩公皆可世襲罔替，但襲替時並不是均有機會另獲賜新第，此因繼任的承恩公往往與當朝皇帝已無親密的舅甥關係，且子襲父爵時通常仍住在原先的賜房。依情理推斷，乾隆十八年十二月伊松阿襲爵初期應仍住在承恩公第。

　　迄乾隆二十三年，伊通阿的承繼子觀音保（伊松阿本生子）已三十四歲，並由佐領陞授印務章京，其母富察氏亦健在，當時二房伊松阿有子二名，三房伊三泰有子五名，四房伊申泰有子五名，各房也許因人丁太旺而分家。也就是說，十八年十二月襲承恩公的伊松阿，若於二十三年十月亦自其親外甥乾隆帝手中得到一所賜第，應也合理。尤其，身為長姊的崇慶皇太后至乾隆四十二年正月才過世，想必會廕庇同母的親弟弟們，且清代在位最久的乾隆帝本以孝行垂範天下，也應會善自照顧母舅吧！

　　至於伊松阿曾否於二十三年自閩返京，也尚未見於文獻，但身為散秩大臣兼乾清門二等侍衛的伊松阿，應偶會外出公差，如二十七年十月禮部為奏派前往朝鮮致祭該國病故世子的大臣時，他即曾被列入正、副使的考慮人選之一。又，雍正五年六月河北玉田縣決堤時，就曾派散秩大臣常明率同御史前往查勘。然因乾隆二十二年八月初旬以後，福建省臺灣縣因「雨澤愆期」而發生大旱，二十三年四月曾下詔免除福建省臺灣縣「乾隆二十二年分各則田旱災額賦」，七月又蠲免臺灣縣旱災「民田額徵米四千四百九十石有奇，勻丁銀三十兩有奇」，不知稍早伊松阿有無可能以散秩大臣的名義被差往福建勘災或辦理其他公事？

　　據此，承恩公伊松阿的身分除可將「國舅」、「鈕公」、「賜第」等證據鏈環環相扣外，其子姪輩與慶恆、永忠、書達、永珊間的婚配（見圖四），更說明這些家族彼此的關係原本就密切，也進一步呼應

〈瓶湖懋齋記盛〉中所描述敦敏與伊松阿間的親密互動。唯一出現的小狀況是敦敏〈瓶湖懋齋記盛〉以「□舅鈕公」的生日在<u>七月</u>，然《鈕祜祿氏弘毅公家譜》清鈔本卻記伊松阿生於康熙四十年辛巳<u>十二月</u>十八日巳時。鑒於很難有其他候選人亦能符合前述證據鏈的所有篩選條件，故筆者傾向認為此譜中的「十二月」有可能是在抄寫「七月」時所出現之形誤（「七」字下方多了一橫污筆？）。

事實上，此譜的文字並不嚴謹，我們不難在其中發現訛誤。當然，此兩不同月份也可能是戶籍登錄與實際生日不同而導致的出入，類似情形即使於近代亦屢發生。另一更貼近的案例就出現在前文所討論的惠敏身上，因他曾過繼，故《愛新覺羅宗譜》中出現的兩處小傳，一記其生於「十　月十六日申時」，一記「十一月十六日戌時」，月、時都矛盾！

四　「過子龢」應即董邦達認識的過秉鈞

在〈瓶湖懋齋記盛〉或〈懋齋記盛的故事〉提及的當事人中，除國舅鈕公外，身分地位最高的應是翰林出身且時任吏部左侍郎的董邦達（1696-1769），其次則為別號子龢的過三爺。七十多歲的過公誼屬敦敏（1729-？）頗親近的前輩（敦敏曾以「吾叔」稱之），由於過子龢與董邦達相熟，敦敏因此請他出面代邀董邦達，同時要他作陪。再者，過子龢應頗善於書法，故國舅鈕公伊松阿（1702-1776）於乾隆二十三年十月獲得賜第後，就命敦敏向其求書，過氏先前也曾惠贈墨寶給敦敏。下文即嘗試探索過子龢的可能人選，並耙梳其人與董邦達的關係網絡。

董邦達自雍正初年起即長期在京發展，而從上海圖書館所製作的「中國家譜知識服務平臺（http://jiapu.library.sh.cn）」，我們可發現其

所收之過氏家譜，主要分散在江蘇、浙江、江西等地，疑過子龢有可能是南方人，此故，乾隆二十三年春敦敏才會至大運河的端點通州「迓過公」。又若過子龢先前曾在北京應試或發展，則他與董氏相熟的機會就較多，筆者遂決定優先耙梳在雍正初年前後考取科名（包含進士、舉人、薦辟、貢監等）之過（音「郭」）氏。

　　經翻查乾隆《山東通志》、乾隆《江南通志》、雍正十三年十二月成書的《浙江通志》、光緒《江西通志》、乾隆《福建通志》後，發現在康熙末年至雍正朝之間，僅過秉鈞（字曇臺）、過炳蚪（字蘭臺）兄弟分別於雍正二年甲辰補行正科及雍正元年癸卯恩科中舉。故下文將先梳理二人的生平與交遊，以探索其一有否可能即過子龢。如無合適人選，則再向外擴大查找其他地區之過氏。

　　經耙梳上海圖書館以及 FamilySearch 在網上公開的幾本過氏家譜，並檢索「中國譜牒庫」等資料庫後，筆者迄今尚未能查得任一過氏以「子龢」為字號（此或可歸因於文獻闕略，詳見後文），但從嘉慶《錫山過氏宗譜》、民國《錫山張氏統譜》等文獻，我們發現過秉鈞兄弟為求仕途，皆曾考選內閣中書（見圖五），知他倆應均善書。

　　過秉鈞兄弟早年皆從同里的張光宙讀書，其父過奕讚（號研餘）是光宙的摯友，故當光宙於雍正六年四月入土安葬時，在其子張泰開（1688-1774）親撰的行述之上，即是由「雍正癸卯恩科舉人、候補內閣中書、受業門人過炳蚪」填諱。此外，張泰開還於乾隆二十九年為秉鈞族人炳虹夫婦合葬而撰寫墓誌銘（見圖五），三十一年亦曾為過鐸（乾隆二十一年舉人）重修的過氏宗譜撰序，並自稱是「年通家眷弟」。也就是說，張、過兩家間的關係應非泛泛。

　　此外，秉鈞家族屬書家世家，除兄弟倆為舉人外，祖上有進士邑庠生、邑廩生數人，其高祖叔起元甚至以授徒為業，門生亦有獲取進士者（見圖六）。其家族姻親亦屢見當地科第望族，如過奕讚的女婿顧

贄（1686-？）登雍正二年進士，他不僅是黃光岳、陳浩的同年，更與陳浩同改庶吉士，後並同授翰林院編修。而黃光岳之子克顯恰即曹雪芹在右翼宗學擔任教習之前輩或同期同事，且與敦敏、敦誠兄弟的關係在師友之間。

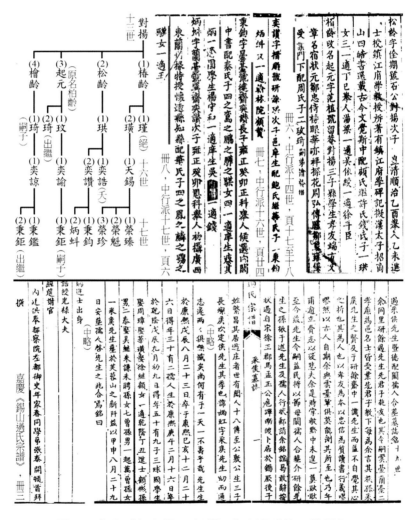

圖五　嘉慶《錫山過氏宗譜》中的過秉鈞及其親友。
下半圖為張泰開為過炳虹夫婦合葬所撰寫的墓誌銘

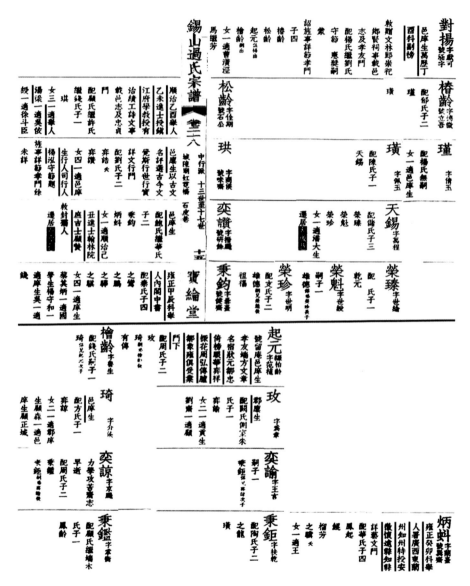

圖六　一九五一年《錫山過氏宗譜》中的過秉鈞及其親友。為便於讀者掌握
　　　較多的訊息，各小傳的相對位置已重新編排

　　由於過子龢不僅代敦敏邀請董邦達並作陪，而考量這些人的活動時空與人脈網絡間的切合度，加上過氏又為罕姓，筆者因此懷疑過子龢很可能就是過秉鈞，此因炳蚪至乾隆十二年十一月始獲授安徽懷遠縣知縣，如他就是〈懋齋記盛的故事〉中所記之過子龢（乾隆二十三年懋齋之會時已七十幾歲），則他逾六十歲才任縣令，此年齡應較一般情形要老得多。

　　再者，筆者發現古人以「子和（通「龢」）」為字號者，不少人之名內皆出現「鈞」字，唐代名臣盧鈞就是最為人所知的，而從「中國方志庫」、「中國譜牒庫」及「雕龍」等資料庫，也可查得衛鈞、孫義鈞（或作「鋆」）、張鈞、張國鈞等人同樣以「子和」為字號。此外，在其他各種整理名人字號的工具書中，另可見明代泰州學派要角顏鈞（晚年因避明神宗朱翊鈞諱而改名鐸）以及清代書家吳寶鈞皆字「子和」。

　　此情形絕非碰巧，疑這些人在取字號時乃以「君」為「鈞」之諧音，並借用《論語》〈子路篇〉「君子和而不同」或《禮記》〈中庸〉「君子和而不流」句之關合。無怪乎，透過大數據也可蒐得劉君彝、朱君集、史盧均、洪俊等古人，或因名中有「君」之諧音，亦以「子和」為字號。

　　至於《錫山過氏宗譜》中為何未見秉鈞以「子和」為字號，此或因古人的別字常不止一個，而譜中因體例或篇幅所限，字或號通常只各列一個，且可能以兄弟間可以相互呼應者優先，如僅列過秉鈞字曇臺、號健齋，過炳蚪字蘭臺、號巽齋。

　　又，過秉鈞是奕讚長子，此雖與行三的過子龢不合，但若其十七世堂房兄弟以大排行互稱，應可有合理解釋。雖然嘉慶以及一九五一年的《錫山過氏宗譜》均未記載相關人等的生年，但若十三世長房椿齡的三位曾孫中僅兩位的年齡大於秉鈞，而三房起元及四房檜齡的曾孫均較秉鈞年輕，則秉鈞確有可能被敦敏稱作「過三爺」。

若過子龢就是前文所推論的過秉鈞，因其在乾隆二十三年懋齋之會時已七十幾歲，那麼雍正二年進士並改庶吉士的顧贄（1686-？），從年齡上判斷應最可能是其姊丈。秉鈞和炳蚪兄弟在京發展之初，想必受益於顧贄在高層士大夫間的人脈網絡。

由於過秉鈞與董邦達恰均於雍正初從江浙入京謀取仕途，他倆的交遊圈應不乏重疊。董邦達於任教鑲白旗官學數年之後，終在雍正七年中順天鄉試，十一年並登進士，改庶吉士，但屢蹶於試的過秉鈞則只能屈身於中書舍人。至於與秉鈞有兩代之誼的張泰開（1688-1774）（顧贄同里且同社的友人，其父且為秉鈞兄弟之師），雖於乾隆七年始登進士並欽點庶吉士，但因其與董邦達均長期在幾個相同衙門任官，知張泰開與顧贄應皆可扮演董邦達與過秉鈞之間交往的合理橋樑。

再者，過秉鈞或不難透過顧贄的會試同年黃光岳和陳浩，而認識他們的子輩黃克顯和陳本敬，並進而與後二人交遊圈中愛好漢文化的宗室敦敏、敦誠建立忘年之交。從乾隆二十三年春敦敏親至通州迎迓過氏來京一事，亦知彼此情深誼重。

結語

前文透過殘存的材料和訊息，嘗試藉由其他獨立的文獻，指實〈瓶湖懋齋記盛〉或〈懋齋記盛的故事〉所提及的當事人中，「□舅鈕公」應即國舅鈕祜祿氏伊松阿，「惠哥」為宗室敦敏的族弟惠敏，「過子龢」是董邦達認識的過秉鈞。這些新發現不僅與前述故事中各當事人的種種訊息（如鈕公於乾隆二十三年獲賜第；孤兒寡母的惠哥行四、出繼；與董邦達相熟的過子龢善書、來自南方等）若合符契，且其社交網絡所帶出的許多前所未知的鏈結當中（如伊松阿家與永忠、敦誠、明義母舅永珊以及曹雪芹的表姪慶恆均結姻，惠敏家與李煦家有相同姻親，過秉鈞家

與陳浩、黃克顯、董邦達相熟），還冒出不少紅學界熟悉的人物。很難想像有人可在四十多年前即擁有遠遠超越當時學界的深厚知識，並掰出如此錯綜複雜且相互呼應的精采故事。

我們現應已可強有力地支持曹雪芹《廢藝齋集稿》的真實存在。況且，如有人能有此思想高度並寫出如此令人感動的內容，應不會平白將著作權送給曹雪芹才對。當然，現今任何紅學新突破皆有不可能獲得所有紅迷共識的宿命，筆者深盼紅圈中人都能敞開心胸，給曹雪芹一個公平合理的機會，畢竟我們都不希望在時間之流快要沖洗掉這段歷史記憶之際，只因先前研究的闕漏不足或個人的主觀偏執，而錯失了解曹雪芹在小說家之外另一個前所陌生卻又令人悸動的面向：一位實踐派的人道主義者。他在《南鷂北鳶考工誌》的自序中，提及其編纂目的是「為有廢疾而無告者，謀其有以自養之道」，其在應用藝術上的深厚造詣及對社會的高尚情懷，應可讓曹雪芹的《廢藝齋集稿》在中國工藝史和社會史上均留下精采的一頁。

　　　　二〇一九年十一月二十九日於東吳大學國際會議廳

黃一農院士演講丰采

黃一農院士（中）與鍾正道系主任（右）、學生（左）對談

黃一農院士（中）與鍾正道主任（右）、蘇州大學錢錫生教授（左）
合影留念

第十講
靈魂的靈魂深處
——向內凝視閻羅夢

王安祈
臺灣大學戲劇系名譽教授

「曲選」，一聽到這兩個字，就覺得整個生命的依歸就在這裡。

我們這個年代的人，小學的時候就開始擔心，你將來考大學第一志願要選什麼科系才好，這是人生最重要的一個選擇。可是對我來講，這從來不成問題，因為我從小就很喜歡戲曲，尤其喜歡京劇，所以在小學五年級時，就立定了志向，我將來一定要研究戲曲。我們那個年代是沒有戲劇系，只有中文系，喜歡戲曲就到中文系，因為有詩詞曲，曲的那個傳統是我們一定要去學的。

後來進入臺大中文系，我就堅定理念要研究「曲」，要以「曲」作為我一生的理想和職志，尤其是戲曲的創新跟現代化。我在小學的時候就非常清楚，這是我一生要走的路。等到臺大中文系畢業之後，覺得還不太過癮，後來繼續就讀碩士班，研究的論題是明末清初的一位戲曲劇作家李玉，他的作品《一捧雪》這些都還改編流傳在舞臺上。

碩士班畢業後，還是覺得不過癮，所以我想要讀博士班，這樣就可以繼續把明代傳奇和崑劇的劇本讀完。那時候剛好出了《全明傳奇》，所以在博士班的時候，認為讀書實在是一件非常開心的事，雖然很辛苦，但是有讀不完的好東西應該要感到幸福。每次走在圖書館的書架之間，我都覺得十分愉悅，有這麼多東西可以讓我們觸摸及，讓我們讀。

　　我立定在有生之年，一定要把它讀完、讀透，這輩子才不白活。所以，對我來講，人生沒有徬徨以及猶疑，因為我從小就有明確的興趣，且讓興趣成為一生的職志。

　　我很幸運的，在一九八五年六月一日博士論文口試。博士班畢業的那一天，晚上六點獲取學位，八點就接了一份工作。人家都說：「畢業即失業。」可是對我來說，卻是無縫接軌，而那個「縫」只有兩個小時。

　　那兩小時我在做什麼呢？我靠著沙發看電視。電視裡播放著頒獎典禮，地點在國父紀念館，大多是明星，其中郭小莊穿著一身華服在頒獎，還有表演節目。這時候，我們家的門鈴一響，我去開門，正是郭小莊一身素淨，沒有化妝，穿著綠色洋裝，相貌清秀。我那時候一陣恍惚，門口站的是活生生真人郭小莊，然後電視上是穿著華服在那裡頒獎與表演的郭小莊，為什麼同步在我面前呢？原來是幾個小時時差的錄影轉播。我心想——她跑來我家幹什麼呢？

　　她當時心裡很著急，雖然在頒獎典禮上從容不迫。當時是六月一日，她心裡著急的是八月「雅音小集」的年度大戲要演出了，但是她覺得劇本有很大的問題，還想要修改，但編劇臥病在床，沒有辦法幫她修改劇本。她想說，一定要開發一些年輕人來為她創作新的劇本。她之前看過我寫的一些劇評，所以她就在那天晚上很急迫的來找我。

　　哇！我當時心裡覺得很特別的是，我們通常都以為郭小莊真的是個明星，她除了演京劇，還拍電影。我們常常想，這些明星的夜生活是怎麼樣的燦爛？怎麼樣的奢靡？原來不是如此的。他們完成一個工作後，就立即洗盡鉛華，進入自己的創作工作，所以她是非常急迫的到我家來跟我說劇本有哪些地方不行，她竟就在我家飯桌上將劇本攤開來開始講。

　　當時我很高興，六點畢業，八點就有人來找我工作了，這個無縫

接軌真的是天賜。當然，我們都有共同的理念，我們都希望自己喜愛的戲曲能夠有更年輕的觀眾來看，而不是只有長輩來看，所以我願意接受這樣的挑戰。

雖然我知道很緊張，票已經賣完了，可是劇本還要整個翻修，而且要把我寫好的新唱詞，塞進已編好的老唱段，這是一個很時間急迫的工作。可是對我來講，既然在不到十歲就有戲曲創新、戲曲現代化的理念，所以當有這個機會，就一定要好好努力。

一九八五年開始，我就幫郭小莊和「雅音小集」民間劇團連續編了幾齣戲，此時劇團也開始拍攝劇照，請攝影師來拍攝定裝照以及具有平面設計的節目冊或是海報。這在之前的劇團是不太重視的，從「雅音小集」開始就有比較創新的、現代化的舉措，能與年輕觀眾接軌。而後，《孔雀膽》是我幫他們編的，到美國西岸巡迴好幾個大城市。有這樣的經驗，能夠把臺灣生長的年輕演員所演的戲帶到美國，並且登上國際舞臺。當時，我們都覺得能夠參與創作是非常榮幸的事。

除了為郭小莊編劇之外，我同時為吳興國「當代傳奇」編劇。「當代傳奇」是接著「雅音小集」的民間劇團，該劇團走得更前衛，已演出過莎士比亞，所以我幫他們編《哈姆雷特》，就是王子復仇記。那時候吳興國的年紀非常輕，三十出頭，我們大概都是同輩的人，能夠一起參與這樣的探索跟創作，我是非常珍惜這一段的經驗。魏海敏則小我們兩歲，她飾演王子的母親。我覺得不是某幾個人才有這樣創新的理念，而是整個文化傳統在臺灣的發展，「現代化」已經是必然的趨勢。

一九八○年代中期以後，大家有一種共通的理念，要尋找自己的傳統，為臺灣的傳統藝術定位。土生土長的臺灣新生代演員，在臺灣文化中想要探索如何把傳統戲曲與當代文化相結合。此外還有朱陸豪。這是傳統的舞臺，沒有劇場設計，我們有很多新的理念想要推廣。

　　一九八五年取得博士學位，並接洽清華大學中國文學系教職，然後同步就開始有一個創作的機會。那幾年的日子過得很辛苦，沒有高鐵，而清華在新竹，每天都要搭中興客運來回，塞車得花很久的時間。但是，我內心卻是開心的，每天下課回到臺北，與大家一起討論劇本。我覺得那討論方式，就像是剖腹挖心，會將自己內心的想法全然剖析給創作夥伴聽。

　　我常常覺得創作夥伴，不是五倫之中的人，不是君臣、父子、夫妻、朋友、兄弟。若說是朋友，我並不介入這些創作夥伴的生活，我平常也不會跟他們去吃飯；可是在討論一部戲的時候，我們彼此的靈魂交鋒，那個心靈挖掘到有多透澈，是超越朋友與超越夫妻的。

　　朋友跟夫妻之間，我們常常還不太願意把自己最脆弱的一面展示給人家看。可是要共同創作一個劇本，這裡頭是一大堆陌生的人生——這個人為什麼要說拒絕的話？他為什麼要做這個動作？一定有他心靈徹底且深層、從潛意識發出來的行為動機。所以有時候為了要了解這個人物，我們就要把自己生命中很難堪的經驗剖析給我的創作夥伴。

　　從當時跟這幾位演員到後來在國光跟李小平導演到戴君芳導演，我們做的都是這樣的事。攤開劇本面對面坐著的時候，有時候挖掘自己的心靈，挖掘到彼此相對哭泣，可是等到這個劇本演完以後，我可能就跟他沒有再多的私下連絡了。以後他要交幾個女朋友，她嫁幾個人，都跟我完全不相干，所以不是朋友。這就是我覺得是五倫之外的第六倫，是一個純粹為了創作而把內心的所有東西剖開的情誼，只為了讓對方了解我為什麼這樣寫這個人物？那是一種很過癮的人際關係。

　　這樣的工作經驗對我而言，覺得人生密度非常高，非常有效率，活一年幾乎等於活十年。「雲門舞集」逝世的舞者羅曼菲，是一位非常棒的舞者，因為癌症很早過世。她與我同屆，她是臺大外文系，我

是臺大中文系。我記得她生前接受媒體訪問時說：「我的生命不長，可是我不遺憾，因為很充實。」那時候，我在創作，可以深刻的體會這句話。

生命密度之高，我就在想哪一天，不管我什麼時候閉上眼睛，我隨時都覺得充實飽滿，那個時候對人間只有不捨而已，不會有太多的遺憾吧。生活雖然很忙，可是在學術之外能夠同步創作，在理性與感性雙重的交織下，我認為自己是很幸運的。

早期我幫吳興國、朱陸豪、郭小莊編劇的時候，外界有很多質疑，我們要面對整個社會的檢討跟批判，當時面對最多的聲音是什麼？就是要傳統還是要創新？答案當然是創新。所以我花幾十年的時間演講、推廣，解釋為什麼我們要創新。傳統絕對不是固定的，傳統是要滾動發展的。我們用這樣的觀念以及諸多例子說服社會大眾，傳統一定要現代化，一定要創新。

一九九五年軍中劇團解散，國光劇團成立。在國光劇團成立第七年，我擔任藝術總監以及編劇。在那個時候，社會大眾的質疑就不再是要不要創新了，而是另一番文化思潮。在當時，臺灣文化思潮是「本土化」到高峰的時候，所以京劇團在臺灣，需要這樣扶植它嗎？我們需要大力的創作或推廣嗎？這一點跟以前要不要創新是不一樣的一條路子。

國光劇團成立之後，馬上努力開始「京劇本土化」的工作。國光劇團是在一個本土化的文化思潮質疑下而成立的。直至二○○二年，這個質疑並沒有緩解，早一輩的演員惴惴不安，大家覺得這劇團可能很快就要解散了。當我到國光劇團的時候，內心也是不安，使命更是重大。我就用一種很簡單的心思來思考，端出「文學」兩個字，發展的原則就是兩個：一個現代化，一個文學性，從沒改變。

我從小的一個主張——「文學」，端出的「文學」兩個字，是跨

越時代及跨越空間的，它是永恆的普世價值。所以我們希望做的每一齣創作都是具有文學價值的，是臺灣的文學精品，這樣它就沒有任何可質疑的地方。所以文學性是我的興趣，也是在當時的社會思潮中，必須提出來的發展原則。

而另一層就是「現代化」，這是我一貫的主張，而且不只是我，是臺灣的諸多藝術工作者的共識。從我合作過的「雅音小集」、「當代傳奇」、郭小莊、吳興國、朱陸豪等，所有人都已經在這條路上了。所以我就順勢把本土化擴大為現代化，本土化應該不是狹隘的，不是說演臺灣的故事就叫做本土化，本土化要從演臺灣的故事開始，然而不應該限於此，它可以演各時各地的故事。什麼叫做「本土化」？就是此時此地，這塊土地上的人關心的情感跟事項。這樣可以把本土化的觀念擴大，而且也上承延續原來臺灣，京劇工作者所做的一個工作。

我就是用這樣一個角度，希望所有人來看國光劇團的戲劇時，不僅是聽到而拍手，不只是看到武打而過癮。我希望大家看我們的戲，有一種情感的洗滌。我後來用這三劇「水袖翩翩、胭脂舞流紅、心事且向戲中尋」希望大家來看我們的戲，每一位觀眾都有人生的感觸，心事能跟戲裡每一個角色的感情能夠相互流通且相互的交流投射。

所以看一齣戲不只是視聽之娛，而是「心事且向戲中尋」，這就是我一直想要掌握的。如何把心事寫透呢？我們必須掌握臺灣此時此地的文化思潮，所以在二○○四年《王有道休妻》，我從一個女性的情感入手，那是女性主義在臺灣剛剛開始滋長的時候。一九九四年中央大學何春蕤教授，女性主義最激烈的表達者，她帶著很多女性主義的朋友向總統府拋出衛生棉，高呼「我們不要性壓抑，我們不要性騷擾，我們要性高潮，我們要性解放」，這樣的行動在臺灣是滿激烈、滿大膽的，可看出女性主義在當時是用這樣的姿態和激情喚醒臺灣人更多的關注。

　　等到我到國光劇團以後，做這個戲已經是十年以後。二〇〇四年寫《王有道休妻》已經不需要再用激情，已經不需要寫女性被壓抑，可是女性主義還是當時臺灣所關注的議題，所以我特別要選這樣的故事，好讓京劇不再是一個古董，還是能夠跟社會大眾的情感思想相互呼應。

　　我們要講的是一位結婚十年的女子，婚姻和諧，但總覺得老公不再看她，很少用正眼關注她的美。一個女子的美麗沒有被人關注的時候，心中悵然若失，可是又察覺不出是什麼。就在某天回娘家準備返回夫家時，突然間下起傾盆大雨，她一人走在很偏遠的地方，因為大雨而被耽擱到半夜。結果雨越下越大，她已經渾身濕透，只好到附近的一個亭子去避雨。亭子小小的，她剛進去避雨，不久一位陌生男子也進來避雨，亭外雷雨交加，兩人面對面坐在亭子內顯得很緊張。

　　一更天，正襟危坐都不敢動；二更天，稍稍敢呼吸，因為發現對方好像不會怎麼樣；到了三更天，男子終於忍不住開始偷看對面的女子，他從下面往上看，最後他用這幾句「水泠泠，清淺淺，瀲灩灩，透水荷花，春意盎然」，看著眼前濕淋淋的女子。黑暗中，女子感覺到男子的目光，心想到了三更你才看我，似乎有些晚了。然後她就感覺十年沒有人關注我的美麗，而這一刻卻有一個陌生人正在欣賞。於是她就像孔雀開屏一般，把自己的美全然綻放出來。

　　如何孔雀開屏？又如何展現她的美呢？首先，她的頭髮是濕的，所以將頭髮扭乾；接著將濕透的衣服壓乾，水滴就一路沿著身形落下，成為一種姿態，那是具有挑逗性的姿態，而男子一定會盯得更仔細，因為這是合法偷窺，這樣濕淋淋的樣貌是何等性感。就在這樣的一個情境下，「滴溜溜，疏剌剌，雨串珠，珠連線，牽牽綿綿，蕩雨迎風任流連」！女子在探索情欲，雖然她沒有做任何事，到天亮雨停，她也是乖乖回家。從此在下雨天，她就有一種不同的感受。

　　我要講的重點不是故事的劇情，而是為什麼我到國光劇團剛開始的時候要探索這個東西。我堅持要用最古雅的文辭，我很不願意為了現代話，在舞臺上大聲問：「我是誰？」這是最沒有意思的一種表現方法，我希望能用最古雅的文辭進行。當時最前衛的探索，掌握的是臺灣的文化思潮對於女性主義的關注，已經度過抗爭式的女性主義的激情吶喊了，而改要探求女性內心所想要的東西。

　　隔年我們做一齣戲《三個人兒兩盞燈》，這是二〇〇五年的時候做的。時代背景放在唐代，依舊是一片古雅情調。唐代後宮，梅妃是一位失寵的妃子，在冷宮裡生活空虛寂寞，我們將故事鎖定在冷宮裡的三位女性。因為寂寞，所以在情感上相濡以沫。她們的內心十分恍惚，且心思隱密——我到底在追求什麼？在冷宮裡又出不去。我們寄望的是皇上，但是皇上又不會看上小宮女，那該如何度過漫長的一生？內心是說不透又理不清，要把情感寄託在哪裡？

　　簡而言之，這是唐代後宮女同志的心情。這早於李安導演《斷背山》，我們在京劇這麼古老的傳統戲曲裡提出如此新穎的議題。這齣戲後來得到了「台新藝術獎」，此獎項是以未來性跟當代性作為評選標準，獲選評語是「把京劇變年輕了」。看到此評語，內心著實感到欣慰。我所謂的「年輕」，絕對不是使用「大白話」或是用一些扣緊現代的笑話而已，「年輕」就是靠近當代臺灣人的情感、思想，靠近當代文化思潮，讓它們在古典的舞臺上出現。

　　緊接著編了另一齣戲《青塚前的對話》。王昭君和蔡文姬，兩位同樣是漢代卻不會見面的女性，她們的處境有類似的地方，因此我讓她們跨時空靈魂相互對話，重點並沒有鎖定在胡漢，也沒有鎖定在中原和番邦，而是鎖定在「女性」。你們可以看到戲劇舞臺是面鏡子，這與我今天所講的題目「向內凝視」極度相關——透過鏡子的映照，更看到自己內心幽微的情愫。

　　這樣一個向內凝視的創作主軸，就呼應到我前面所說的「第六倫」關係，創作絕對要面對自己，把自己內心最不堪的東西攤給對方看，才能夠寫得較為深入。每位劇中人皆是如此，才碰觸得到創作的最核心。

　　魏海敏老師問我：「你怎麼只給年輕演員演『向內凝視』的戲？我也願意演這樣的戲。」後來我想到張愛玲的〈金鎖記〉。女主角曹七巧是一位很討厭的人，根本不值得歌頌，因為她瘋狂且變態，這樣負面的人物，我們希望能夠讓觀眾感受到她內心底層顫抖的哀音。魏海敏老師接到這齣戲，真的是全心投入，隔年就因這齣戲而得到國家文藝獎。所以這齣戲一演再演，後來主視覺重新設計過。有的朋友買到節目單就問：「為什麼節目單破損了？」事實上，這是特殊的平面設計，像劃過一道的殘破的人生。這設計把曹七巧千瘡百孔的人生，通過她自己的眼睛看到她自己的內心，從她的晚年回顧一生。

　　我們對任何一位人物都不希望只是個戲，而是能夠挖到最深刻，就連神聖的關公，也希望讓祂面對自己性格的弱點，這齣戲叫《關公在劇場》。為什麼會有這麼特別的劇名？我們是想，在劇場中如何將演關老爺的戲從頭到尾呈現出來，所以演關老爺的演員在演出前要齋戒沐浴，有種種限制，直至演出前要莊重自持，然後到行天宮拜拜，在後臺如何頂上關公盔，演出過程噴火就是淨臺，把臺上的鬼魅除掉，呈現演出前、演出中、演出後的樣態。演戲就是祭祀，把劇場中演關公戲的過程通過精選演出來，對關老爺絕對不能不敬。我編這齣戲是很大膽的，讓關老爺自剖內心最幽微的一面，這也是我在國光劇團以「向內凝視」為創作主軸的一次實踐。

　　《百年戲樓》也是如此，我不希望是清清清楚楚的明顯的隱喻。《百年戲樓》演京劇一百年的歷史，過去都是男扮女裝，例如：梅蘭芳。一講到男扮女裝或女扮男裝，要找到貫串全劇的戲中戲，大家異

口同聲說：「《梁祝》！」因為《梁祝》有性別反串，可是又推翻這個
想法，因為太明顯。所以後來改用《白蛇傳》，雖沒有性別反串，可
是一股幽靈自舞臺扮演中掙脫而出，如蛇一般的繾綣糾纏，白蛇的意
象可以連結內心的隱密，內心糾結的東西不斷的糾纏，而用此串起整
個京劇近百年的發展，臺前與幕後人士的情感糾葛。

　　京劇雖然是來自北京的傳統戲劇，可是我們用臺灣的文化思潮主
軸來創作，希望能夠成為臺灣當代文壇值得討論的作品，而且是動態
的文學創作。

　　靈魂的靈魂深處，向內凝視《閻羅夢——天地一秀才》，《三國志
平話》、馮夢龍《三言二拍》都有提及，然而這麼多戲下來，我覺得
要到此戲才翻出一個新的高度。唐文華飾演書生司馬貌，滿腹經綸，
然而考試卻一直考不中，後來發現一切是買官鬻爵、貪汙作弊，所以
他非常憤恨，考場不公、社會不公、舉孝廉不公、應試不公，然後整
個天地不公。因此，他寫下怨辭——「閻羅若能歸我做，天地從此一
片清」，如果由我來執掌陰間，也就是執掌天地，那一定讓天公地
道，善有善報，惡有惡報，且是非黑白一片分明。司馬貌很激憤的寫
下怨辭並燒給玉皇大帝，這個劇情很奇幻，但如果沒有這個奇幻的劇
情，就只不過是懷才不遇的憤青，因此這齣戲不只懷才不遇，而是讓
他懷才得遇，被玉皇大帝賞識，並且讓他做半日閻羅，把陰間所有冤
案統統審理到黑白分明。他非常興奮且摩拳擦掌，要審理陰間的鬼哭
神號，他開始思考第一樁要審理誰的冤案呢？

　　第一案他擇定「項羽」。兵殘楚帳夜聞歌，他誓要還給項羽一個
公道，於是開始判轉世來生和彌補今生遺憾。司馬貌覺得項羽的缺點
是「少時，學書不成；去學劍，又不成」，如此不專注，所以他說：
「萬夫不敵堪稱勇，亂世之中是英雄，只可惜經史子集全不懂，文不
順來理不通。草莽間能得一時逞，千秋大業勢難成。」項羽說：「新

閻君說事理令人服信，閻羅殿果然是氣象一新。力能舉鼎終何用，胸無點墨少才情。若能還魂逞威猛，定要做智勇雙全的人中龍。」項羽缺少人文素養，所以閻羅生死簿攤開後判項羽轉世為關羽。

關羽熟讀春秋，忠義無雙。司馬貌以為補足項羽人文素養，成就智勇雙全就能彌補缺憾。其實不然，我們別忘了！轉世是連你前世的基因也轉過來，項羽與關羽都是在人生某個重要時刻被情所羈絆，故而做下錯誤的判斷。重情的人就不能當領導人，領導人一定要冷血。兩人皆是戰神，但是都沒有辦法得天下。

書生大都堅定自己的想法不轉彎，想再判第三世，認為一定能夠扭轉天公地道。這一次，司馬貌判項羽（關羽）為李煜，這是非常妙的一場戲。代理閻王，他是漢代書生，攤開生死簿第一樁冤案是在他之前的項羽，而判到關羽就是書生的未來，接著又判了未知人物，所以時間軸很有趣。閻羅代理人，看了後面的歷史卻只有骨架，身在帝王家，國祚長短盛衰是由李煜的個性決定。他的個性是——「我一世風流共儒雅，詩詞歌賦度年華。做雄主本應當橫刀立馬，怎奈我只黯熟檀板紅牙。大宋樓船逼江夏，教坊猶奏後庭花」，引發在戲裡寫到「才有所偏，命有所限。世無常理，皆因人情」，每個人的命運都有局限，而是無常理。

「靈魂的靈魂深處」去休假的老閻君唱道：「終天長恨怨無窮，今生已矣償來生。償來生、償來生，哀哉辛苦百年身！」六個時辰已過，輪迴三世了，李後主的願望竟然是前世的前世做西楚霸王。夢醒之後，書生回到陽間會是怎麼樣？有兩個選擇：第一個是大徹大悟。人生並不是黑白分明，那麼人活著的意義是什麼？不如隱居山林。我不喜歡這個選擇，這很像宗教度化劇。

我喜歡另一個選擇，夢醒之後繼續追逐夢。蘇東坡說：「休言萬事轉頭空，未轉頭時是夢。」人生歷史都是一代一代的循環，重複構

成理想也循環著錯誤，如同「無可奈何花落去，似曾相識燕歸來」。人生裡有那麼多流失的東西，失落的東西無可奈何，可是我們也別忘了，隨時會有似曾相識燕歸來，隨時會意外的重逢欣喜。人生都有遺憾殘缺，可是宇宙是圓滿的。這齣戲有趣的地方，不單單是靈魂主軸輪迴三世，他身邊的人也要轉世。

虞姬在新編戲要怎麼一個扮相？他不是傳統的霸王別姬或是張國榮的扮相，身穿魚鱗甲、外罩、斗篷，頭戴虞姬罩，這是此角色最重要的服裝。而《閻羅夢》第一世的虞姬，符碼仍舊相同，在斗篷上改變材質為輕紗而且剪破，殘酷的人生飄渺如夢，所以用這個方式來演，改造成虞姬的一個形象。而到了李煜的人生，究竟是命運所主宰，還是個性才幹所主宰？我們是自己一生的棋子還是下棋人？人一直在理想跟錯誤中往復循環，在殘缺遺憾跟周全之間巧妙的平衡。

這次主視覺的構圖是一個圓，是由關公、小周后、李後主、虞姬這些殘缺的個人構成的一個整體的圓，以書生為核心，他成為代理閻羅。個人的人生有缺憾，而整個宇宙卻是周全的，脈絡在缺跟圓之間。因此二○○八年的照片可以收攏為一個圓，劇情、服裝、主視覺、文宣品共同呼應主題，一氣呵成。人為什麼有殘缺？因為有情。

最後講編劇，這齣戲的編劇是個很複雜的創作群。陳亞先，是大陸很有名的編劇家，在一九八九年寫一部《曹操與楊脩》，直至今日仍舊是經典。一九九二年，聯合報系的記者景小佩帶著一本馮夢龍的作品到湖南陳亞先家，表示希望將古典小說編成戲曲帶回臺灣演出。陳亞先是湖南岳陽人，他到洞庭湖畔躺在草地上編劇本，抬頭仰望繁星閃爍，思索著：宇宙間是不是有一種生態平衡與殘缺？這個概念複疊在原來的小說之上，因此他編出的這齣《閻羅夢》，超越了《三國志平話》、馮夢龍《三言二拍》的高度。

景小佩開心的帶著劇本回到臺灣，想要讓當時軍中劇團高蕙蘭主

演，然而沒有多久，軍中劇團解散，合併為國光劇團，版權就到了國光劇團。雖然高蕙蘭到了國光劇團，但是沒隔多久因癌症過世，劇本一擱十年。二○○二年，李小平要導這齣戲，他覺得劇本好，然而當時太匆忙，劇本要大修改，由兩世輪迴改為三世，且要加上女性的角色，後來李小平搭機要去找陳亞先修改，沒想到遭到拒絕。

第一：陳亞先已經接了編連續劇的工作；第二：已過十年，早已忘記當初是如何編的。因此，李小平從上海打電話給我，問我要不要接下這份工作，但是我實在不敢，就介紹給沈惠如。李小平回到臺灣，就找沈惠如編劇本，沈惠如快速的跟李小平工作了一段時間，按照原定計畫出國，於是劇本又到了我的手上。我們把劇本改了很多，做了很多事，可是我心裡面一直不安——原創編劇不在眼前，我覺得不能因為做了很多事而掩蓋了原作的光芒。

因此我隨時藉由戲裡面的唱詞向原創編劇致敬。從序幕曲「悠悠一夢連千載，戲文話本傳下來，今朝才子逞奇才，筆鋒兒拔卻了連營寨」，我點出了陳亞先，又將曹操和楊脩穿插在裡面，甚至把有關他們的唱詞挪過來，目的就是希望讓不在場的編劇隨時能出現在我們眼前。

我要特別介紹中生代演員盛鑑，他當時是演第三世，是國光劇團的演員，後來跟林奕華導演和徐克導演合作，直到近年才努力的把他說服回來，終於專心要回到京劇舞臺上，我們很高興。今天，我將整個創作與人文的理念，跟各位做一些報告，謝謝大家。

二○二○年十一月十七日於東吳大學國際會議廳

▶王安祈教授講座宣傳海報一影

▼王安祈教授演講丰采

王安祈教授（後排左三）與東吳大學與會師生合影留念

第十一講
臺灣文學與當代人文精神

陳芳明

政治大學臺灣文學研究所教授

　　文學領域是極為廣闊的，廣闊的原因在於有太多不同的世代的、不同性別的、不同族群的和不同階級的作家，最後如果對文學有興趣，想要留下一些紀錄，自然而然，就會動筆把它記錄下來。

　　我比較幸運的地方，是在一九六五年考上大學。我們都知道一九六〇年代，是臺灣現代文學最輝煌的時代，我如果不是在那個時候讀大學，恐怕就錯過那個時機。我後來去臺大歷史研究所，論文是書寫「宋代十二世紀的中國」，居然可以跨越到廿世紀，而且不是留在中國，還是回到臺灣。我開始注意到這個島嶼上的文化變化，每個時期幾乎就是緊緊扣連著，不同的歷史階段有不同的內在精神。

　　整個華人世界裡，如果比較一九六〇年代的中國現代文學和臺灣的現代文學，很容易發現經營最好的不是中國而是臺灣。因為當時中國正在發生文化大革命，每個人都是受害者，若你們有機會到海外認識哪些受害者，你將發現他們曾經受到的痛苦，不是我們所能想像；而在同時，臺灣文壇正在累積文化產量。

　　一九六五年我在輔仁大學歷史系，有位朋友贈與我一本余光中《蓮的聯想》，這是我第一次讀現代詩，它帶給我人生中的巨大轉變。那時候對現代詩一點都不懂，就開始全集式的閱讀，我不會只收單行本或閱讀孤本、單一本，而是一個作家所有的作品。如果對這個作家有興趣，我就去搜集他早期的作品，以後那作家若出版的任何一

本新書，我每一本都要看。所以這種全集式的閱讀，對我幫助非常大。這也可以說是一種歷史訓練，觀察一個作家的生命歷程，看他在不同時期寫出怎麼樣不同的作品。

　　舉例來說，跟余光中同輩的還有另一位詩人洛夫。兩個人開始辯論現代詩的內容與精神，洛夫批判余光中《蓮的聯想》「不夠現代」，有些還是太傳統，這是一個很重要的關鍵──「追求現代，是否就要拋棄傳統」？這是我們追求文學的人，一直苦惱的問題。事實上，我們知道，一位作家的形成並不是他的天分過人，所以才變成作家。英國詩人、劇作家艾略特說：「一個作家的誕生，並不是他個人，而是他背後有一個龐大的傳統在支撐。」

　　在座的中文系同學，你們讀文學史，也許不會感受到唐詩有多厲害，杜甫之所以變成最偉大的詩人，重點在哪裡？因為他吸收前人全部的作品，前面六朝、漢代包括詩經的內容，他照單全收，都是他的養分。他能夠把名詞當動詞，把形容詞當動詞作為一種書寫方式，這出現在他的作品裡。

　　這就是艾略特那句話，沒有一個人天生就是一個作家。你去讀過很多別人的作品，那你在什麼時候地方受到啟發？或什麼時候受到啟蒙？通過閱讀，你才慢慢的累積起來。

　　我們今天要談的內容，是臺灣的人文精神，而我要講的重點在哪裡？就是所有的文化都是累積的，並不是說考上狀元或者每次都考滿分，排名第一，你就是天才。你被推到那個位置，你能得到第一名，是來自於你讀了很多書，哪些書把你累積起來，而不只是靠你的天份，是因你不斷的累積閱讀，你才到達那個位置。所以，我要談臺灣文學與當代人文精神。什麼是當代人文精神？人文精神非常簡單，所有的文學作品都在關心「人的問題」，文學離開「人」就沒有意義了。從來沒有一個文學作品跟「人」是沒有關係的。即使再唯美，或

者再抽離現實，你一定在什麼時候什麼地方受到類似的作品的影響，那自然而然就為你的心調整了方向。

每當我完成一本書，都會感念這些前者作家們提拉了我一把。以自身來說，我身於一九四〇年代，經過三十年，在一九七〇年代的文壇嶄露頭角；而一九五〇年出生的人，經過三十年，大約會在一九八〇年代出現於文壇。例如：朱天文和朱天心。這時我才知道，這是一個新的世代，我想要了解，所以開始閱讀他們的作品，也才明白當時我們的表現方式受到了時代的局限，這個局限的關鍵就在戒嚴。我大學時期就偷看了戒嚴時期不該看的文學作品，只要你擁有好奇心和求知欲，你所期待的東西，總有一天會落在你手上。

我在戒嚴時期是偷看。我一九七四年出國，在舊金山停留一週，然後我要回到西雅圖再停留一週，這時我去當地的中國城看看北京人民出版社的書籍，我的第一套書就是《魯迅全集》。此套書我有三套，因為書籍不斷加註和修訂錯誤。回頭去看一九三〇年代，那時候已經有很多非常重要作家，例如何其芳和卞之琳，兩人皆是北京大學學生，和另一位李廣田三人合出一本詩集《漢園集》。我才知道臺灣有些作家在來到臺灣前已經看過一九三〇年代的作品。我曾指導一個學生的論文，題目是《何其芳與一九五〇年代臺灣現代抒情詩》，回去看何其芳的作品，才知道原來瘂弦等人都讀過何其芳，在此再次強調沒有天才，而是不斷的累積，才能產生心靈波動和新的靈感。這也印證了艾略特的觀察。像是朱西甯，他早期作品就受到張愛玲的影響，後來的朱家三姐妹——朱天文、朱天心、朱天衣也都是張派的。

因為了解了歷史的連繫，自然而然就知道，每個人不是為了技巧而創作，一定是他關心了什麼，同情了什麼，才會用文學作品表達出來。我們發現每位作家都有其終極關懷，所謂終極關懷就是他的生命跟這個社會、他的生命跟這個歷史與出身背景有什麼關係，文學便是

如此。如果你要創作，你就要長期閱讀，從中獲得啟發或開竅。

今日我們談人文精神，並沒有什麼微言大義，而是一個作家透過文學作品來跟這個社會對話，並與社會建立一種依賴的關係。他只要跟這個社會有關係的時候，所謂的人文精神就會寄託在裡面。譬如說：如果你是男性，你就會比較關心男性作品；如果你是女性，你就會比較關心女性的作品；如果你是同志的話，你大概就會注意同志的書寫。

我寫《臺灣新文學史》為什麼對白先勇的評價最高？我說他是一九六○年代現代主義運動中最重要的一個作家，為什麼？第一：他是同志的身分，在這異性戀中心的社會，大致都會排斥同性戀。如此偏見積存在中國文學裡太久了，刻板印象裡所有的愛情都是男歡女愛，同性之愛是一個非常大的禁忌，而其原因來自儒家思想。君君臣臣父父子子，各有其本分、其位置，尤其「不孝有三，無後為大」，如此的觀念綁住了中國知識分子、讀書人，直至臺灣一九六○年代的現代主義文學，讓每個人都有機會探索自己的內心世界和秘密，然後再勇敢的書寫出來，這意義何其巨大。

白先勇書寫《臺北人》、《孽子》，我在自己的書中說道：「拿著手槍將孩子趕出去的這位父親，大概就是歷史上最後的父親影像。」於此，臺灣文學、臺灣社會、臺灣性別議題等，起了新的開端。小說有時候不只是小說，它所暗藏的文化意義是非常龐大的，即使是一個暗示或者一個象徵，就可能道盡一切。

因此你在閱讀小說的時候，可能在某些關鍵地方能夠抓到小說的發展方向，如此你就已經有百分之五十以上的能力把握文學。人文精神就是把握人跟社會的關係、人與人之間的關係。「人文」在西方教育，就是「要把人當成人看待」，這才是文學。

我要從臺灣的傷口開始講，為什麼它會受傷？為什麼一個女性在

這個社會，地位會特別低？歐洲的現代，由工業革命開始，即是從一八三〇、一八四〇年代，特別是到一八五〇年代女性第一次離家，工廠很大，當時候很多農民都變成工人，土地被資本家買走，建立了很多工廠，所需要投入的人力很多，因此女性得以參加工廠的運作，開始離家去工廠去城市工作。而西方在談女性主義的時候，大約在一八九〇年代，在十九世紀最後十年，這是第一次最素樸的女性意識的抬頭，就是從工業革命開始。

西方浪漫主義小說中，仍講求門當戶對，這對諸多追求愛情自由者來說是束縛，所以產生女性主義的第一本書《閣樓上的瘋女人》。浪漫主義，講求追求真理和愛情，忠於自己的感情。此時，你再次閱讀文學史時，就會慢慢知道西方女性什麼時候開始覺悟到追求自我權利？法國的女性主義者西蒙・波娃在《第二性》中說：「沒有一個女人生下來就是女人，她是慢慢形成女人的。」在歧視中慢慢長大，成為所謂的「女人」。

在近代，中國經由五四運動讓女性慢慢開始覺醒，當時候在街上遊行時，女學生也加入。這是第一次，中國的男性跟女性在街頭走在一起。而臺灣比較慢，男女平等要到什麼時候？一九九六年修訂民法。按照臺灣人的習俗或者漢人的習俗，比如說：掃墓，女性是不用去的，唯有男性才有資格掃墓，至今尚存在這種風氣。可是一九九六年，民法修訂重點即是「男女平權」，女性有投票權及參政權，所以後來我們見證到在臺灣民主運動中有女性候選人出來參政。以前，每個黨是不會提名女性候選人的，因此有無黨無派的女性候選人出來，更有女性脫黨參選。直至一九九六年修訂民法，「男女平權」才正式開始。

同志，三年前同婚合法化，這已是跨世代的創舉。同志合法化的第一個國家是荷蘭，如果去過阿姆斯特丹，那是個彩虹旗到處飄揚的

城市。臺灣成為亞洲第一個合法同婚的國家，是一件很了不起的事情。我作為文學研究者，有幸在有生之年看到同婚通過，覺得心安。

　　臺灣第一個傷口是戒嚴，第二個傷口就是保守的儒家思想。戒嚴，是非常的父權制度。所謂父權，就是長子繼承制。如果女性離婚，就變成無產階級，孩子歸給丈夫，但一九九六年之後就不一樣了。我們經過白色恐怖，我們經過男女不平等，我覺得將其寫下來，為我的生命作一個見證，也留下一個紀錄。我看過極端不自由的社會，但是臺灣現在都開放了。

　　從小我們就被教育擁有五千年的歷史，包括神話故事，沒有人看過黃帝長得怎樣，就說他是中華民族的祖先。神話，為什麼可以變成歷史？希臘神話都不可以變成歷史了。因此，這在知識上犯了很大的禁忌，把神話當作歷史來看待，是不對的。

　　臺灣開始有臺灣意識，能夠讓我們的生命繼續下去，就是這塊土地。一九七〇年代，臺灣文學出現臺灣意識，我們的文學稱作「臺灣文學」。韓國過去的經典，都是用漢字寫的，越南和日本皆是如此。然而隨著時代改變，各自有其國家的用字方式，哪些國家的年輕人已經無法讀漢字。

　　因為退出聯合國，臺灣開始強調必須要有自己的意識，臺灣文化的主體性就是這樣慢慢建立起來。臺灣長期接受美國的資源，也接受亞洲同盟國的資源，現在在亞洲已經沒有邦交國了，臺灣要依賴自己。這時候，我們不再是殖民地，當你不再是殖民地的時候，我們就開始有自己的自我定位，就是所謂的自我認同。有這種自我認同，臺灣意識就會開始崛起。特別是一九七七年，發生臺灣「鄉土文學論戰」的時候，這時候臺灣意識就已經鞏固了。過去的很多臺籍作家，從來不被重視的臺灣作家紛紛出現。臺灣最重要的文學，最早是由客家文學建立，例如美濃的鍾理和，新竹的龍瑛宗、吳濁流，桃園的鍾

肇政等，都是客家人，臺灣文學是由這些人帶起來的。臺灣意識真正最強大的是客家、福佬或者閩南的。

　　一九七〇年代，開始辯論臺灣究竟是中國還是臺灣這一個議題。一九八三年，我在海外參加有關於臺灣意識的論戰。我崇拜的一位小說家，名叫陳映真，他開始批判我：「怎麼可以有『臺灣意識』？我們都是中國意識，我們都是中國人。」可是你叫中國人，來自臺灣，到海外去，沒有人能理解，他們會以為你從北京來的。你必須跟他說你是從臺灣來的，別人或許才能區辨出來。國民黨教給我們的是中國意識，可是文學教給我們的是臺灣意識。你所能書寫的，就是這個島上的感情、階級、族群。現在很少臺灣人自稱自己是中國人，特別是到國際場合，更不會這樣講了。

　　我們被日本統治五十年，那時候臺灣人都認為自己是日本人。當時推行「國語運動」，國語運動是一八九五年進到臺灣，到了一九二〇年代，日本人開始要求全民講日語，不能講臺灣話也不能講客家話，原住民更不能講自己的族語，統統不能，一概要講日語。日本在臺灣五十年，直至一九四五年日本投降。在戰爭時期，一九三七年進入皇民化運動，正式宣布禁用臺語、禁用漢語，這是臺灣總督府規定的。到了一九四五年臺灣光復，國民黨接收，當時候的長官陳儀，在一九四六年公布禁用日語，全然把臺灣人當成語言天才。其實，懂得語言越多，文化資產也越多，所以多懂一種語言就有更多的東西可以吸收。

　　我從大學時期開始讀英語，研究所的時候開始讀日語，我現在閱讀英文和日文書籍都沒有問題，等於是加倍吸收知識，擴展閱讀範圍。也是因為讀了這麼多，才知道臺灣的匱乏在哪裡。所以我開始寫文學史的時候，是從同志文學史著手，很多人嚇一跳，覺得怎麼可以把同志文學當作臺灣文學史的一部分？我說：「我們作為文學研究

者，是看它的藝術深度及寬度。」一九四七年出生的林懷民曾寫過〈穿紅襯衫的男孩〉（1968），這是臺灣最早的同志小說。之後才有白先勇寫《孽子》。如果不是文學先突破，臺灣文化不能開鑿一個出口。

　　我第一次看臺灣的女性文學大約是在一九八○年代，臺灣的一九八○年是一個奇蹟。我要說的是，我們先有同志文學、女性文學，再來有原住民文學，這在當時候是盛況。一九八三年，我一直認為是很重要的一年，我的文學史特別寫了一九八三年的重要意義。一九八三年我們看到李昂寫的《殺夫》，她得獎的時候被很多保守人士批判，那時候是獲得「聯合報文學獎」中篇小說首獎，因此《聯合報》當時候也受到很大的抨擊。可是所有的評審一致認為，得獎作品不能再行更改。

　　《殺夫》寫一位營養不良的女孩子林市跟屠夫陳江水結婚，每天丈夫回來就喝酒，就開始強暴這可憐的妻子，這是嚴重的傷害。在這個時候，沒有人寫過這樣子的小說，這是一個很大且重要的象徵。那位屠夫，就是整個中國文學史上男性的一個縮影，就是大男人主義，他只求自己的滿足，不管女性；而那個女性，也是整個中國文學史裡面的一個女性縮影，沒有獨立自主與經濟能力，受盡欺負。在那個傳統中，女性沒有資格進入祖先牌位裡面，地位被邊緣化。《殺夫》在那一年出版的時候，真的遭到很大的非議，認為這樣思想不正確的東西竟然得獎。而同年原住民文學出現，而之後同志文學發聲，就是白先勇所寫的《孽子》。這些作品一個一個接續出現，一九八三年〈孽子〉和其出現的這些人，變成一條看不見的線，跨過那一年，臺灣文學之前所有的禁錮全部開放。

　　那時候臺灣男女不平等，同婚還沒有通過，可是文學往往就是這樣披荊斬棘，為這個社會試探水溫。這些小說都可以大賣，讀書的人口眾多，大眾比統治者更加開放。讀書人口就等於是開路先鋒，這一

點讓當時候的國民黨政府嚇到。

　　那一年陳映真寫了一篇〈山路〉，內容寫白色恐怖、政治犯，標誌著左派的小說也出現了。女性小說出現，同志小說出現，原住民小說也是一九八三年，這些全部都代表著臺灣社會已經到達了一個決裂線，跨過一九八三年，就是一個新的階段開始。

　　我們在讀歷史的時候，往往都會說每十年一個世代、一個分期，但是文學的分期並不是如此，它是按照思考成熟的時候自然而然就會被帶起來，那思考成熟的背後一定要有一個龐大的力量支持。這龐大的力量就是女性意識抬頭，原住民意識抬頭，然後同志意識抬頭，才開出一個市場，不然寫這樣的作品是沒有銷路的，所以一九八三年是非常重要的一年。

　　臺灣人文精神的發展，我認為女性作家的出現是非常重要的。例如袁瓊瓊，她在一九八〇年代是很重要的女作家，她的小說值得一看。她書寫在都市生活的女性，朝九晚五，如此規律化的生活，就好像是一個機器，她們好像是沒有人性、沒有感情的肉體。第一個把上班族的女性寫出來的，是袁瓊瓊。開始有人寫這樣的小說，之後我看到很多女性作家慢慢浮現。女性的現代詩、女性的散文，在一九八〇年代大量出現。我們從人權的觀念那一面來看，不是只有言論自由才叫做人權，身體的自主權也是人權。我的身體，是我生命寄託的一個地方，可是我居然不能管我自己的身體，變成了國家機器或者是黨的機器來管我的身體，這是不可想像的事。

　　如果不是文學，從女性的身體開始書寫，這個社會就永遠不會變；如果她們繼續讓各種枷鎖置放在她們的身體上，如果她們沒有反抗或者發出任何抗議的聲音，這個社會就永遠不會變。因為書寫，在社會底層的女性，終於可以發出聲音。當她們發出聲音的時候，知識分子都會聽見。在現今的商業社會，書店的陳列汰換很快，十分殘

酷，剛剛所介紹袁瓊瓊的書，在書店書架上還是有的，讀者還是很能受到啟發。她們有發言權，她們有自主權，然後她們有投票權，她們應該在歷史上占有一席之地，否則的話，這個文學史肯定歪了一邊，失去平衡。

再來就是原住民，最早的恐怕是伊能嘉矩（1867-1925）所寫的《臺灣踏查日記》，有機會大家可以看看那一本書，那是了不起的書。他從臺北請一位原住民，從中央山脈開始踏查，終點是臺南。所以讀者才知道，每個原住民部落只要跨過一條線，顏色就不一樣。之前很多人說臺灣有九種原住民，但是現在已經是十六種原住民。伊能嘉矩所寫的《臺灣踏查日記》，可以把它當成文學作品來看，這一位日本殖民者為了要了解臺灣，居然可以花一年的時間把中央山脈走完。

日本人來到臺灣之後，臺灣才有一張完整精確的地圖。歷史上的臺灣地圖，你看清朝的，根本沒有畫出完整的臺灣，因為清朝的官都是住在西部地區，他們以為臺灣只有平原，至於東邊長得是什麼樣子，一概不知，地圖上永遠缺了一塊。臺東、花蓮長什麼樣子，根本不知道。可是我們去看看荷蘭人早期的地圖，老早就畫出了臺灣，他寫「福爾摩沙」，這稱呼出現在很多地方，至少在十多種世界地圖中都可以見得「福爾摩沙」字樣。荷蘭人繪製的地圖，就是北邊一塊、南邊一塊，因為他們是從臺灣海峽過去的，經過濁水溪時剛好洪水爆發，所以他們以為是兩座島嶼。他們最後把臺灣繞了一次，才把臺灣地圖畫出來。清朝的哪些歷史資料，從來沒有完整過。最完整的地圖，是日本人在一八九五年拿下臺灣的時候，一張標準的臺灣地圖出來了，那一張地圖就成為了後來繪製臺灣地圖的典範。

日本的警察，他們每個部落都去踏查過，他們講的話以及原住民講的話，都被記錄下來。我們知道，沒有文字的時候是最困難的，那時候你要運用想像力和各種詞彙去形容，可是一旦有文字以後，所有

的想像就確定下來，想像力就失去了，所以文字是向上帝偷了智慧。我們現在都是用文字表達，為什麼文字可以表達？當然是能夠依賴想像，第二個是觀覽的地方很豐富，然後讀的書也豐富，漂亮的表達就自然而然的產生。你不讀書，你不旅行，就不會有想像。女性開始會有想像，是因為日本人來了之後規定，每個人至少都要讀到小學。

像我父親，是一九二三年出生，讀到小學畢業。當時每個人讀到小學畢業後，就開始去找工作。賴和寫過一篇小說，認識字就是要認識這個世界。可是臺灣是殖民地，認識字就要被日本人奴役，他會安排工作給你。我是高雄舊城左營小學畢業，它設立的時候是一九○○年，學校裡有座孔子廟。我記得胡適的父親曾經到臺東去任教，他停留的時間很短，胡適曾寫過一篇文章。

接著我們來看看原住民，現在已經有十六個，這是臺灣文化的多樣性。因此，我們如果稱為這是漢文化的天下，便是在排斥原住民的文化。我們現在在採集他們的故事，都是因為有文字。但是當時候，都是口耳傳承，那是最為活潑的，它沒有文字，因而每個人都會將自己的想像力加注進去。日本人來了之後，開始採集這些故事，那故事固定下來了，原住民的神話故事、部落故事概是如此被書寫。日本人也製造了很多神話，例如吳鳳的故事，吳鳳現在不能放進課文裡，因為是日本人要欺負原住民，要去阿里山採木頭。有機會你們到日本去看看，有座神社的建造就是用阿里山的木頭。日本人編造了一個吳鳳的故事，告訴大家原住民改過歸善，這是非常羞辱原住民的，所以後來課本就拿掉了吳鳳的相關課文。

臺灣的族群平等，恐怕也是到一九八○年代才開始，特別是一九八三年，阿里山的原住民到嘉義火車站前面，把吳鳳的頭像拉下來，這是一個了不起的事情。所以後來吳鳳的故事從課文中消失了，是在原住民的抗議之後。原住民文學也是在一九八三年開始蓬勃發展，這

真是非常重要的一年。

　　再過來就是同志文學。在臺灣的文學研究所裡面，第一個開授「同志文學」課程的，就是政治大學臺灣文學研究所。我當年到哈佛大學參加會議的時候，遇到了寫同志文學的紀大偉，我要他回來幫我們開一門同志文學的課，他非常驚訝的說：「陳老師，您真的敢開這樣的課嗎？」我回答：「必須要開。這不是敢不敢的問題！」他就回來臺灣。之後，我跟他說，你要升等的話，就寫一本同志文學史。剛開始，他不斷逃避，但是最終他還是寫出來了。這比自己寫出《臺灣新文學史》，還叫人開心。事實上，我一直希望臺灣有原住民文學史、女性文學史，開始要有這種分類，因為臺灣新文學史所包括的跨度太大，應該需要更細部的經營。

　　學術，並不是扁平的東西，如果能夠跟隨社會變化，它就是立體的，就是具體可摸的，它是可以實踐的，這才叫做學術，能夠使用在我們的生活裡面。同志文學史能夠寫出來，就意味著臺灣的民主更加鞏固。我們不能漢人中心論，必須顧及原住民的權益；我們也不能只有男性有投票權，女性沒有；我們更不能是異性戀中心論，而應該讓所有的同志也能夠享有很高的民權，這個才是真正的、開放的社會。我們所講的人文精神就是如此，就是讓這個社會，不管從階級、族群、性別來看，每個人手中都有同樣的東西。只有讓所有的族群、所有的性別及所有的階級都能夠有發言權的時候，這才叫做公平，否則這個社會不能稱為是一個民主社會。我們走在前面，甚至走在美國的前面，臺灣在整個世界上占有很重要的地位。

　　在臺灣、德國、西班牙都談到和解，和解就是我們可以解除彼此緊張的關係。和解了，便可以平起平坐。真正的和解就是讓各種不同的性別、階級、族群和各個不同的成員都有發言權，把他們的冤屈講出來，讓他們的委屈受到平撫，這才是真正的公民社會。所以我一直

認為和解是可能的,我們現在也跟國民黨和解。為什麼跟它和解?它把白色恐怖的檔案都公布,新店軍醫院的軍人監獄已經開放,那裡有一排牆,列了幾千個人名都是被槍決的。一九五〇年代到一九六〇年代槍決這麼多人,只有在槍決死刑犯的時候國民黨最公平,不管你是怎麼出去,你只要違背他的理念的就是政治犯。所以你去看那紀念碑,人名浩浩蕩蕩,從這頭看不到盡頭,那是國民黨的豐功偉業,做出這樣的事情,如此殘酷。

最後我要講的就是本土化、在地化或者民主主義,其實我一直覺得一個新的民族已經形成,它不叫中華民族也不叫臺灣民族,而是我們在這塊土地上,不管你是屬於什麼族群,不管你是原住民或者是東南亞等地,只要歸化,領到身分證,你就享有所有的公民權。我不能因為我是男性,我是異性戀者,我有三票,我也只有一票。民主的偉大在什麼地方?沒有打架、沒有衝突,民主太偉大了。

我住在文山區,是軍公教最多的、最保守的區域,但是我慢慢發現這個鐵票區也開始在融化,過去是不可能有民進黨候選人在那裡當選,可是現在竟然有了,這就表示臺灣社會已經開放。開放,要開放到什麼程度才叫做開放?沒有極限。開放之後再開放,只要有任何禁忌,我們就讓它再繼續開放。

二〇二一年五月三日於東吳大學國際會議廳

陳芳明教授演講丰采

陳芳明教授（前排右二）與東吳大學與會師生合影留念

第十二講
嘉義‧澎湖‧渡也

陳啟佑

知名詩人、彰化師範大學國文學系退休教授

今天跟大家談我的兩個故鄉嘉義和澎湖的詩作。

近二十多年來，我寫了很多有關地方的散文和詩，也可以叫做地方書寫或地誌，作品加起來有幾百首，其中有許多有關嘉義和澎湖兩個故鄉的作品，今天就從其中幾首跟大家分析說明，說明之前都會有短片，內容都是跟詩作相關的，等一下讓大家一一參考。令我感到溫馨的是，寫嘉義和澎湖這麼久，嘉義市文化局、嘉義縣文化觀光局和澎湖文化局，這十幾年來幫我出版嘉義和澎湖的詩作。

首先講嘉義。嘉義市文化局幫我出版兩本有關嘉義的著作，第一本是《諸羅記》，「諸羅」就是嘉義的舊稱，這本書有詩也有文，皆與嘉義有關。前年又出版一本叫《桃城詩》，內容清一色都是寫嘉義市。還有很多與嘉義市有關的作品，未收入這兩本作品，未來期望可以再出第三本。嘉義縣文化觀光局，在去年幫我出了一本《梅山行雲》，書名有梅山，意謂著與梅山有關。我大概十年前開始，大量寫有關嘉義縣的作品。《梅山行雲》是一本很特別的書，很少為了一個「鄉」或是一個「鎮」而寫書，但這本全部是寫梅山。

在更早之前，澎湖文化局幫我出了一本《澎湖的夢都張開翅膀》，這本詩集有再版，在公部門再版詩集算是很少見，而《諸羅記》也有再版。有來賓參訪嘉義或者澎湖，嘉義市文化局和澎湖文化局的長官都會以這兩本書作為伴手禮，故有再版。

　　《澎湖的夢都張開翅膀》中有一首〈石滬〉，寫澎湖早期的先民在海中捕魚，要用石頭堆疊成心型或方型的樣子，有一個缺口，有的是兩顆心連在一起，七美島海邊就有著名的雙心石滬，是世界級的景點。十多年前，有教科書出版社看到這首詩，便選入為中學教材（翰林版國中國文第六冊）。國中國文課本還選入剛剛鍾老師提到的〈竹〉這首詩，都是美好的緣分。今年九月，澎湖文化局幫我出了第二本澎湖詩集──《全世界的澎湖人都回來》，其中一首寫除夕夜我的期待，希望所有旅居在外的澎湖人統統都回到澎湖來。

　　接下來我要介紹今天講座的內容順序，先講嘉義縣的兩首詩，再講嘉義市的兩首詩，最後講澎湖的兩首詩。

　　〈阿里山北門驛〉
　　車廂好小，鐵軌好小
　　蒸汽車頭好小
　　而旅客的心很大
　　夢很大
　　兩千六百多公尺高

　　小火車載著一大堆嘴巴
　　去給山產吃
　　載著一大堆眼睛
　　去給風景看
　　載著一大堆腳
　　去給阿里山爬
　　　　（不載仇恨上山）

　　　數十年來
　　　載著きれい、beautiful
　　　漂亮、靚、水
　　　載著各國各族群上山
　　　去讓神木驚訝
　　　去讓日出讚嘆

　　先來談為什麼會有影音檔？這是民視公司十年前製作的，在新聞結束後播映，當時製作公司做這項企畫案，找了數十位詩人，結合詩作跟影音，按照詩作的景點去空拍與剪接，這是行銷文學很好的辦法。文學要走出傳統的框框，這的確是很好的路徑。這首詩最重要的部分是「阿里山」和「北門驛」。

　　阿里山是嘉義相當重要的景點，寫阿里山的作品很多，我早年寫這首詩就備受挑戰，希望能夠跳脫往日框架。北門驛，是阿里山小火車的起站，經過幾次翻修，現在還在使用。北門驛是很重要的交通起點，附近也還有鐵路員工的宿舍。二十多年前，員工宿舍呈現荒廢狀態，後來經過打造，重新成為一個景點，叫做「檜意森活村」，是目前全臺打造舊宿舍最成功的例子。

　　寫詩要如何寫得吸引人？大多時候我寫詩是一氣呵成，下筆如有神，有時候就是突然的靈感。我那時想了很久，決定透過旅遊要寫族群融合，太多外國的觀光客來嘉義，坐小火車上阿里山，因此就想到人與人之間，族群與族群之間，國與國之間是應該要握手的，不應該有仇恨，不應該互相攻伐。藉由小火車的題材來寫，這應該算是寫阿里山的眾多詩作所沒有的。

　　「車廂好小，鐵軌好小，蒸汽車頭好小」，是實寫，開頭以一個鋪敘，能夠帶出後面的內容。「而旅客的心很大，夢很大，兩千六百

多公尺高」，這段就有詩味在其中。有很多國家的人來嘉義坐小火車上山，都想要上山看一看，渴望已久，一直想來嘉義的阿里山，終於來了！如果將「夢很大」寫成「野心很大」，要征服阿里山，就變成了散文。前面有兩句鋪敘像是散文，後面三行就須經營出詩句。

　　第二段就要上山，從影音檔中大家可以看出小火車如何上山，它載了很多人上山。「小火車載著一大堆嘴巴，去給山產吃」，我不敢說很有詩味，但是異於一般散文的句子。一般書寫可能寫小火車載著一堆人，但是我這裡用「嘴巴」；吃山產，是阿里山很有名的特色；這兩句中用了修辭學的「借代」。例如「過盡千帆皆不是」，「帆」就是代稱船。而我的詩作就是用「嘴」代指「人」，後面的「眼睛」和「腳」都是同樣用法。「去吃山產」改為「去給山產吃」，俏皮意味濃。「載著一大堆眼睛／去給風景看」，是載著一大堆人去看風景；「載著一大堆腳／去給阿里山爬，」即下車之後就要爬山。

　　阿里山有哪些元素？例如，我所寫的第二段「山產」，當然要再細寫也是可以。風景也可以寫，像是日出可寫，但是還沒有寫，可以放到後面再寫，不能所有材料放在同一段用光，這即是所謂「布局」。

　　第一段寫小火車，第二段「不載仇恨上山」這是有涵義的，不管是文字排列或者斷句，在結構上都是詩人要考量的。而在這句話是伏筆，它要開啟下一段，「數十年來，載著きれい、beautiful，漂亮、靚、水，載著各國各族群上山，去讓神木驚訝，去讓日出讚嘆。」各國族群說著不同的語言，用「語言」代表族群及國家。「載著各國各族群上山」這句就是散文，讓讀者了解前面的語言用意，並且和和氣氣來到阿里山旅遊，去最高景點看神木跟日出。「去讓神木驚訝，去讓日出讚嘆」，這是雙關，是人與物的相互讚嘆。

〈太和茶〉
因為四面環山
所以污染謝絕了太和村
和陶淵明一樣
茶葉都沒有世俗的煩惱
身體都健康

因為從早到晚
都承蒙陽光的關照與提攜
所以，茶葉住在太和村
都幸福美滿

所以夜晚，茶樹上的葉子們
都做夢了
夢見世界
夢見世界的味蕾

在世界各地
只要打開壺蓋
陽光、雲霧、雨水
以及太和村民的夢
都在太和茶葉心中

　　影片中是我的聲音，我的朗誦，為了讓朗誦多一些韻律變化，有
的詞句重複兩次。我在二〇一四年與嘉義縣政府有個合作計畫，就是
行銷太和村，在八八風災之後太和村慘不忍睹，百廢待舉，縣政府投

入資金重建之外，也希望由文學、藝術的方式來鼓舞太和村，行銷太和村的產品太和茶。當時我甚至不知道太和村，藉此機緣了解太和村，甚至住在村裡面，了解村民的活動。身為嘉義人，實感抱歉，這是我第一次認識太和村，後來我寫了很多詩和兩三篇文章介紹太和村，以後經常拜訪，也認識很多朋友，人生中一次的美好的經驗從此打開。

太和村很特殊，是一個很棒的地方，讀者能從我的作品中感受到它就像一個世外桃源。太和村位處的阿里山鄉極美，嘉義縣政府為了行銷鄉鎮，因此有了「大阿里山區」的計畫，這包括四個鄉鎮，山頂的阿里山鄉和半山腰的三個鄉鎮：番路、竹崎、梅山。它們的面積都不小，像太和村的面積就不亞於溪口鄉。王力宏在多年前曾拍過一支烏龍茶廣告，就是在太和村的茶園拍攝的，非常漂亮。

接著，我來介紹此詩。「因為四面環山／所以汙染謝絕了太和村」，開頭兩句，道出太和村及附近村落都不受汙染，空氣清新，景色很美，「所以汙染謝絕了太和村」，句子於此處翻轉，呈現力道，其實是太和村謝絕的。「陶淵明」很適合住在此地，是一個有機、一塵不染的象徵，如此一來可以拉抬太和村的地位。「茶葉都沒有世俗的煩惱／身體都健康」，在這裡生長的農作物都是這樣，不只是茶葉。

第二段「因為從早到晚／都承蒙陽光的關照與提攜／所以茶葉住在太和村／都幸福美滿」，因為茶葉在這麼好的環境生長，有陽光照射，有雨露，有雲霧，有八、九百公尺以上的海拔，太和村條件優越，茶葉都長得很好。這兩段有使用散文化的句子，但是不宜太多。詩人洛夫認為詩不宜有散文化的句子。然而，每個詩人的美學標準未必是一致的，我認為有時為了讓詩作更接近大眾讀者，讓文意更清晰明朗，以散文化的句子「救濟」還是必要的。

第三段「所以夜晚，茶樹上的葉子們／都作夢了／夢見世界／夢

見世界的味蕾」，前面已經提及茶樹長得很好，很快就能夠被製造成茶葉，所以它們做夢了，這裡使用轉化，即擬人化，它們擁抱世界，表現各國人都能享用這上天的恩賜，夢想非常遼闊。「夢見世界的味蕾」，就是夢見世界喝茶的人，希望太和村的茶葉可以行銷出去，下開第四段。

　　第四段「在世界各地／只要打開壺蓋／陽光、雲霧、雨水／以及太和村民的夢／都在太和茶葉心中」，上承第三段，「打開壺蓋」大多人也許會寫茶葉如何舒展開來，但是我用別的寫法，強調「陽光、雲霧、雨水」，因為茶葉承蒙這些元素的照顧。村民的夢隨著茶業芬芳了世界，結合茶「葉」與人「心」的甘美。

〈嘉義日環食〉
宇宙是一間大教室
宇宙是一大本課本
太陽、月亮、地球三位天文大師
在六月二十一日下午
在嘉義市北香湖的天空
實施遠距教學

在宇宙中協同教學
三位偉大的導師攜手合作
教嘉義，教市民
日環食

下午兩點四十九分上第一堂課
月亮的身體開始擋住

太陽熱情的臉

四點十三分
講授最動人的單元：上帝的戒指
嘉義、澎湖、金門、臺南
高雄、花蓮等縣市，都抬頭仰望
用眼睛聆聽

宇宙其他星球一起來教學觀摩

請嘉義市注意
請世界注意
準備太陽濾光片
準時到課

請宇宙注意
下次上同一單元
在一九五年後

　　此詩是幾年前寫的，那年遇到難得一見的日環食，我在嘉義北香湖公園跟很多人一起觀看。這首詩從教育的方面切入，構思很久，教室裡要有老師、學生、課本、上課時間、課程單元，要讓讀者覺得合情合理，不是勉強而為，我的想像是太陽、月亮、地球三者到現場實體教學。既是為嘉義所做，所以聚焦在嘉義。

　　「三位偉大的導師攜手合作」，本來是沒有寫「偉大的」，但是覺得氣勢不足，故加強之。寫日環食的變化，「上帝的戒指」指三個星

球連成一線，月亮在正中間，看起來如戴有太陽的光環。「用眼睛聆聽」用「聆聽」而不用眼睛「看」，增加其變化性、特殊性。「宇宙其他星球一起來教學觀摩」，此句是虛構的，為了讓整個「大教室」更加熱鬧。「請嘉義市注意／請世界注意／準備太陽濾光片／準時到課」，這裡我很俏皮的呼籲。本來詩寫到這裡就結束，但是我覺得太弱了，我很強調開頭和結尾的比重，尤其是結尾要餘韻無窮，要有震撼力，再進一層，要拓開一筆。「請宇宙注意」呼應「請嘉義市注意」，增強力道。

〈澎湖〉
澎湖是用魚、水和風做成
澎湖人都是魚
都是水
都是風

澎湖人都發動引擎
澎湖魚都發動引擎
水的引擎
澎湖的夢都張開翅膀
夢的翅膀

因為澎湖的海
是魚的機場
而天空
是夢降落的地方

這首詩收錄在我的《澎湖的夢都張開翅膀》詩集，不斷被引用在教科書、參考書、考題中，列為選文題目。這首詩也被澎湖機場設置在候機大廳，從澎湖回臺灣時，在候機大廳二樓，在扶手梯旁邊的詩牆，很大的一面牆上可以看到。這就是文學的運用，在航空站就可以欣賞到文學作品，行李牌上也有。我心目中認為澎湖這個地點，就是一首詩。澎湖有風、有海、有藍天、有海灘、有船，像是海的禮物，是別具特色的。而古蹟也非常多，例如天后宮，是所有地區天后宮中最古老的，建築體都保存完好。

　　這首詩在二〇〇四年發表，我很滿意，雖短小卻很有力量。句法奇特，一般讀者讀完可能覺得奇怪，但會被某些意象吸引，感受到澎湖的熱鬧豐富。「澎湖是用魚、水和風做成」，如果開頭用散文化寫作，雖然不差，我卻不滿意。第二段「澎湖人都發動引擎，澎湖魚都發動引擎」，我換了句法，讓這首詩產生變化。澎湖人好幾代以前也許多是海盜，我身高一七八公分，似乎也有點海盜的資格，蒙個眼睛，就是海盜。這些強者經得起考驗，在惡劣的環境下，能開拓出一片天，性格中具有上升進取的強度與韌性，可以逆風飛翔。在此鼓勵東吳的同學，逆風才能飛得更高更快，不要畏懼逆境。運用引擎與翅膀的元素，整首詩有飛翔與夢的意象，含有物我合一的思索。夢在天空飛翔，要有機場著陸，呼應「魚的機場」。寫詩固然可以允許奇思怪想，但是除了要環環相扣，首尾也要考慮合理性。

　　〈最後我成為大海〉

我潛入水中，海一把抓住我。

億萬年長壽的大海和四十八歲的我，在故鄉澎湖相遇、對話，交換彼此的心情。海一點也不老，皮膚依然光鮮，身體依然健壯，依然燃燒著熱情。有時我仰泳，看到藍天白雲俯下身來和我打招呼，和海敘舊。有時調皮的海會和我嬉戲，互相推擠，

我輕拍海的軀體，按摩它沁涼柔滑的皮膚，大海也善意回應，親切撫摸我的一生。然後我潛入更深的海底，和章魚、石斑、龍蝦、河豚相遇。沒有任何一隻魚要準備上課教材、寫論文、創作、演講。哪些世俗的煩惱全留在遠遠的陸上。漸漸地，我感覺四肢似乎消失了，嘴邊長了鰓，背上生出鰭。哇，我變成魚。四十八年來所學的，所寫的，所做的，全部消失了。我變成四十八年前初生的我。然後我又變成一滴水。比四十八年前更早時，我應該是一滴水吧。妻和兒子還在吉貝沙灘等我，當然不知道我竟在二○○一年夏天，在故鄉海底，變成魚，變成水。最後我成為大海。

影片播放／陳義芝教授分析

　　顯然這首詩寫於作者渡也四十八歲時，也就是新世紀之初。渡也早年以手記體散文，即帶著詩意的手記和精鍊的極短篇聞名。詩人白靈曾經評論渡也，說他多情又有俠氣，善於運用輕鬆、幽默、反諷、譏刺的口語和戲劇化手法寫詩，今天選讀的〈最後我成為大海〉，就是這麼樣的一首輕鬆而易於親近的詩。

　　這首詩是散文詩，用的是敘述的語法，卻有象徵的寓意，情景生動，語言平易近人。詩人首先描寫他與海的情緣，說他潛入海中，海一把抓住了他；接著將海擬人化，說雲天和大海敘舊，和他這個人打招呼。海撫摸他，他替海按摩，然後他描寫自由自在的悠遊於大海中，潛入更深的地方，漸漸的，他變化成為海中的生物，變化成魚、成水，甚至成為大海。

　　這首詩中的「變」，突破了形體的限制，所以進至於「化」的境界，這是渡也的「逍遙遊」。莊子的逍遙遊是變化成為「鯤」，成為「大鵬」；那麼渡也的逍遙遊是化成為「魚」，化成為「水」，化成為「大海」。這首詩的情思也能夠扣合渡也的人生理念，他說如果心胸

無限，那麼人世間就沒有國界；而且他說，海裡頭沒有一隻魚需要去準備上課教材、寫論文、創作或是演講，這真是「無事」，就是沒有事情，「無為」就是無所作為，不需要有作為的逍遙。

　　澎湖是渡也祖父的原鄉，而今渡也以澎湖的海作為他回溯回歸的心靈原鄉，即溯源回歸的心靈原鄉。大海無限開闊，無限深遠，一個人如果要摒棄人世間的俗務名利，應當以大海為師。詩人渡也在這首詩中以大海期許自我，自我勉勵。這首詩既展露了詩人渡也的詩意、詩的藝術，同時呈現了他的人生哲學。

　　謝謝詩人陳義芝的介紹，他提到了「散文詩」。前面介紹的是分行詩，這首是散文詩。各位可能常看到散文詩，但也許會疑惑，它應該是散文吧？怎麼會是詩？簡要的說明一下什麼是散文詩。

　　我寫了不少散文詩，有一本散文詩集，裡面全部是散文詩，叫做《面具》，臺中縣文化中心出版。剛剛鍾老師提到的《手套與愛》，是一本情詩集，裡面也有一些散文詩。國內寫散文詩的人不多，我是其中一位，寫了大約一百多首。散文詩，有散文的形式，不像詩有分行；但散文詩又不同於散文，字裡行間有很多詩的東西。散文詩有散文的節奏與氣質，但精神上卻是詩。陶淵明〈桃花源記〉就是散文詩，當然要看成散文也可以，大家熟悉的劉禹錫〈陋室銘〉、蘇東坡〈記承天寺夜遊〉也是，運用了詩的語句、意象、想像、氛圍，卻是散文的形式。

　　陳義芝老師點出了我詩作的重點，是很好的評論。詩的背景是二十年前的吉貝，澎湖最北的島嶼。澎湖的南方四島，以前是不開放的，現在一定要去體驗；而吉貝是最北的最邊界的地方，一望無際，人在那裡會有很多想法，激發寫作的衝動。我孩子還小時，我們一家三人坐渡船到吉貝，去過吉貝以後去澎湖就一直想再去，去了幾趟，

的確非常喜歡這個地方。吉貝有什麼優點？其實優點很少，不過那邊有個沙灘是長條形的，有人稱之為「沙舌」，或稱之為吉貝「沙尾」，角度不同，感受不同，很適合躺在一個角落呆望天空。

我有另一首詩就是寫這個，躺在吉貝的沙灘，天是藍的，海是藍的，發現沙灘也是藍的，我也是藍的，當整個世界是藍色，我隨即消失。這就是吉貝吸引我的地方。古時這裡有很多沈船，因為風浪或戰爭沉沒，裡面載了很多東西，幾百年之後經海水沉浮上岸，我去吉貝也一併撿拾沙灘，偶爾會有一些陶片、瓷片，也許是明朝或清朝的。有一次我撿到一塊瓷片，懷疑是鄭成功所留下。

這首詩寫我感覺到心中、身上不應有文明的、世俗的哪些東西，甚至帽子、手錶、衣服都可以丟掉，回到原始，這即是〈最後我成為大海〉的發想。還沒退休之前在大學當教授，又要寫論文，又要備課，又要演講，每天被雜務綁住；然而到了吉貝，我就忘記我是陳啟佑，忘記我是渡也，非常療癒。尤其特別的是，一去澎湖就會接觸澎湖的風，它會吹你，會打你，會讓你往後退，它很強，不過你也可以撫摸它。澎湖的海也是，沖上來浪花四濺，會撫摸你；你潛入海底游泳，它便整個擁抱你。人與海相親，人與風相親，太靜，沒有任何的干擾，於是我從這裡出發。

我沉入海底變成魚，這是我虛構的，其實我不會游泳，但經由這想像我發現我連魚都不是。詩寫到這裡應該結束了，但我又不甘心，想再經營漂亮的結尾，最後我加了一句「最後我成為大海」。有位匈牙利籍的記者叫做羅伯卡麥，總覺得自己的照片不夠好，因為靠得還不夠近；寫東西、畫畫、拍照的道理是共通的，就是要深入。深入對象，就能夠掌握精髓。最後以這句話送給各位，謝謝各位。

二〇二二年五月十六日線上演講

▲陳啟佑教授線上演講丰采

◀陳啟佑教授講座宣傳海報
一影

陳啟佑教授與其澎湖詩作宣傳牆前合影

附錄一
東吳大學中文系劉光義教授紀念專題講座設置辦法

民國一〇三年六月十七日報請校長核
定後實施
民國一〇八年十月二十二日報請校長
核定修訂部分條文

第一條

　　劉光義教授學殖深厚，著作等身，美國國會圖書館收藏其著作近五十本。

　　民國七十一年九月一日至民國八十四年七月三十一日，先生獲本校端木愷故校長聘為兼任教師，本系退休教師羅麗容教授在本校求學及任教期間，即曾獲先生面授莊子與中國思想史。

　　劉光義教授長公子劉雨生博士為中興大學傑出校友，在美國醫學與生物科技，研發多項醫學生技產品，特別在傳染病與癌症領域，有傑出成就。劉雨生博士與夫人陳玲弟賢伉儷（以下簡稱捐贈人），在民國九十四年成立美國建程教育基金會（Building Futures Foundation），推動教育慈善事業，長期貢獻許多學校、國家與貧困地區。

　　為紀念劉光義教授，捐贈人特由美國建程教育金會捐贈專款，分別成立「東吳大學劉光義教授紀念獎學金」、「東吳大學中文系劉光義教授紀念專題講座」（以下簡稱本講座）。

第二條

本講座每學期舉辦一次，一學年共兩次，邀請校外學者專家於中國文學、歷史、哲學等課題作專題學術演講，開放學系各年級、研究所碩博士生，以及校內外學生聽講。

第三條

本講座執行人自民國一〇三年十一月至民國一〇八年九月由本系退休教師羅麗容教授擔任。民國一〇八年十月起，經捐贈人同意，由鍾正道教授接任。本講座執行人受捐贈人委託，在本講座設置辦法範疇內，全權處理本講座之籌劃、運轉及經費使用等事宜；若有未盡事宜，捐贈人可隨時提醒執行人。

第四條

本講座之主講人，由講座執行人邀請學系專任教師二人，共同組成推薦小組決定之。推薦小組成員每學年得更換之，推薦小組會議得採網路郵件或線上會議互動方式決議。

第五條

每場講座及討論不得少於九十分鐘，主講人奉儀為新臺幣八千元，另可動用新臺幣七千元辦理本講座支持費用（包含校外學者來校之交通費及講座衍生之餐飲費用等）；惟每次總開銷不得超出新臺幣一萬五千元整。

第六條

本講座專題講演累積十次之執行成果，由講座執行人彙編出版。相關執行計畫與所需支出費用，經捐贈人同意後，由本專款支應。

第七條

本講座經費與東吳大學劉光義教授紀念獎學金來源相同，專款捐入本校帳戶後，由會計室列管，每學年本講座所需費用先由專款孳息支付，孳息如有不足，以本金支付。每年度孳息如有結餘，應歸併於專款，不得挪為他用，俾使本講座得以源遠流長。

第八條

每學期活動成果報告應於活動結束後一個月內，連同專款使用狀況，會經本校社會資源處後，函告捐贈人。

第九條

專款如告用罄，不足繼續支持本講座及專書出版各項費用時，經捐贈人或其繼承人同意後，始得辦理清算。

第十條

本辦法經捐贈人同意後，報請校長核定實施，修訂時亦同。

附錄二
東吳大學「劉光義教授紀念獎學金」辦法

民國一〇三年三月五日校長核定通過

第一條

劉光義教授學殖深厚，著作等身，於東吳大學執教十餘年，化育英才無數。其公子劉雨生博士賢伉儷（以下簡稱捐贈人）為紀念尊翁，特由Building Futures Foundation捐贈專款成立東吳大學「劉光義教授紀念獎學金」（以下簡稱本獎學金），用於獎勵本校中國文學系研究所表現優異之研究生。

第二條

本獎學金申請資格、名額及獎學金金額等相關規定如下：

一、申請資格：

（一）限本校中國文學系研究所學生，且申請當學年不得辦理休學。如獎學金頒發後，得獎學生因故休學，獎金應予繳還。

（二）需繳交前一學年學業成績單；無學業成績者，應提供學術研究優異表現證明。

二、申請時間：

每年四月辦理申請。

三、獎學金名額及金額：

每學年頒發碩士班學生一名,獎學金新臺幣一萬元;博士班學生一名,獎學金新臺幣二萬元。頒獎名額及獎金不得隨意修改。

第三條

本獎學金應由中文系主任就申請學生學業成績順序決定得獎名單。如有學生依據第二條第一項第二款但書提出申請,系主任應邀請中文系教師數名組成委員會,決定得獎名單。

第四條

專款捐入本校帳戶,由會計室列管,每學年得獎獎金先由專款孳息支付,孳息如有不足,以本金支付。每年度孳息如有結餘,應歸併於專款,不得挪為他用,俾使本獎學金源遠流長。

第五條

每學年於辦理本獎學金結束後,應由學生事務處德育中心會同中國文學系及會計室將得獎學生資料、感謝函及專款使用狀況,函告捐贈人。

第六條

專款如告用罄,孳息不足繼續辦理本獎學金,經通知捐贈人或其繼承人,獲得同意後,會計室得開始進行清算。

第七條

本辦法經捐贈人同意後,報請校長核定實施,修改時亦同。

學術論文集叢書 1500029

中文發光
——東吳大學中文系劉光義教授紀念專題講座集（第一集）

主　　　編	鍾正道
文字編輯	張雅筑
行政助理	卓伯翰
責任編輯	林以邠
特約校對	林秋芬

發 行 人	林慶彰
總 經 理	梁錦興
總 編 輯	張晏瑞
編 輯 所	萬卷樓圖書股份有限公司

臺北市羅斯福路二段 41 號 6 樓之 3

電話 (02)23216565

傳真 (02)23218698

發　　　行　萬卷樓圖書股份有限公司

臺北市羅斯福路二段 41 號 6 樓之 3

電話 (02)23216565

傳真 (02)23218698

電郵 SERVICE@WANJUAN.COM.TW

香港經銷　香港聯合書刊物流有限公司

電話 (852)21502100

傳真 (852)23560735

ISBN 978-986-478-817-0

2023 年 2 月初版一刷

定價：新臺幣 480 元

如何購買本書：

1. 劃撥購書，請透過以下郵政劃撥帳號：

　帳號：15624015

　戶名：萬卷樓圖書股份有限公司

2. 轉帳購書，請透過以下帳戶

　合作金庫銀行 古亭分行

　戶名：萬卷樓圖書股份有限公司

　帳號：0877717092596

3. 網路購書，請透過萬卷樓網站

　網址 WWW.WANJUAN.COM.TW

大量購書，請直接聯繫我們，將有專人為您服務。客服：(02)23216565 分機 610

如有缺頁、破損或裝訂錯誤，請寄回更換

國家圖書館出版品預行編目資料

中文發光——東吳大學中文系劉光義教授紀念專題講座集（第一集）/鍾正道編. -- 初版. -- 臺北市：萬卷樓圖書股份有限公司, 2023.02

　面；　公分. -- (學術論文集叢書；1500029)

ISBN 978-986-478-817-0(平裝)

1.CST: 中國文學 2.CST: 文集

820.7　　　　　　　　　　　112001269